思
學

丛书编委会

（按姓氏音序排列）

主　编

傅　杰　刘进宝

编　委

程章灿　杜泽逊　廖可斌　刘跃进

荣新江　桑　兵　舒大刚　王　素

王云路　吴振武　张　剑　张涌泉

梦绕云水间

廖可斌　著

浙江古籍出版社

图书在版编目（CIP）数据

梦绕云水间 / 廖可斌著 .-- 杭州：浙江古籍出版社，2023.8

（问学）

ISBN 978-7-5540-2637-3

Ⅰ.①梦… Ⅱ.①廖… Ⅲ.①散文集-中国-当代 Ⅳ.① I267

中国国家版本馆 CIP 数据核字（2023）第 109426 号

问　学

梦绕云水间

廖可斌　著

出版发行	浙江古籍出版社
	（杭州体育场路 347 号　电话：0571-85068292）
网　　址	https://zjgj.zjcbcm.com
责任编辑	沈宗宇
封面设计	吴思璐
责任校对	吴颖胤
责任印务	楼浩凯
照　　排	浙江时代出版服务有限公司
印　　刷	浙江海虹彩色印务有限公司
开　　本	787mm×1092mm　1/32
印　　张	9.75
字　　数	192 千字
版　　次	2023 年 8 月第 1 版
印　　次	2023 年 8 月第 1 次印刷
书　　号	ISBN 978-7-5540-2637-3
定　　价	58.00 元

自　序

　　20 世纪初，中国延续了两千多年的帝制终结，整个社会生活发生巨大变化；中外文化交流也进入高潮，彻底打破此前国内思想学术界封闭保守的局面。这是中国历史的重大转折点，也是中国思想学术的重大转折点，从此中国的思想学术进入一个全新的时代。

　　一百余年来，文史研究领域学者的代际传承，有人划分为五代，有人划分为六代。不管具体如何划分，这种代际传承的梯次和脉络是非常明显的。其中 20 世纪 50 年代初至 60 年代前期出生的学者，大都在 70 年代末改革开放后获得读大学和研究生的机会，在研究生阶段大都从学于 20 世纪初至 30 年代出生的前辈师长。这批学者至今仍在学术之路上奋力前行，但毕竟都已有六七十岁，其学术事业大局已定，已到了可以回头看和初步作总结的时候。

　　这时我们发现一个重要的事实：除个别特殊者外，这一拨学者的学术成就普遍都不如他们的老师！尽管这一拨学者大多很努力，在某些方面也有新的开掘，因为现在出版方便，许多人出版的论著数量都多于自己的老师，但其学术研究的高度、广度和深度，开创性、系统性和在学术史上的地位与生命力，对整个社会的贡献和影响力等，似乎都不可能超过自己的老师。我曾和好几位学界朋友谈到这一点，他们都表示认可。

照理说，前辈师长们身逢动荡之世，相继经历北洋军阀混战、抗日战争、国共内战以及后来一系列政治运动，颠沛流离，心惊胆颤，饱经忧患，真正让他们能安下心来从事学术研究的时间相当有限。而他们的学生们享受了改革开放以来四十多年的大好环境，为什么学术成就反而赶不上自己的老师呢？是因为技术和商业的发展导致文史研究在整个社会中的总体地位下降了吗？是因为前辈学者开创了沟通古今中西的研究范式而后辈学者仍然只能在这个范式内打转吗？是因为前辈师长们都有较好的文史基本功而这一点对文史研究至关重要吗？是因为后辈学者的生活方式和学术环境（包括学术评价机制和学术生产方式）发生了显著变化吗？

不管问题出在哪里，这一辈学者的学术成就总体上不如自己的老师，可能已成事实。在这种背景下，浙江古籍出版社组织出版这套"问学丛书"，就有着特别的意义。该丛书的作者，大都属于上面提到的50年代初到60年代前期出生者，这应该是学术史上过渡的一代。他们很幸运能够从师于自己的老师那一辈人，有责任将前辈的风范记录下来，传承下去，也有必要将自己这一辈人的所思所想留存下来，供后来者参考借鉴，从而完成传承文脉、学脉的历史使命。

根据该"丛书"的体例，这本小书不收专题论文，只收向前辈问学、与同辈和后辈论学的随笔类文字，共分四辑：第一辑是怀念我读硕士时的导师马积高先生和读博士时的导师徐朔方先生的几篇文章；第二辑是感念另外几位师长和学友的文章；第三辑是为学友和学生著作所写的序；第四辑是对语文教育、文学研究、中文学科建设的若干思考。另有"附录"两篇，也与自己的求学之路有关。2016年我在孔学堂书局出版过一本性质相近的小书《文学史的维度》，其中除有几篇怀念马先生和徐先生的文章这次重复收录外，其余十几篇书序这次均不收入。

题为"梦绕云水间"，是接受约稿时刹那间就想到的书名。"云"指湖南长沙岳麓山，更准确地讲是指山顶的云麓宫。清代黄道让《重登岳麓》诗云："万壑风来雨乍晴，登高一览最松惺。西南云气来衡岳，日夜江声下洞庭。我发实从近年白，此山犹似旧时青。读书老友今何在，古木秋深爱晚亭。"我在湖南师范大学读书和工作的九年里，多次与师友登临其地，俯瞰湘江，远眺星城，逸兴遄飞。后来几十年间，我曾多次到达岳麓山下，但由于种种原因，一直未能重到云麓宫。岳麓山头的云卷霞飞，始终在我脑海中盘旋不去，我知道那里面包含着对母校和故乡的不尽思念。"水"指杭州西湖，清代萧鸿吉《西湖杂兴》诗中有句云："愿托湖上居，几生修得到。"我在湖畔的杭州大学和浙江大学求学、工作二十三年，实在三生有幸。如今离别又已十四年，身处北国，母校师友的深情厚谊和人间天堂的美景，同样令我魂绕梦牵。

感谢浙江古籍出版社王旭斌社长、钱之江总编辑、陈小林副总编辑等的盛情邀约，感谢责任编辑沈宗宇的细心审校。

廖可斌

2023 年 2 月 5 日

目录

CONTENTS

第一辑

马积高先生《风雨楼晚年诗钞》跋

我是怀着无比愧悔的心情来写这篇"跋"的。我历来喜欢读恩师的诗，有些篇目还能背诵。1998 年冬，我到北京出差，拜望北京大学陈贻焮教授，他是湖南人，也是马先生的老朋友。他送给我一本他的《梅棣庵诗集》，是由他的学生钱志熙君等编印的。当时我马上想到，自己为什么不能将马先生的诗作也编印出来呢？后经我再三恳请，马先生将晚年诗作 159 首钞付给我。至 2000 年夏，岳麓书社慨然同意出版。应出版社和我的要求，先生又补寄了诗十余首及诗集序跋文五篇。本来已经可以付印了，却因为我的"跋"没有写好而耽搁下来。我之所以如此拖延，与生性疏懒、杂事太多有关，但主要原因是我想说的话太多，又不知从何说起，难于下笔。同时我还抱有一种侥幸心理，想到先生秉松柏之性，生活意志达观而坚定，必可享期颐之寿，我还不必着急，也许先生还能回忆起或再写更多的诗，可以增入。直到 2001 年 3、4 月间，先生长婿王毅教授来电告知先生已生病住院，病中曾以诗集为问，我心头一紧，这才有些着急起来。5月22日，我在香港接到家中电话，惊悉先生已于5月20日上午9时溘然长逝，我悲伤至极，同时陷入无尽的愧悔之中。我知道自己的过失，给先生造成了终生遗憾，这一遗憾再也无法弥补了。先生是个自制力极强的人，平时不喜欢表白，但他的内心情感极为丰富细腻。他一生著作等身，细心的读者自可从这些著作看出先生的为人，但这种映现毕竟是间接的，只有诗作才是先生自我的真实写照。先生的诗中还写到与许多故友知交的情谊，流露出他的诚挚心曲。我想，在先生生命中最后的日子里，他是多么希望拿到这本诗集，看到自己平生特别是晚年心迹的记录，同时将它赠送给故友知交，以作为最后的留念呢！5月25日，在先生遗体告别仪式上，我悲愧交集。先生，您为三湘四水的莘莘学子不知付出了多少心血，仅为我这个学生就不知操了多少心，我仅仅想为您做一件小事，想给您带来一丝安慰，结果都没有做好，反而让您带上更多的遗憾离去。"痴心父母古来多，孝顺儿孙谁见了？"先生，我对不起您！

　　在接下来的几年里，我从来没有忘记出版先生的诗集这件事，也曾多次想动手写这篇"跋"。但每次一坐在窗前，剧烈的愧疚感就向我袭来，攫住了我的整个心灵。先生已经远去，不管我再做些什么，他老人家都不可能知道了，都不能给他带来一点快慰了，还有多少意义呢？而且，我一想起先生，他那高大魁梧的身影、那温和慈祥的面容，就浮现在我的眼前。二十余年来承蒙先生教诲关怀的桩桩往事也络绎而至。我感到一种巨大的心理压力，觉得自己实在难以描述先生的高尚人格于万一。

先生 1925 年 11 月 29 日出生在湖南省衡阳县石口乡桃花坪村一个小知识分子家庭，从小就受到严格的家庭教育，读过《左传》及大量古诗文。但由于 14 岁时父亲病逝，家境日益贫困，兼值国家多灾多难，他的学业时辍时复，自 1935 年起，辗转就读于衡阳县达济小学、衡阳县第四高小、湖南省立第三中学、衡阳市平智中学等学校。在中学阶段，先生便已崭露头角，以文学才能见称于师友。1944 年 10 月，先生考入国立师范学院国文系，更以颖慧好学、才思敏捷受到著名学者马宗霍、骆鸿凯教授的赏识，并开始对中国古代文学、语言、历史、哲学产生浓厚兴趣，为以后的研究打下坚实基础。骆鸿凯教授对先生尤为厚爱有加，除在课堂上授业解惑外，还在家中耳提面命，先生因此学问大进。1948 年 7 月毕业后至 1951 年 7 月间，先生分别在衡阳含章中学、衡阳市第一中学担任过校长、教导主任等职，1951 年 8 月至 1956 年 8 月任衡阳市第八中学校长。1956 年 9 月调入长沙师专任讲师，次年 10 月长沙师专被合并，他随之转入湖南师范学院（后改为湖南师范大学）中文系，历任讲师、副教授、教授，1963 年担任副系主任，1979 年至 1984 年任系主任，1996 年退休。

先生 1958 年 7 月在湖南人民出版社出版他的第一部学术著作《关汉卿的生平及其作品》，1961 年 10 月在《湖南文学》上发表他的第一篇学术论文《从金圣叹谈起》。二者皆署名"野马"，借以寄寓其不受传统观念羁束的学术追求。前者系统论述了关汉卿的生平思想及其散曲、杂剧创作的艺术成就，是中华人民共和国成立后较早出版的研究关汉卿的著作之一。后者则针对当时古代文学研究的现状而发，在理论上具有开拓意义。它提出了两个重要论点：一是研究中国古代文学理论不能只注重《文心雕龙》等评论古代诗文的著述，也应开展小说理论与批评的研究；二是对中国古代作家和文学理论批评家，不能只看他对农民起义的态度，而应从多方面考察，例如对金圣叹就应一分为二，给予重新评价："就他对《水浒》的批评来看，金圣叹也表现出他的思想和文学见解都有进步的一面，特别是批语中某些精湛的艺术分析，超过了在他以前与同时的小说批评家。"在当时提出这样的观点是需要有理论勇气的，因而文章一发表，就受到学术界的注意，《文艺报》1961 年第 11 期即以"略谈金圣叹对《水浒》的见解"为题转载了该文。但这篇文章也成了先生后来遭受不公正对待的起点，他在校内受到批判。"文化大革命"发生后，就连《关汉卿的生平及其作品》也一并成为先生的"罪案"，使他受到公开批判和折磨。从此先生的学术研究工作几乎中断了十余年。

"文化大革命"结束后，先生得以平反。在繁忙的教学、行政工作和社会活动之余，他以加倍的勤勉从事学术研究工作，积久而用深，实大而声宏，进入了学术生涯的黄金期，先后出版了《赋史》（上海古籍出版社，1987）、《宋明理学与文学》（湖南师范大学出版社，1989）、《清代学术思想的变迁与文学》（湖南人民出版社，1996）、《荀学源流》（上海古籍出版社，2000）、《中国辞赋》（中华书局，2001）等著作，与黄钧教授合作主编了《中国古代文学史》（3册，湖南文艺出版社，1992），主持编纂了《历代辞赋总汇》（2800万字，湖南文艺出版社，2014）。在《文学遗产》等刊物发表了30多篇论文。他还整理出版了骆鸿凯先生的遗著《〈尔雅〉论略》（岳麓书社，1985）和《〈文选〉学》（中华书局，1989）。

　　赋是中国古代文学中的一种重要文体，近代以来相对受到冷落。少有的研究也往往拘于汉赋为"一代之胜""汉以后无赋"等传统观念，以汉大赋为赋的标准文体，考察范围至汉魏六朝为止。马先生则认为应该用发展的眼光看待赋的变迁，继先秦骚体赋、汉大赋之后兴起的抒情小赋、文赋、俗赋、律赋等，都是赋本身的自然发展。先生的《赋史》第一次对先秦到近代赋的发展演变过程进行了全面系统的考察，论述了它与各个时期的历史背景及其他文学样式的相互关系，填补了我国分体文学史研究的一项空白。先生认为，赋始盛于汉，但汉赋并不是赋体文学成就的最高峰。无论就思想高度还是艺术水准来说，屈宋赋已擅美于前，魏晋六朝的抒情讽刺小赋也争胜于后。赋的发展及其成就的真正高峰应在唐代。在具体评论中，马先生也对感情真挚、富于批判精神的历代抒情讽刺小赋和风格质朴、形式新颖、富于生活情趣的俗赋等给予了较多关注，体现出他独到的评价标准和审美眼光。该书出版后受到海内外学术界的好评，先后有20多家报刊杂志载文予以评介，荣获湖南省哲学社会科学优秀成果一等奖、国家教委首届普通高校人文社会科学优秀成果二等奖。

中国古代文学与哲学、史学、宗教等关系非常密切。近代以来人们比较注重探讨中国古代文学与经济、政治的关系，而对作为意识形态表现形式之一的文学与意识形态其他表现形式如哲学、史学、宗教等之间的关系则相对注意不够。先生的《宋明理学与文学》和《清代学术思想的变迁与文学》两部著作，对宋以后文学与理学及学术思想之间的相互关系作了系统梳理，对理学的基本特征、流变轨迹和一系列文学现象产生的内在根源做出了新的阐释，展示了宋以后文学发展史以至整个思想文化史的一个重要方面。

先秦荀子揭橥"天人相分"说，体现了中华民族在认识人类与自然界的关系上的重大突破。近年以来，"天人合一"说重新受到青睐，有些论者还把它抬到不恰当的高度，"天人相分"说则几乎弃置不讲。先生认为，在这种情况下人们应保持清醒，不必圈定儒、释、道三家才是中国传统文化的主干，把法、墨、名等诸子百家（包括那些所谓"异端"思想家）排除在外；在儒家中也不要只弘扬强调"天人合一"的思、孟一派，而排斥其他各种学说。他指出，"天"与"人"毕竟是两个对立的统一体，有相通之处，但不可能"合一"。"天人合一"说虽然包含着一些合理的成分，有一定积极意义，但并不是对人与自然界关系的科学认识和说明，总体上只是从"天""人"相通相类那一部分事实出发所作的玄想或神秘幻想的推衍。中国古代自然科学虽曾有过光辉成就,后来却长期停滞,中国小农经济长期难以打破,原因很多,但与人们信奉"天人合一"说不无关系。与之相比,"天人相分"说更接近人类与自然界对立统一的观点,更有利于人类科学地认识和改造自然,并最终达到与自然界的和谐。

纵观先生的人生轨迹和学术道路,给人印象最深的是他对祖国的诚挚热爱、对学术事业的执著追求和对他人的宽厚温和。他出生在祖国灾难深重的岁月,饱经忧患,同时又深受倡导弘毅坚韧的湖湘学派的影响,青少年时代即以天下为己任,有澄清天下、拯救苍生之志。后来虽主要从事教育和学术研究工作,但这种宏大志向未尝或忘。他秉承"士一不知以为耻"的传统,兴趣广泛,博闻强记,精熟马克思主义经典作家的著作和鲁迅的作品,一直密切关注外国哲学、文学发展动向。他不是为了求知而求知,而是为了探索真理,思考历史和现实问题。他在文字、音韵、训诂、版本、目录等方面有很深造诣,但只是把这些当作治学的必要基础和工具,除将骆鸿凯先生这方面的著作整理出版外,自己没有写过一本这方面的书。他不太愿意做那种专业性较强、比较容易出成果的资料汇编、校注之类的工作,选择的都是时间跨度长、理论难度大的研究课题,需要阅读大量文献,思考大量相关问题。用比较功利的眼光来看,这是不太划算的。先生不是不知道这一点,但他并不在意。他的所有学术研究工作,都充满深邃的历史使命感和强烈的现实关怀。如他研究赋史,是为了通过考察作为最富有汉语文学特色的文学样式之一的这种文体，探讨中国传统文学与文化的独特价值，捕捉隐藏在这一古老文体中的中华民族的活的灵魂；他研究宋以后理学与文学的相互关系，尤为关注的是在理学与文学的相互激荡中展现出来的中国古代知识分子的复杂性格和心灵冲突，以及它对中国文化发展走向和中华民族历史命运的深刻影响；他年逾古稀仍忧心时事，一腔孤愤，在临终之前奋力撰写《荀学源流》一书，仍是出于对当代文化和祖国前途的关注。他不惜耗尽自己生命中的最后一点能量，是希望点起一束微弱的思想的亮光，为他所挚爱的祖国和人民探索现代化道路提供一点参照。他继承了中国古代优秀知识分子"为天地立心，为生民立命，为往圣继绝学，为万世开太平"的真血脉。在他身上，我们可以强烈感受到屈子"长太息以掩涕兮，哀民生之多艰""亦余心之所善兮，虽九死其犹未悔"的高尚而苍凉的情怀，以及船山先生"六经责我开生面，七尺从天乞活埋"的勇于担当、目空千古的精神。在我看来，他堪称湖湘学派在当代的优秀代表。

　　正因为先生怀有如此高远的信念，所以他感到内心非常充实。他常年兀坐于斗室之中，神游往古，缅想先哲，心事浩茫，直连广宇，手不停披，笔不停挥，不知其苦，而自得其乐。他对现实社会中的名利得失了不萦怀，日常生活也非常简单。20世纪七八十年代，大家的生活条件都还比较差。进入90年代后，每家每户的房子、家具、电器、饮食、服装水平可谓日新月异。但我每次回长沙看望先生，他家里的陈设基本一仍其旧，与外界的反差越来越大。先生还是住在那套光线有些发暗、墙壁有些斑驳脱落的房子里，还是坐在80年代初给我们上课时坐的那张藤椅上，还是穿着那件我们熟悉不过的中山装或棉袄，只是由于过于劳瘁，白发日见萧疏，脸上的老人斑一次比一次多了。在先生的晚年，师母骆先生多病，需要他细心照料，他自己的身体也每况愈下，但他对学术事业仍然锲而不舍，每写完一本书，几乎来不及喘一口气，又马上投入下一本书的写作。他主持编纂的《历代辞赋总汇》篇帙浩繁，许多作品采录自钞本，加上赋作往往大量用典，包含大量生僻字词，难以识读，因此大量具体工作都要靠他亲自操劳。身边的亲友和学生，看到先生日渐消瘦的身体，看到他几乎是毁灭自我地工作，在衷心钦佩的同时，又深感痛惜。

先生是一个将治学与做人、学术与人生完全统一起来的人。他不盲从任何空洞的教条，不喜欢任何虚伪的格套。作为一个人文学者，他一生都在思考人性是什么，理想的人生是怎样的，合理的人与人的关系和社会制度又是怎样的。对这些问题他都自有定见，并付诸践履。他律己甚严，但对禁锢人的情感、钳制人的自由的专制政治制度和虚伪陈腐的伦理道德说教深恶痛绝。在原则问题上他决不迁就，对无关紧要之事则顺其自然。对自己所遇到的种种委屈他都默默承受，对别人的种种言行都尽量宽容。有些人在"文化大革命"期间对他非常粗暴，"文化大革命"结束他丝毫不予计较。其中有些人转而专心治学，先生都给予热情指导和帮助。慕名而来拜访他、向他求教的人络绎不绝，无论来者是什么身份，他都会放下自己的工作，与他们促膝长谈，从不显厌倦之色。尽管他十分繁忙，但他花了大量时间为人作序、替人批改文章，几乎来者不拒。先生担任全国赋学研究会会长多年，从不计较个人名位，对同行和后进推奖不置，凡是接触过他的人，无不为他的渊雅风范所折服。他早年的学生告诉我，先生五六十年代上课时激情飞扬、雄辩滔滔，妙语连珠。等到我们 70 年代末 80 年代初聆听他的教诲时，从来没有看到过他疾言厉色。他总是用轻轻的缓缓的语调说话，或者用慈祥温和的目光微笑着望着你，静静地听你说，然后以完全平等的态度表达他的看法，给你启迪。据曾在湖南师范大学中文系任教的郭建勋教授说，先生临终之前非常清醒，数日内将同事、学生一一约到病床前，神情泰然地告知他们自己即将长往，对他们学业上的长处和不足谆谆相告，希望他们扬长避短，更上层楼。前贤有言："死生亦大矣。"又云："平生所学何事，可于此时见之。"先生是真正进入了达天知命的境界，故能坦然看待生死，以出世的心态俯瞰人间，胸中廓然太虚，又饱含脉脉温情，令德高风，世所罕睹。

先生一生喜爱吟咏，但早年作品未尝存稿，现在留下来的只是晚年的部分作品。中外诗论均有"诗如其人"之说，持之以衡古今诗人诗作，或不尽合，然先生之诗如其人，则确乎无疑。从他的诗中可窥见他的为人，了解他的人读他的诗将更有会心。他的诗作都是有感而发，有为而作，或抒写平生志向，或系念大国兴衰，或感慨登临，或追怀故旧，绝无应酬敷衍、流连光景之作。

先生茹深含宏，渊渟岳峙，平静的外表下实际上蕴藏着傲岸的风骨，因此他特别推重那些特立独行的仁人志士，即鲁迅先生所说的或舍身求法、或为民请命、堪称民族之脊梁的人，如屈原、魏徵、胡宏、范仲淹、苏轼、陆游、戚继光、李贽、金圣叹、顾炎武、王夫之、傅山、林则徐、严复、彭德怀等。他有一种深入骨髓的忧患意识，这种忧患意识可以说贯穿了他的所有诗篇。他为祖国取得的每一个成就而欣喜，对各种假丑恶现象深表忧虑。他与一些名流显者也有过交往，但在他心中真正占有位置的是那些纯朴笃厚的亲人和朋友，包括许多身份普通的贫贱之交。当他缕述对这些亲友的怀念时，感情是那样的真挚而绵长。

在艺术上，先生之诗作皆不假雕饰。集中五七言近体诸首，均格律谨严、属对精工，但先生用得最多的还是古体。先生固精于音律，非不能寻声择调，骈白俪黄，盖其作诗以表情达意为职志，故不屑为之，而古体较少羁绊，颇适宜于直抒胸臆也。先生之诗，气韵沉雄稍似曹公，而情思幽远又近阮、嵇，语质而味深，言短而意长，总体上远摹魏晋风骨，以古朴苍劲为特色。

"沉魄浮魂不可招，遗编一读想风标。"转眼间先生离去已经六年，现在印行他的诗集，是否能告慰先生之灵杳不可知，庶俾在世者诵诗怀人，略寄哀思，因此还是有意义的。今天晚上，当我就要写完这篇"跋"时，突然接到远在湖南故乡的弟弟的电话，我那七十岁的老父亲，前天突然脑血管梗塞，已躺在医院不能言语。他们都曾拜见过先生，先生还曾对我弟弟多予关心。一时间我神思昏瞀，心乱如麻。就在刚刚过去的2006年的大年三十下午，我读博士学位时的恩师徐朔方先生，在摔成植物人缠绵病榻三年半以后，也撒手人寰。由此我益觉中年哀乐逼人，人生无常，对整理出版先生的诗集又多了一重感喟。

岳麓书社王德亚等诸位先生、浙江省富阳市副市长陆洪勤先生、华宝斋董事长蒋山先生对诗集的出版给予了大力支持。师兄王毅教授、黄仁生教授多予督责。师妹王德华教授细心排版校对，出力尤多。与我同在徐朔方先生门下受教的师兄张梦新教授，也以他一贯的热心给我帮助，在此一并表示衷心感谢。

　　　　　学生廖可斌拜书于2007年3月30日深夜

　　（载马积高《风雨楼晚年诗钞》，岳麓书社2007年4月版）

怀想如白云

　　转眼之间，敬爱的马先生离开我们已经六年了。我经常想起先生，特别是在夜深人静难以入眠的时候。在我的记忆里，先生的神情总是那样庄重，又是那么慈祥。他总是用微微含笑的神情望着我们。如果觉得讨论的是一个严肃的话题，或略感不快，先生的神情会变得严肃凝重一些，但也不会怒形于色，还是用专注的目光凝视着你，真是"望之俨然，即之也温"。每当我想念起先生的时候，浮现在眼前的就是先生那温和慈祥的神情，有时候我会情不自禁潸然泪下。在我几十年的生命里，除了想起马先生，只有在想起过早去世的母亲时，才会不由自主地流泪。

　　岁月如流水，会慢慢淘走人们的记忆，让人们对陈年往事的印象越来越稀薄模糊。只有那些最深刻的印象，在其他记忆都渐渐淡去后，它们好像被置于色调特别单纯的背景上，因而显得更加清晰起来。下面就撷取我的记忆中与马先生有关的几个片段，略表对先生的怀念之情。

一

现在想起马先生，在我的脑海里反复出现次数最多，也是让我最感温馨的画面，是 1995 年初冬，我回母校参加中文系举行的马先生七十寿辰庆祝活动。我于 1987 年初至 1989 年底在杭州大学攻读博士学位，毕业后留校任教。在接下来的几年里，由于工作忙，生活压力也大，很少回湖南。在参加马先生七十寿辰庆祝活动之前，我应该有较长一段时间没有见到马先生了。当时一回到长沙，我马上赶到先生家里，却被告知先生和师母都不在家，可能到长婿王毅教授家去了。从先生的家到王毅教授家，要翻过岳麓山脚下的一道小山坡。当我走到山坡下时，只见先生和师母，还有几位陪伴的人，正从山坡上走下来。我首先看到了先生和师母一行人，他们好像很快也发现了我，远远地在那里指点着，先生师母脸上都漾起了微微的笑意。我快步迎上去，在相距几米远的地方，师生相视而笑，半晌都没有说话，我几乎都呆住了，还是先生先开口说："来了？"师母接着笑吟吟地说："真像个大人了。"然后我才回过神来，向先生师母问好。打个不恰当的比方，对我来说，当时的情景真有如灵山会上，佛祖拈花，迦叶微笑，那是一种无言的心灵感应，是一种一切都在不言中的心领神会，是一种难以用语言表达的喜悦和幸福。这一幕从此便深深镌刻在我的脑海里，成了我此后一遍又一遍回味的记忆。

先生终身从事教育工作，在湖南师范学院（大学）任教数十年，桃李遍布三湘四水，许多赶来参加盛会的马先生早年的学生，已是满头白发，都对先生毕恭毕敬，真可谓"白头弟子满门墙"。我作为先生亲手培养的硕士研究生，被指定为学生代表发言，既备觉荣幸，也深感惶恐。我在发言中谈了一点对马先生为人和治学风格的感受。我认为先生之所以在学术研究上取得卓越成就，深受师生和社会各界爱戴，一是因为先生马克思主义学得好。马先生他们这一代知识分子，为了寻求真理，大都认真学习过马克思主义学说。而马先生对马克思主义经典作家的著作用力尤深，真正把握了马克思主义学说的精髓，并把它当作自己学术研究的思想方法。如先生撰写的《赋史》之所以能成为公认的名著，原因之一就是他能运用马克思主义关于发展变化的学说来观察赋的历史发展，突破了以"两汉大赋"为赋的代表性文体，因此考察赋体的变迁往往至两汉而止的陈见，对汉以后至清代赋的发展变化给予了辩证的评价，从而在古代文学研究界第一个对赋这一中国古代重要文体的发展演变过程进行了完整的考察。二是先生真正继承了中国古代优秀知识分子忧国忧民的优良传统，特别是继承了湖湘学派之"以天下为己任"的高尚精神，具有强烈的爱国主义精神。他的每一部学术著作，虽然研究的都是具体的学术问题，都严格遵循学术研究的规范，但都贯穿着对中华民族及中华文化的历史命运和前途的深刻思考，这就使他的著作具有了一种特别的思想深度。在我看来，他堪称湖湘学派在当代学术界的优秀代表。作为先生的学生，同时也限于自己的学识，我对先生的评价不一定准确，但上述意见乃是我的真实想法，而且直到现在为止我仍然坚持这种看法。

二

我不记得第一次见到马先生是在什么时候，只记得马先生第一次给我留下深刻印象，大约是在1979年下半年的某一天。我们七七级的大学生是1978年3月入学的，大家都是好不容易才获得上大学的机会，因此非常努力。当时大家学习的劲头，简直可以用拼命或者发疯来形容。马先生当时虽然还是副教授，但已是非常有名的学者。同学们在私下里都在传说着他在"文化大革命"前如何才华横溢，"文化大革命"中又如何受迫害，与另一位著名学者羊春秋先生一起被"造反派"们"牵马捉羊"的故事。但遗憾的是，也许是因为他在"文化大革命"结束后就恢复了副系主任的职务，1979年又担任了系主任，当时学校刚刚恢复招生，百废待兴，他特别忙碌，同时他又重拾自己的学术研究，抓紧撰写论著，在我们读本科期间，马先生一直没有给我们上过大课。我们开始只是在中文系办的刊物上，读到连载的先生撰写的《中国文学史话》，当时教材和参考书奇缺，大家都把它当作重要的参考资料，几乎人手一册。

进入二年级下学期后，同学们眼界渐宽，同时受当时正如火如荼展开的思想解放运动的感染，对老师的教学提出了更高的要求，强烈呼吁名教授给我们上课。为了满足学生的愿望，系里安排马先生给我们班上了一次课。先生讲的是"关于宋诗的特点"。在正式讲授之前，先生对教师上课的问题作了一些解释，他说：大学上课不同于中小学教学，不能只传授知识，更重要的是要讲观点、讲思想方法。但即使是非常优秀的学者，他真正作过专门研究的内容也是有限的，要求每位教师每次上课都讲自己的观点、讲思想方法是不现实的，这是一件无可奈何的事情。关于宋诗的特点，先生指出，宋诗多说理，写得好的便饶有理趣；宋诗处于唐诗兴盛之后，总体上难以超越，但宋代诗人也力图有新的开拓，比如在题材上，宋代出现了许多写农村生活和农业生产活动的诗，甚至有写新发明的农具的诗，这就是以前没有过的。记得先生上课时，偌大的教室里鸦雀无声，同学们都聚精会神地听讲。下课后，同学们都感叹说，知名学者上课就是不一样。我想这主要是因为先生不就事论事，而是把宋诗放在整个中国古代诗歌发展史的背景里来观察，注意比较它与其他时代诗歌的不同，这里面就包含了研究方法。近三十年过去了，先生讲课的大意我还记得很清楚。我在大学任教也已有二十余年，深感先生关于大学教学的话十分中肯。奇怪的是，我对当时先生在讲台上的情形倒是记不清楚了，大约是因为我当时专注于先生讲授的内容，无暇分心去观察先生的形象。

三

我第一次直接接触马先生，已是本科毕业前夕。而我之所以能有这个机会，与给我们上过古代文学课的贝远辰先生有关。上大学之初，同年级的同学中有韩少功等年轻作家，他们在小说、诗歌创作上已崭露头角，在全国已有一定影响，号称"文学湘军"。其他同学见贤思齐，一窝蜂地从事文学创作，连我这个班上年龄最小、从无文学创作经验的人，也去凑热闹，订了《人民文学》《诗刊》等文学刊物，写了一些莫知所云的"作品"，还向刊物投稿，结果可想而知。折腾了大半年后，我才清醒过来，知道自己不是那块料，于是转而开始认真读书，先是对中国古代文学、语言、历史产生兴趣，继而又对文艺理论、美学、哲学、外国文学等产生兴趣。记得有一次晚自修读恩格斯的《家庭、私有制和国家的起源》，教室的大门关了也不知道，最后只得从窗户上爬出来。每天晚上寝室熄灯后，还要到马路上的路灯下背上一两首诗词，才回去就寝。大约是二年级的时候，我在学校的理发室一边等候理发，一边阅读《资治通鉴》。该书排印二十册，我当时已读到第十几册，正好贝远辰先生也来理发，他注意到了我，和我交谈，从此他便不断关心我，在课堂上多次表扬我，使我受到了很大鼓励。记不清有多少次，晚饭以后，我和喜欢古代文学的阎采平、黄泽梁、黄仁生等同学，都会到贝先生家里去请教，贝先生和王师母从不厌倦。在那前后，教外国文学的戴启篁先生、易漱泉先生，教美学的杨安仑先生，教古代文学的周寅宾先生等，也给予我很多关心和指导。三四年级时，我的不少课程成绩都名列前茅，还写了七八篇所谓"论文"，如《陈子昂文学复古主张新论》《马克思主义实践美学观不容否定》《双重悲剧与〈红楼梦〉的主题》之类，几位老师都不断指点我修改，戴先生、贝先生还向有关刊物推荐，但都没能发表。我的毕业论文选题是"论形象思维的逻辑性"，用了较多列宁《哲学笔记》及苏联的生理学、心理学教材中的资料，写了约四万字，杨先生给予了精心指导，也给予了较高评价。

临毕业前的一天，系里的秘书在教学楼的走廊里找到我，叫我当天晚上去系主任马先生家一趟，并告诉了我具体的时间地点。贝先生知道后，嘱咐我带上自己写的那些所谓"论文"。我因为家里经济困难，大学四年都没有棉衣，同组的李阳春同学当过兵，送给我一件没有罩面的旧军用棉袄，我穿了四年。当天晚上，我就穿着这件旧棉袄去见马先生。我还清楚地记得站在马先生的门前忐忑不安地敲门的情景。马先生将我叫进去，让我坐在一条长沙发上。在这之前，我从没有单独见过马先生。由于年纪小（不满二十岁），对马先生为什么召见我似懂非懂。马先生问了一些什么问题，我又是怎样回答的，也都记不得了。不久以后，同学们中就传说我将留校当古代文学教研室的助教，大家都把带不走的坛坛罐罐等生活用品留给我，我也糊里糊涂地收下了。后来我才慢慢弄明白，原来是贝远辰先生、周寅宾先生等向马先生等系领导推荐我，马先生召见就是为了当面考察我。但贝先生、周先生都没有对我明说，马先生在召见时也没有提过一句，所以我当时对这一过程并不清楚。

就在我们等待分配通知时的某一天傍晚，已被抽调到学校参加分配工作的班长易仲民学兄将我约出来，半晌才对我说了一句话："天有不测风云啊。"我对自己此前被确定留校一直糊里糊涂，但对易兄这句话的含义倒是马上就明白了。我问是不是我留校的事情发生了变故，易兄用他的沉吟证实了这一点。原来学校领导在我留校的问题上产生了分歧，某些领导坚决反对，而系里的意见非常强烈。马先生力争不果，愤而提出辞职。副系主任樊篱先生也支持马先生的意见，表示与马先生同进退。学校主要领导只好做出折衷处理：我的分配名额放在正在筹建的湖南第二师范学院，人留在湖南师范学院（不久改大学），过一段时间再说。马先生、樊先生辞职之事僵持数月，后经学校领导做工作，才恢复视事。

我毕业分配之事发生变故后不久，马先生又叫我去了他那里一次。他只字不提自己和樊先生提出辞职的事，只是要我安心读书，说我肯定会有一个合适的工作岗位的。我当时已约略知道他和樊先生为我力争的事情，表示非常感激，又深为不安。马先生说："事情的原因很复杂，你不要管这些。"

我现在不嫌繁琐地回忆多年来几乎没有提及的这段往事，是为了说明：第一，马先生在决定让我留校、为我的工作问题力争之前，与我并不熟悉，甚至可以说并不知道我。我是一个家境贫困又少不更事的学生，也不会主动去接近他。他不是因为私人感情而照顾我，完全是为了培养一个年轻学子而关心我。第二，先生为我的工作问题付出了大量心力，受了很大委屈，但他事后几乎从不提起。在后来我与先生相处的日子里，我才逐步认识到，他就是这样一个人，不管别人付出了多少，都从不放在心上。第三，每当想起这段往事时，我丝毫不觉得它是自己值得骄傲的资本。恰恰相反，我感到无比愧疚，觉得自己学业荒疏，至今碌碌无成，辜负了马先生、樊先生及其他老师们的殷切关怀和期望。

四

1983年春夏间，我在当了一年半助教后，报考了马先生的硕士研究生。当时学校一般不同意已留校的青年教师报考外校的研究生，这是我报考本校的原因之一。但我报考马先生的研究生的主要原因，还在于我对马先生学术、道德的崇敬。另外，我也还有要争口气的意思。我的考试成绩很好，其中英语是全国统考科目，我也考了90多分。

同时报考马先生门下的黄仁生、张军德和我三人被录取，我们成了马先生亲自培养的学生，从此有了更多直接向先生请教的机会。先生经常在家里给我们上课，讲过后就让我们自由讨论，虽然只有几个学生（记得还有一位西北来的进修教师参加），但经常争得面红耳赤。我年纪最轻，也最不懂事，声音最大，最固执己见。有时候忘乎所以，大声喧哗而不自知。马先生从来没有予以制止，而是一直微笑着望着我们，有时候不慌不忙地予以指点。骆师母住在隔壁，她身体不好，竟也容忍我们特别是我的吵闹。只是有一次，她慢慢走出来，笑着说："到底年轻啊，中气真足啊。"我才意识到我们吵闹得太厉害了，非常羞愧，后来才注意一些。

读硕士研究生期间，我将读本科时写的那些"论文"拿出来，挑了像样一点的一篇《双重悲剧与〈红楼梦〉的主题》，加以修改，然后请马先生指正。马先生反复提出意见，我修改了两三遍。他最后终于露出微笑，用他的衡阳方言说："有点伢子意思了（有一点点意思了）。"我寄给《红楼梦学刊》，不久就发表出来了，这是我正式发表的第一篇论文。我体会到，先生指导我修改这篇文章，其意义并不限于这篇文章。我在读本科期间虽然写了一些所谓的"论文"草稿，实际上是乱写一气，根本不知道论文该怎样写。正是在先生手把手的指导下，我才初步掌握了论文写作的规范和技巧。

做硕士学位论文时，我选择金圣叹为研究对象，这是马先生年轻时研究过的课题。他于1961年10月在《湖南文学》发表的第一篇学术论文，就是《从金圣叹谈起》。我被马先生在讲课时所表达的精辟见解所吸引，对金圣叹产生了浓厚兴趣。虽然当时金圣叹已成为学术界研究的热点，但我读了金圣叹的《唱经堂才子书汇稿》等书后认为，对金氏的小说、戏曲、诗文评点就事论事，很难把握金氏思想的精蕴，必须从他的哲学思想、美学思想、政治思想谈起。他的哲学思想等虽然驳杂，但有内在脉络可寻，其中包含了一些非常宝贵的见解，与他的文学思想也有着内在联系。我的硕士学位论文题目为"金圣叹哲学美学思想述评"，写了十几万字，先生做了仔细的批改。在我随他前往北京访学时，他当着我的面极力向中华书局的编辑推荐，希望他们能予以出版，这使我大吃一惊，因为此前先生从没有对我的论文多加赞扬，而在那个年代，对一般作者来说，中华书局可是高不可攀的。虽然此事未果，但先生热心奖掖晚辈的情谊令我感怀不已。由于种种原因，这本论文至今还躺在我的书柜里，我一直没有时间来整理修改它。前不久搬家，我又将原稿看了一遍，虽然纸已泛黄，但先生的批点手泽如新。我一一品味，深感先生所提的意见中肯而深刻。先生的有些用意，我当日尚不能完全领会，现在再读，就比较能理解了。在有生之年，充分吸收学术界已有的研究成果，根据自己现在的眼光重新审视金圣叹，全面改写充实这本论文，使它正式出版，以告慰先生的在天之灵，是我久藏于心的一个愿望。

五

　　我于 1986 年 6 月硕士研究生毕业。由于我是脱产读书的，马先生与当时接任系主任的樊篱先生决定让我继续留校做助教。不久我即决定报考杭州大学徐朔方先生的博士生，马先生非常支持。我的博士论文以"复古派与明代文学思潮"为题，这也是先生很早就专门研究过的课题，我的论文受到了先生许多独到见解的启发，完成后曾请先生作为评阅人之一予以指教。1989年底毕业时我曾准备回母校工作，先生表示非常欢迎，当时接任系主任的彭丙成先生还专门来信相邀。后因徐朔方先生希望我留在杭州大学工作，我回母校工作之事未果，先生也表示理解，丝毫没有露出不悦。

在接下来的岁月里，特别是1995年之后的几年里，我只要回湖南，都一定去拜望先生和师母，那是我的旅程中最重要也是最美好的环节。2000年我陪金庸先生去岳麓书院讲学，金庸先生问到楚辞方面的一个问题，我去看望马先生时向他请教，马先生做了解答。次日金庸先生讲学时便引用了马先生的说法。先生由于全力投入一本又一本著作的撰写，一年比一年显得衰老了。但每次见了面他都很高兴，都要留我和我的家人吃饭。由于师母身体不好，有时甚至是先生自己动手做饭。我们实在不愿意劳累先生，又总想和先生师母多呆一些时间，只能让先生尽量简单。先生提出的唯一要求，就是让我带一点杭白菊，因为它对师母高度近视的眼睛有益。

2001年5月22日，我正在香港参加一个学术会议，突然接到家中的电话，被告知马先生已于两天前溘然长逝。我一时如遭雷击，在香港中文大学山坡上的宿舍里遥望北方，哀思如潮。我立即提前回到内地，赶到母校参加先生的追悼活动。在5月25

日举行的遗体告别仪式上，来自省内外的数百名悼念者挤满了告别大厅。我又被指定为学生代表致词。告别仪式即将结束时，我徘徊在先生的遗体旁不忍离去，突然间我的大学同窗，当时在衡阳师范学院任职的李阳春学长在先生的遗体前跪了下去，我马上也跟着跪了下去，接着周围的人跪成一片，哀声动地。我想这是先生的德泽在人，学生们觉得唯有以这种古老朴素的方式，才能表达对先生的敬仰。我感谢真诚质朴的李阳春学长，感谢他带领我们找到了这种能充分表达我们的悲痛和敬仰之情的方式。

　　遗体告别仪式结束后，我与先生的家属一起，送先生到火化的地方。我望着先生，他的面容是那么消瘦，又是那么安详。这是先生留给我的最后印象。转眼间，先生不见了，他化成了烟，化成了灰。就像他生前曾经说过的那样，他融入了天地大化之中。此后我的眼前多次浮现这样一幅图景：先生白发萧疏，面带微笑，被一团白云托起，正冉冉升上天空。他没有说话，只是微笑着望着我们，仿佛这微笑已足以表达他的所有心意。

　　（载王毅、阳盛海选编《深藏劲骨文自豪——马积高先生纪念文集》，岳麓书社 2008 年 10 月版）

独立不倚，精益求精：徐朔方教授的学术道路

　　徐朔方教授是我国古代戏曲小说研究的重要开拓者之一。他的学术研究活动正式开始于 20 世纪 50 年代初期，但在这以前，他在上大学和在中学任教期间，已初步显露出自己的个性、兴趣和才华，这些对他后来学术研究的走向及风格产生了重要影响。1943 年，他考入浙江大学师范学院中文系，但在听了一位先生连原文带注释照本宣科讲解《庄子·逍遥游》的课后，他产生了与《牡丹亭》的女主人公相同的感受："依注解书，学生自会。"因此他转到英语系，直到毕业。在英语系的几年，他不仅熟练掌握了英语，为日后的研究中利用外文资料并与国外学者进行交流准备了条件，而且对欧洲文学的作家作品有了系统了解，使他后来对中国古代文学的研究多了一个参照系。当他在论述贾宝玉见一个爱一个，以为天下少女们的眼泪都应为他一人所得时，就引用了拜伦的诗句"我但愿（不是现在，但是在我孩童的时候），全体妇女只有一张玫瑰红的嘴巴，就能一下子把她们从南到北吻

遍"，以说明他们的思想中都存在着一夫多妻制观念的阴影。他写于 1962 年、发表于 1978 年的《汤显祖与莎士比亚》，是在比较文学研究蒙受的无辜罪名刚刚开始得到洗刷时国内学术界较早看到的一篇比较文学研究论文。由于作者对莎士比亚的生平、著作等有全面细致的了解，所以该文就不像后来比较文学研究成为热门时的某些论著那样作生硬比附，而是对同在 1616 年去世的汤显祖和莎士比亚这两位中西戏剧大师所处的社会历史环境和文化背景做了具体深入的比较，从而揭示了他们不同的思想观念形成的原因及其在中西文化发展史上的重要意义。又如在评述《金瓶梅》的创作风格时，针对许多论者将之归为自然主义的观点，徐朔方先生详述了以左拉为代表的欧洲文学史上自然主义的发展过程及其基本特征，指出《金瓶梅》中充斥着大量夸张失真、耸人听闻的性描写，与追求细节真实性的自然主义很少有共同之处。总之，善于借鉴西方文学的研究方法，注重对中外文学现象进行比较，构成徐朔方先生学术研究的一个显著特点，这与他大学时代的学习经历显然是分不开的。

在大学阶段，徐朔方先生对文学创作的兴趣要远远超过对学术研究的兴趣。他是当时浙大学生文学社团明湖社的社长，写作过不少新诗。现存最早的《夜来香》《往事》等篇，作于他 18 岁时。1945 年前后，他的创作激情特别旺盛，留下的诗作也最多。由废名先生介绍，部分作品曾发表于朱光潜先生主编的《文学》杂志。这些诗作自然打上了当时社会生活的烙印，反映了一个青年学子的强烈爱憎和对美好生活的憧憬。像当时许多新诗作者一样，他有意在新诗的艺术形式方面做了某些探索，继承中国古典诗歌的某些传统，同时借鉴英国19世纪浪漫主义诗人华兹华斯、柯勒律治等人作品的某些特点，注意诗句的押韵、句式长短及声调抑扬的安排。20世纪50年代以后，徐先生已将主要精力转到学术研究上来，但他一直没有中止诗歌散文的创作。1985年，他的新诗结集为《似水流年》，由学林出版社出版。1983至1984年，他应邀到美国普林斯顿大学访问讲学，并顺道游览了希腊、意大利、瑞士、法国、英国，写成散文集《美欧游踪》，由江西人民出版社于1988年出版。近几年来，他还陆续写作了一些怀往忆旧、品诗论文的散文，在海内外各种报刊发表。徐先生曾说："我得坦率地承认，我从来无意于研究，而有志于创作……我要承认我写任何一篇论文都没有像我写作《雷峰塔》（长诗，收入《似水流年》）时那样认真，它占用了我一生中最好的岁月。我承认所有我的著作都是身外之物，而创作是我的自传，是我本人。"由此可见，徐先生对自己的诗歌创作是何等珍视。

当然，我们更应该注意的还是徐朔方先生的创作活动对他的学术研究的影响。他认为，一个文学研究者如果毫无创作经验，他的评论往往只能是隔靴搔痒甚至是信口雌黄。有了一定的创作实践，就能知道其中的甘苦，能准确把握作家曲折幽微的文心，做到言中肯綮。另外，经常进行一点写作锻炼，也有助于培养对形象、情感的感悟和表达能力，保持文笔的鲜活。徐先生认为，文学论文毕竟也属于文学，虽然写得像陆机的《文赋》那样花俏未免近于奢侈，但至少也要文从字顺，使人乐于看下去。他在论文写作中总是力图追求一种既简练准确又生动优美的表达方式，往往如行云流水，充满生动细腻的描述和新颖而精警的譬喻。读者阅读这些论文，丝毫没有枯燥沉闷之感。这是徐朔方先生治学方法的又一个显著特点。

1954 年，徐朔方先生奉调至浙江师范学院（不久与刚成立的杭州大学合并称杭州大学）中文系。中华人民共和国成立前后高校的青年教师往往被指派为某位教授的助教，许多青年教师几乎以放弃自己的独立思考作为获得这一美差的代价。徐先生没有担任过助教，并为此感到庆幸。因为他觉得无论是出于对导师的衷心景仰还是出于世俗得失的考虑，这代价未免过高。大树底下好遮荫，这可能是事实，但还有更重要的另一面，浓荫底下长不成苗壮的幼树。当然，这并不意味着徐朔方先生忽视接受前辈学者指导的重要性，他本人就一直念念不忘古典文学专家夏承焘教授、王季思教授及英语文学专家戚叔含教授等几位老师给他的教益。他只是强调在学术研究中，坚持独立思考至为重要。当时他还应该为另一事实感到庆幸。作为新手，他在三四年内先后被安排担任了包括教育实习、儿童文学、现代文选及习作、外国文学等在内的几乎大学中文系的全部文学课程，并一度担任外国文学教研室副主任。开始他曾视此为苦事，但不久即意识到，这促使自己涉猎了比主要从事的专业远为广阔的范围，对自己的成长实际上非常有利。他后来经常以自己的亲身经历告诫青年教师和学生，分工太细、认定专业太早，对培养专业人才极为不利。在一个定点上不断深入地钻进适用于地质勘探，而不适用于文史研究。对它任何一个分支的研究，都要以整个人文科学的深厚修养作为后备。如果不以不务正业为嫌，对现代自然科学进展有所理解就更好。文学就是文学，原没有古今中外之分。中国古代文学更没有理由划分为各不相干的以朝代或以文体区分的分支。当然，人的生命和精力都是有限的，可能对某一朝代或某一文体接触较多，了解较深，这是自然的现象，但不可能对自己研究的狭窄范围以外一无所知，而可以对狭窄范围以内具有真知灼见。

　　徐朔方先生选择中国古典戏曲作为他的主要研究方向。他的家乡浙江东阳处于南戏的中心地带之内，在当地名噪一时的王玉麟戏班成立于他的外祖父的同村和同族之手，对民间戏曲演出的耳濡目染可能是他后来做出这一选择的最初动因。20世纪40年代他在浙江省立联合师范学校求学期间，在音乐教师顾西林女士诱导下，开始爱上昆曲。昆曲宜于笛子伴奏，但一个人不能同时又唱又吹，所以他习惯于用钢琴伴奏，这一经历可能对他选择专业产生了重要影响。他后来常说，与许多先辈和同辈一样，他同戏曲发生关系是由于一曲《袅晴丝》。由偶然入耳而发生爱好，由声情而曲文，由片断而全本以至于作家的生平和评价，这是一个没有想到而不能自已的循序渐进的过程。偶然在旧书摊上得到的《玉茗堂集》，加速了由兴趣而成为专业探索的无形转变。现在的研究者们往往选定专业方向在先，兴趣和感情的滋长在后。他则是不知不觉地"越界"进入这一领域，事先没有任何构想，更谈不上积极进取的雄心。这些自然是徐先生的自谦之辞。但它们至少表明，徐先生从文学欣赏、创作转向文学研究，研究哪些问题，完全是根据自身的兴趣爱好，是一个自然而然的过程。现在的研究者在正式从事某项研究工作之前，都有很多具体的考虑，这情有可原，而且也有其合理的一面。但功利心太强、目标太明确，不免会给研究工作带来负面影响。相比之下，徐先生这一辈学者可以说是幸运的，他们的经验也值得我们参考。

1954年，徐朔方先生在《文学遗产》等刊物上发表《论〈西厢记〉》等论文，从此一发不可收拾。1956年是徐先生学术生涯中非常重要的一年。这一年4月8日，他在《光明日报》副刊发表《〈琵琶记〉是怎样的一个戏曲》一文，肯定了这个剧本在中国戏曲发展史上的重要地位及其对后世戏剧创作的深远影响，同时着重指出它的基本倾向是宣扬封建道德。同年夏天，中国戏剧家协会邀请首都文艺、戏剧界人士以及上海、广州、杭州、重庆、青岛、长沙、武汉等地的专家学者，在北京召开了一次大规模的《琵琶记》讨论会。会议从6月28日开始，到7月23日结束，共进行了七场讨论，所有发言和会议记录汇集成书，由人民文学出版社当年12月出版。前两场讨论中，所有发言者基本上都对《琵琶记》持肯定态度。徐先生应邀于7月初赶到北京，参加了第三场以后的讨论。他详细阐述了自己的观点，认为《琵琶记》把宣扬封建道德置于首位，许多人物形象和情节都是不真实的。如蔡伯喈无论对父母还是对妻子所讲的话都是封建教条，缺乏真实感情的流露。前半部对于赵五娘的描写也是失败的，原因仍是封建教条太多。如"南浦嘱别"中，凡写到夫妻之情的时候，一定要写到孝。牛氏也是个概念化的人物，"好"到不可能在现实生活中出现。并不是说她一定要和丈夫闹起来，但当她知道蔡伯喈有前妻时，竟没有一点情感波动，这是不可想象的。同时，徐先生也肯定剧中描写赵五娘的后几出戏如《代尝汤药》《祝发买葬》《乞丐寻夫》是非常成功的，写蔡伯喈的戏也有几出是成功的，如写他思念父母的《宦邸忧思》《赏月》等。

徐先生的发言在会上引起强烈反响。第三场讨论会的记录说：

今天的讨论会上，徐朔方同志的发言引起大家很大注意。他对《琵琶记》的看法和前两次会上发言的同志的意见不同。他认为在《琵琶记》这部作品中有很多封建说教的部分，高则诚把民间作品改编成为一部反现实主义的作品。他的发言遭到了冬尼同志的激烈反对……

第六场讨论分3个小组进行，会议记录说：

第2组讨论的重点是典型问题，负责这个小组讨论的是黄芝冈、王季思、徐朔方三同志。会上，徐朔方同志和他的老师王季思教授展开了不同意见的争论。人民文学出版社的三位同志——侯岱麟、顾学颉、陈北鸥先后发表了他们对戏剧中人物典型意义的看法，并对徐朔方同志的意见提出了反对意见。会上，因为"肯定派"在人数上占多数，主席黄芝冈一再希望"否定派"徐朔方同志不要因人数关系而不畅所欲言，而徐朔方同志也以冷静、科学的态度，仔细听取了"肯定派"的意见以后，继续提出了比较尖锐的相反意见。

现在回过头来看这场讨论，它对于《琵琶记》这个剧本本身的探讨是次要的。首先，当时戏曲改革刚刚铺开，如何对传统的戏曲形式和剧目推陈出新，是一个亟待探索的问题。同时，中华人民共和国成立以后，究竟应该怎样对待封建时代流传下来的文化遗产，如何运用马克思主义新的文艺观念来分析文学现象，人们的认识一直不太明确。这场讨论就是试图解决这些问题的一种尝试。更重要的是，当时党中央刚刚提出文艺界要"百花齐放，百家争鸣"的方针，这场讨论实际上是实行这一方针的一项举措，因此它当时受到普遍关注。若干年之后，人们回忆起这场讨论中自由争论、畅所欲言的情景，仍然神往不已。对徐朔方先生来说，他所阐述的关于《琵琶记》的一系列见解是次要的，最值得注意的是他在这场讨论中表现出来的独立不倚、唯真是尚的学术胆识和勇气。如前所述，与会专家中肯定《琵琶记》的占绝大多数，其中多是很有名望的学者，有的还是徐朔方先生的老师，而徐先生当时还是一名33岁的青年讲师。但他在自己没有被真正说服之前，决不违心地改变自己的观点。这应该是徐朔方先生学术研究的根本精神，这种精神在当时就已基本形成并初露锋芒，而且一直贯穿于他后来几十年的学术研究活动之中，它是徐朔方先生的学术研究取得丰硕成果的重要原因。

这年年底，徐先生的第一本学术论著《戏曲杂记》由中华书局上海编辑所出版。集中的论文涉及宋元南戏、元杂剧、明清传奇及小说，由此可见徐先生在学术研究的起步阶段涉猎的面是很广的。但随着研究的深入，徐先生研究的范围逐渐收缩，慢慢集中到一个点上，这就是对著名戏剧家汤显祖的研究。反过来看，前期的"游击"也是一个必要的过程，它为现在开始的"攻城"做了充分准备。

也就在1956年，徐先生的《汤显祖年谱》完稿。当时国内另有一些颇负名望的学者也在从事同一课题，徐先生没有过多考虑自己的书稿能否出版，他只是想把一些问题弄清楚，尽力把自己的工作做得完美一些。结果是小人物战胜了名家，徐先生的书稿因考订精审、体例完备而被中华书局上海编辑所采用，于1958年出版。年谱是古代史学研究的一种重要形式，中华人民共和国成立后，人们对运用这种形式存有疑虑。加上该书出版时，"左"倾之风已刮遍社会生活的各个角落，于是它在《光明日报》等报刊上连续遭到批判。有的评论文章指责它的引文中有"圣上""上"

一类对封建统治者尊称的字眼，缺乏阶级观念，有的则指责它运用的是封建时代史学家和胡适等人曾倡导的考据方法，上纲上线，扣大帽子。徐朔方先生既没有在荣誉纷至沓来时沉浸陶醉，也没有在棍棒交加时被吓倒。他两次撰文提出反批评，《光明日报》都发表了。后来他得悉批判者是自己所在工作单位总支书记领导下的一个集体，同时考虑到当时的大环境，于是他选择了保持缄默。寒冬过后的1979年，当《汤显祖年谱》再版之际，徐先生在《后记》中对上述奇谈怪论做了有力驳斥。他说："为了坚持年谱的科学性，为了使它所提供的史料能够信得过，引文应该力求忠实于原著，这就不可避免地会出现一些和现实生活不相谐合的字和词，如'圣上''上''纶褒'等等。它们一般都在引文之内，能删掉吗？不能。有的可以译成现代汉语，如皇帝，但仍然一样，'皇'字的封建性丝毫不比'上'字、'圣'字逊色。如果皇帝只能写成'最高封建统治者'，那皇后就得写成'最高封建统治者的大老婆'了，何其不惮烦也。""考证由于胡适的提倡和解放初的《红楼梦》批判而声名狼藉，其实'新红学'倒不失为对索隐派的一种纠正，虽然它又产生新的偏向。可是从此之后，不少人一提考证就谈虎色变，那是走到另一极端去了。简单地说，考证就是研究资料的搜辑、整理和鉴定，并从而得出相应的结论，这就是马克思主义者常说也常做的调查研究工作。地基不能代替房屋供人居住，但没有地基却造不起房屋。唯有考证才是真学问，那是错了；不要考证，不要资料，写出滔滔不绝的空论，其危害不会因为他头上插着几根金碧耀眼的翎毛而有所抵消。"

　　在撰写《汤显祖年谱》前后，徐先生还完成了《长生殿》和《牡丹亭》二书的校注，由人民文学出版社分别于1958年和1963年出版。徐先生对两部剧作都精选底本，同时采用多种善本详加校勘，并对原文中的典故一一注释疏通，其中于《牡丹亭》用力尤勤。汤显祖学识渊博，经史子集及稗官野史无不涉猎，还精通佛道两藏，生僻典故往往随手拈来。加上他才思敏捷，文风独特，往往对前代典故词句随意割裂活用，依凭一般工具书常常无法查考，这就给注释工作带来了很大困难。如该剧每出的下场诗都是集唐人诗句而成，为了一一查对这些诗句，徐先生几乎将《全唐诗》全部翻阅一遍，原刻本的一些讹误才得以订正。如第五十三出下场诗的首句"夜读沧洲怪亦听"，诸本"夜读"或作"衣渡"，或作"夜度"，皆不可解。徐先生查《全唐诗》陆龟蒙《和袭美为新罗弘惠上人撰灵鹫山周禅师碑送归》诗，才予以改正。又如第二十三出净有一句唱词"《楼炭经》，是俺六科五判"，为了找到《楼炭经》及其他一些类似语词的出处，徐先生差不多把汤显祖以前所有的笔记小说查阅了一遍，最后在唐代段公路《北户录》卷一《绯镂》条找到如下记载："《楼炭经》云：鸟有四千五百种，兽有二千四百种。"由此知道这句唱词的意思是说以《楼炭经》为刑法，判处犯鬼化生为各种各样的飞鸟或走兽。正因为这两种校注本缜密精湛，所以它们都成为通行本，在海内外多次重版重印。

　　两书卷首都有长篇前言，对剧本的思想内容和艺术特色做了精辟论述。如针对有的论著将《长生殿》中的艺术形象与历史上的真人真事混为一谈，把剧本的思想意义狭隘地理解为讽刺封建君王荒淫误国的观点，徐先生指出，剧作家并没有把剧中的唐明皇、杨贵妃当作真实的帝王和后妃来描写。在他的笔下，李、杨已经由历史人物成为传说的人物了。因此，剧作家就可以在自己所创造的绚烂的传奇色彩的气氛里，通过他们歌颂"天长地久有时尽，此恨绵绵无绝期"的至死不渝的深情，这就使得作品具有了广泛的意义。曾经有人提出这样的问题：难道在帝王和后妃之间有什么值得肯定的爱情吗？这仍是不明白《长恨歌》中的人物并不是历史上真实的帝王和后妃的缘故。可以举一个例子，欧洲文艺复兴时期的每个大画家几乎都画过圣母像，然而没有人质问过："圣母值得大家这样去画吗？"因为他们的成功并不出于对圣母的忠实描绘。恰恰相反，画家在圣母像里画出来的是罗马街头或者另外某个地方的一个普通女性，他们只不过是利用圣母这一题材来表达整个社会的一种新的生活观念和生活理想而已。

　　关于《长生殿》的民族意识问题，有的论者对洪昇的民族感情加以夸大或拔高，有的论者又抓住洪昇诗文中某些歌颂清王朝的语句而加以否定，似乎非此即彼，这就是把特殊历史环境下人们复杂的思想感情简单化了。徐先生指出：安禄山事变在以前很少有人把它当作民族问题来看待，而洪昇却在许多地方特别强调这一点，这只能是当时汉满民族矛盾非常尖锐的反映。不能认为剧作家是以安禄山来影射清朝统治者，但是很难说他不是在这里借题发挥。作家之所以要以同情的态度去描写唐明皇、杨贵妃的故事，甚至要费那么多的笔墨为他们辩解，而且情致深厚地写到他们的月宫重圆而后已，这未必不与作家对故国的怀念有关系。但是，洪昇对清朝封建统治者歌功颂德的那些诗文，也未尝不是他另一方面思想感情的真实流露。在现代人看来，怀念明朝而又倾向清朝似乎很难调和，但根据当时的伦理道德观念来看，洪昇出生在清朝，他写诗歌颂清朝，甚至如果出仕清朝，都是可以问心无愧的。但他毕竟是汉人，当时汉族和满族的民族矛盾正在激化，特别是清朝对江南抗清人民的残酷屠杀和镇压在包括洪昇在内的多数汉人心里留下深刻的创伤。虽然士大夫们为利禄所诱会很快投靠新朝，但在思想感情深处却经历了一个触及灵魂的痛苦历程，这一切无疑会在他们的文学创作中有所反映。徐先生的这些见解，不仅对人们准确理解洪昇及其《长生殿》的思想倾向是有益的，而且对我们把握其他易代之际士大夫及其文学创作的复杂思想感情都具有启发意义。

关于《牡丹亭》的思想意义及其历史地位，徐先生将它与前后的同类作品《西厢记》《红楼梦》等进行比较，做了深刻分析。他指出，《牡丹亭》不像《西厢记》《红楼梦》那样，描写封建婚姻制度如何在一对爱人的幸福道路上设置重重障碍并加以破坏，《牡丹亭》以杜丽娘之死写出她要接触到可爱的异性都是不可能的，更不用说结合了。她不是死于爱情被破坏，而是死于对爱情的徒然渴望。就这一点而言，杜丽娘之死所表示的作家对封建社会现象的认识是特别清醒而深刻的。《西厢记》中的张生和崔莺莺虽然也写得很美很成功，但剧中最富有吸引力的人物却是红娘，《西厢记》全剧为之生色。没有她的鼓励，崔、张的爱情不见得会有所发展；没有她的见义勇为，崔、张不会有成功的希望。有这样一位红娘的存在，正说明了崔莺莺的软弱。在《牡丹亭》里，杜丽娘和春香的情形却恰恰与此相反。春香天真的心中飘过什么思想，杜丽娘了如指掌；而杜丽娘自己的秘密，却一点没有让春香知道。如果说游园前春香还有比杜丽娘大胆的一面，而杜丽娘的整个思想却远远超出春香之上。她是自己的思想和行动的主宰。因此，在闹学、游园之后，春香在戏曲中是愈来愈不受重视了，几乎只是偶然带上一笔而已。杜丽娘的反抗性超过崔莺莺，正如后出的林黛玉又超过她一样。

1961 年，徐先生又承担了《汤显祖诗文集编年笺校》的任务。汤显祖的作品，最早有万历三十四年（1606）他的友人帅机等选定的《玉茗堂文集》，金陵文斐堂刊行，计赋二卷、诗十三卷。当年汤显祖 57 岁。他去世五年后的天启元年（1621），韩敬编印了较为完备的《玉茗堂集》，通称《汤若士全集》，收他 30 岁以后的诗文，戏曲和早年的《红泉逸草》（收汤显祖 26 岁以前的诗文）、《雍藻》（收汤显祖 26 岁那年在南京国子监游学时的诗文）、《问棘邮草》（收汤显祖 28 至 31 岁的作品）都没有编入。明末沈际飞编的《玉茗堂集》增加了戏曲部分，诗文却是《问棘邮草》和韩刻《玉茗堂集》的选录。徐朔方先生整理《汤显祖诗文集》时，经过多方搜求，第一次将《红泉逸草》（南京图书馆藏万历二年刊本）收入全集，《问棘邮草》也找到了南京图书馆藏原刻二卷本，它们被编为《汤显祖诗文集》的第一至五卷。第六至四十九卷为韩刻《玉茗堂集》。以上作品，诗全部按年重编，文则分体，有关背景、典故、明清人的评语则以笺、校、评的形式予以说明。第五十卷为"补遗"，收诗30首，其中11首为徐先生本人所辑。卷末有"附录"，分传、序、评论三类，为明清两代有关汤显祖评论之汇编。它与钱南扬先生校点的《汤显祖戏曲集》合为《汤显祖集》，由中华书局上海编辑所于1961年底出版，成为当时最为完备可靠的汤氏作品集，为汤显祖研究的进一步开展奠定了坚实基础。

关于《汤显祖集》的出版还有一段插曲。该书的前言是徐先生撰写的，它在《人民日报》发表后，出版社来信，说"中央负责同志"（实即时任中共中央宣传部副部长的周扬）看了之后不满意，必须修改。徐先生回信说自己只能在重新研究以后才可以修改，怕他们急于出版，不能等待。出版社又来信说可以参照侯外庐（时任中国科学院历史研究所所长）最近发表的有关汤显祖的论文加以修改。侯外庐同志的论文包括《〈牡丹亭〉外传》《汤显祖〈邯郸记〉的思想与风格》《论汤显祖〈紫钗记〉和〈南柯记〉的思想性》等，分别发表于1961年5月3日和8月16日的《人民日报》及《新建设》1961年7月号，它们反复强调汤显祖在《牡丹亭》《南柯记》等作品中表现了向往平等社会的理想国或乌托邦思想。徐先生读了侯外庐同志的论文后认为，他引用的汤显祖诗文以及他对它们的诠释往往违背原意，无法令人信服。于是徐先生写了《关于〈南柯记〉第二十四出〈风谣〉及其它》的批评文章，发表在1962年2月18日《光明日报》"文学遗产"栏目，指出该出所描写的南柯郡德政不外"征徭薄，米谷多"和"行乡约，制雅歌"两个方面，并没有超出儒家仁政思想的一般范畴，看不出有什么"平等"和"乌托邦"观念的痕迹。把它与汤显祖的老师罗汝芳所作的《宁国府乡约训语》等相对照，就会发现它们一脉相承，而后者又不过是对明太祖朱元璋"教民榜文六条"的敷演发挥。徐先生同时答复出版社，根据百家争鸣的原则，自己不能按照侯外庐同志的观点进行修改。出版社最后想出了一个"两全之策"，将侯外庐同志与徐先生的两篇"前言"同时采用，都排在卷首。"文化大革命"结束之后，徐先生写信给周扬同志，指出《汤显祖集》采用两篇彼此矛盾的"前言"是出版史上没有前例的事件，要求得到纠正，周扬同志表示同意。于是《汤显祖集》1982年由上海古籍出版社再版时，便分成《汤显祖诗文集》和《汤显祖戏曲集》分别出版，侯外庐同志的前言也不再保留。

　　此书再版时徐先生还根据自己多年的积累对之做了全面修订，但他并不以此为满足。近年来，他继续对汤氏诗文进行搜辑校订，并对汤氏戏曲作品也做了全面整理，弥补了此前因整理者意见不一致而造成的某些遗憾，合为《汤显祖全集》，由北京古籍出版社出版。该书新作的校订许多地方真可谓细入毫发。如原书第 253 页《署客曹浪喜》，《全集》指出，南京不设主客司主事，汤显祖此时官衔是祠祭司主事，诗中有"祠曹报说添人管"的句子，因此诗题中"客曹"当改作"祠曹"。原书第 255 页《送何卫辉时喜潞藩新出》，《全集》据《卫辉府志》有关记载，知当时知府为霍鹏，"何"应改为"霍"。原书第 648 页《送黄太次上都》，《全集》指出此诗为送友人往南城麻姑山而作，与"上都"无关，清初胡亦堂编《汤义仍先生集》作"送黄太次"，当从。另外，《全集》还收录了原书未曾收入的《汤海若先生制艺》一书，单独列为一卷。原书诗作中未予编年的部分，有 100 多首的创作年代已经查清，原来弄错的也得到纠正。原书"补遗"所收的佚诗佚文有的已被证实属伪作，如《玉茗堂批订董西厢序》《艳异编序》《秋夜绳床赋》《与汪昌朝程伯书登鸠兹清风楼联句》《千秋岁引》《坐隐乩笔记》等，《全集》均予删去。新搜辑到的汤氏佚文如《溪山草堂序》《游名山记序》《华盖山志序》《黄太次诗集序》等，《全集》均予收录。《全集》还将汤氏尺牍中寄给同一个人及他的父子兄弟的信件都集中在一起，以资醒目，并以笺语略作考证。总之，《汤显祖全集》是迄今为止最为完整精审的汤显祖作品集。35 年，痴心不改，三度校订，精益求精，徐先生严谨求实的学风，在对汤显祖作品的搜集整理上充分体现出来。

　　由上所述可以看出，从 1956 年到 1961 年间，徐朔方先生完成的科研工作量是惊人的。然而人们难以想象，他是在怎样的条件下取得这些成绩的。他当时除承担繁忙的教学任务外，还担任了部分系务工作。他的第一位夫人杨笑梅先生体弱多病，长年卧床不起，他经常天黑从学校开会回来，已是饥肠辘辘，还要马上烧饭，照顾病人。1961年初，杨先生终被病魔夺去生命，徐先生十分悲痛。但他并没有被困难和不幸击倒，而是以顽强的毅力继续从事研究与写作。60年代前期，他还写成了《汤显祖评传》的初稿，又应人民文学出版社之约，开始独立撰写《明代文学史》，并写出了部分初稿。与此同时，他还将较多的注意力转移到古典小说研究方面，对《水浒传》《杨家将》《平妖传》《封神演义》《金瓶梅》等的成书过程进行探讨。如果说他前期的研究经历了一个由面集中到点的过程，那么这时则是以对这一点（汤显祖）的深入研究为基础，重新向四周辐射开去。

正当徐先生学术研究的气象日益恢宏时，整个国家和学术界的空气却越来越变得异常。他的《汤显祖与莎士比亚》一文，本是为1963年杭州大学25周年校庆学术报告会提交的论文。在会上宣读后，会外便有人放风，说这篇文章与西方比较文学"有什么不同"。只是因为徐先生身上没有什么能上纲上线的把柄可抓，此事才被冷处理，但该文因此在旧稿堆里搁置了十几年。1961年，徐先生写成《评〈李开先的生平及其著作〉》一文，刊于次年的《文学遗产增刊》第九辑。接着他发现《金瓶梅》第七十回俳优唱的《正宫·端正好》套曲出于李开先的《宝剑记》第五十出。经过进一步研究，徐先生写了《〈金瓶梅〉的写定者是李开先》一文，这无疑是他将小说与戏曲结合起来研究所获得的一个重要发现。由于《金瓶梅》当时声名狼藉，徐先生搁置很久以后，才将该文寄给《文史》杂志。不久，正在酝酿中的一场空前浩劫已经在戏曲改革中露出端倪。徐先生当时虽然还没有完全意识到它的严重性，但已有所预感，于是写信向编辑部索回了这篇文章。

"文化大革命"正式爆发后，正当盛年的徐先生不得不中断了他的研究工作。随着时间的推移，他和其他知识分子一样越来越看清了这场浩劫的实质。然而，"不有回天力，谁能障海流"，唯一的选择只能是"躲进小楼成一统"。惜时如金的徐先生不久便找到了一件自己愿意做而在当时条件下又能做的事情。他打开民国开明书店版的小字本《二十五史》，顺序读下，一字不漏，作为消遣。但当他读到《南史》《北史》时，"书内书外现实和想象中的混乱搅成一片"，使他又无法卒读了。继而他慢慢想到，"借《史记》和《汉书》的研读，也许可能做一点有益于人的事"，那时图书馆"门虽设而常关"，而搞《史》《汉》研究则可以一卷在案而无待外求。但他没有料到，不久秦始皇及法家突然走运起来，这真使他感到啼笑皆非。于是门外在批项羽、骂韩信，他则自在地在斗室中为他们平反。就这样，在许多人为学业荒废惋惜不已的"十年动乱"期间，徐先生写成了《史汉论稿》一书。

早在李（白）杜（甫）优劣论之前，就有班（固）马（司马迁）异同之争。评论者们往往凭主观印象恣意褒贬。或以为司马迁是创造的天才，班固即使偶有改进，也只是无能的摹仿者；司马迁是反抗者，班固则是御用文人。或者来一个颠倒，认为就文学语言和思想倾向而论，《史记》野而《汉书》文，文胜于野。班固本人在《汉书·司马迁传》后面所附的"其是非颇谬于圣人"等几句评语，助长了这些说法。徐先生着手《史》《汉》研究，一定程度上即为将这桩聚讼纷纭的公案弄个水落石出的愿望所驱使。他称自己只是把小学生的加减法运算及与此类似的一些方法引入文史研究领域中来，把《史记》《汉书》内容重叠或其他宜于对比的部分，一无遗漏地进行逐字逐句的比较，详细地列出它们的异同，分析探究其具体原因。不以个别篇章代替全体，以避免取样有偏而引起差错；不凭记忆、感想，而是从全部事实出发。这种研究方法的实质，就是细致的比勘推求，言必有据，实事求是。这在侈为空论以至不惜歪曲历史事实的恶劣学风文风盛行的当时，尤其显得难能可贵。

经过详尽细密的比较，徐先生得出这样的结论：《史记》在文学之美和历史之真不能兼顾时，往往舍真而求美，然后采用年表等手段以弥补真实性之不足。《汉书》与此相反。两书相同部分，凡有关年代或数字等需要计算查对才能辨别正误之处，《汉书》往往以《史记》之讹而传讹，这只能以班固实际上十分尊重以至过于信赖司马迁来解释。《史记》所缺部分，则《汉书》的真实性往往提高。从文学的角度看，《汉书》不如《史记》；从史学的角度看，《汉书》对《史记》做了有益的补充和校正，可以说后来居上。司马迁在《史记》中作《游侠列传》和《刺客列传》，有人认为这是作者在歌颂帝王将相的同时又赞美下层人士的一个例子。徐先生则指出，司马迁因替李陵辩护而遭受酷刑，他因此对汉武帝及其外儒内法的政治怀有深刻反感，他的偏见甚至扩大到所有政治改革家身上。在《酷吏列传》《平准书》及其他一些篇章中，他对汉武帝的朝政作了不恰当的评价，对商鞅、吴起、晁错、主父偃等政治改革家的论述有失偏颇。与此同时，司马迁对历史上凡是曾穷愁困厄、遭受迫害或者忍辱偷生，同自己的遭遇有一定程度相似者，则不分青红皂白一律予以同情，对游侠、刺客之类人物寄以不切实际的幻想。其实朱家、郭解、剧孟等人乃是旧时代封建割据势力和地方豪强在汉初的残留，他们包庇亡命之徒，私铸钱币，擅自杀人，横行乡里，独霸一方，已经脱离人民，身份近于豪强恶霸，理应受到汉朝的镇压。司马迁对他们的歌颂同情，从个人恩怨出发，而不以他们对历史、对社会、对人民所起的作用为转移，是《史记》的局限所在。

《史记》中有《项羽本纪》和《陈涉世家》，到《汉书》中都变成了"列传"，许多人把这当作班固的思想不及司马迁进步的又一例证。徐先生指出这种看法是似是而非的。《汉书》是汉朝的断代史，项羽当然不可能在它的"本纪"中占一席之地。同样，《汉书》已取消"世家"这一体裁，陈涉自然也只能写进"列传"了。屈原在《史记》中得到高度评价，而班固在《离骚序》中指责屈原"露才扬己""忿怼不容""责数怀王"，不少文学批评家也把这作为班、马优劣的一个证据。然而在《汉书·古今人表》中，楚怀王被列入九品中的"下上"，在下愚之列；而屈原则列为"上中"，仅次于周公、孔子，而与子思、孟子同列，这可能才是班固对屈原的真实评价。而《离骚序》中的那些话，则是他在封建君权专制已进一步加强的历史环境下不得不做的官样文章。在《古今人表》中，评及周代24王，归入下三品的便有18王，而商人弦高、白圭，医者扁鹊，工匠公输般，屠夫聂政、朱亥，艺人市南熊宜僚、师旷、高渐离，小吏侯嬴、仪封人等都被评为中中以上。由此可见，班固的思想也是相当复杂的，包含颇为进步的一面。过分夸大司马迁和班固的差异，很难对他们做出客观评价。

"十年动乱"结束后，徐朔方先生的学术研究进入全面丰收期。除此前的著作相继修订重版外，他又出版了《论汤显祖及其他》（上海古籍出版社，1983）、《史汉论稿》（江苏古籍出版社，1984）、《元曲选家臧懋循》（中国戏剧出版社，1985）、《论〈金瓶梅〉的成书及其它》（齐鲁书社，1988）、《沈璟集辑校》（上海古籍出版社，1991）、《汤显祖评传》（南京大学出版社，1993），主编了《〈金瓶梅〉西方论文集》（上海古籍出版社，1987）等，另外在《文史》《中华文史论丛》《文学遗产》等刊物发表论文数十篇。在研究方法上，徐先生也在过去对戏曲小说大量个案研究的基础上，上升到整体观照和理论概括的层次，对中国古典小说戏曲形成和发展的规律及其艺术特征作了全面系统的分析和总结。他指出：中国的古代小说戏曲和西方不同，有它独特的成长发展的历史。它的特点之一是小说和戏曲同生共长、彼此依托，关系密切。同一故事，既为小说采用，又成为戏曲的题材，它们往往交叉发生影响。即使不同题材的戏曲和小说，也往往从对方移植某些片断或借鉴某些技巧。因此，小说研究和戏曲研究必须结合起来进行。可以小说证戏曲，也可以戏曲证小说。只知其一，不知其二，几乎是不可能的事。徐先生从《金瓶梅》引用李开先《宝剑记》的曲文，而论定《金瓶梅》成书的上限不早于《宝剑记》初次刊行的嘉靖二十六年（1547），推断它的写定者或写定者之一是李开先或李开先的崇信者。同时，又指出《金瓶梅》反过来也对戏曲产生了影响，如汤显祖的《南柯记》第四十四出《情尽》显然借鉴了《金瓶梅》最后五回普静禅师荐拔幽魂的情节，汤氏剧作中一些刻露的性描写也可能与《金瓶梅》的影响有关，这就是以戏曲小说互证的两个典型例子。

"中国小说戏曲史研究的另一引人注目的现象是相当多的作品在书会才人、说唱艺人和民间无名作家在世代流传以后才加以编著写定，文人的编写有时在重新回到民间更为丰富提高之后，才最终写成"。早在六七十年前，中国小说戏曲史研究的开创者王国维、胡适、鲁迅、郑振铎等就在《三国志通俗演义》《水浒传》《西游记》以及《西厢记》等个别作品的研究中提出了这样的论点，现在可以说已经成为文学史常识了，然而在具体研究中似乎影响甚微。许多研究者一方面承认这些作品是世代累积型集体创作，另一方面在实际上却又习惯于把它们当个人创作看待。例如，将《三国志通俗演义》《水浒传》等作品思想上、艺术上取得的成就统统归于罗贯中、施耐庵等人名下，而这些作品在思想倾向、结构、语言等方面的疏失也要他们独自承担责任。并且花了大量精力去考订施耐庵、吴承恩等人的生平事迹，力图找出他们的个人经历与作品的联系等。这表明，在理论上接受上述观点是一回事，将它落实到具体研究中又是另一回事。徐先生指出，上述这些世代累积型集体创作的作品在最后写定前早已基本定型，它包含了历代许多书会才人、说唱艺人和民间无名艺术家的思想观念，最后写定者起的作用相当有限。说这些作品中的某个细节是罗贯中或施耐庵等如何精心构思创作出来的，不啻于痴人说梦。又如，这类作品在最后写定前往往以多种形态在民间流传，并在流传过程中出现种种变异。后来文人和书商整理刊行这些小说戏曲作品，就有种种不同版本。先整理刊印的不一定最接近它的原始面目，后整理刊行的也可能是以某种流传历史同样悠久甚至来源更古老的本子为依据，它们之间不一定有直线式的源流关系。后代研究者在考订每一戏曲小说作品多种版本的相互关系上耗费了大量精力，有人说某种版本由另一版本而来，有人又提出相反的论据；有人执某一版本为"古本""正本"，而极力贬斥其他版本：这些都是对中国古代戏曲小说作品形成过程中多种版本之间相互关系的复杂性缺乏充分认识所致。

　　承认《三国志通俗演义》等个别具体作品属世代累积型集体创作是一回事，进而揭示这类创作是中国小说戏曲史上具有某种规律性的重要现象又是另一回事。徐朔方先生在对大量作品演变过程和小说戏曲史料进行细致研究的基础上，将世代累积型集体创作这一现象明确上升到中国古代戏曲小说形成发展的重要规律的高度，并运用这一规律，反过来对中国小说戏曲史上的许多重要问题和重要环节作了重新审视。例如，人们从来都认为《金瓶梅》是中国第一部作家个人创作的长篇小说，于是花了大量精力去探求这个作者是谁。徐先生最初也是按照这一思路，认定《金瓶梅》的写定者是李开先。但随着他对整个中国古代戏曲小说形成发展规律的认识日渐清晰，他越来越对旧说产生怀疑。第一，《金瓶梅》初刊本题名"金瓶梅词话"，所谓"词话"也就是话本，它包括说与唱，这表明《金瓶梅》也同样经历了一个以话本（词话）形式在民间长期流传的过程，它很可能是关于《水浒》故事的说话艺术在长期流传过程中独立出来的一个分支。小说中夹杂大量诗、词、曲的事实也只能由此得到解释。第二，《金瓶梅》中引用了大量前人的词曲、杂剧、传奇、话本，至少有9种话本和非话本小说的情节曾被《金瓶梅》所借用或作为穿插。李开先的《宝剑记》多次大段地被《金瓶梅》引用，有的作为唱词，有的作为正文的描写和叙述之用。另外引用的套曲有20套（其中17套是全文）、清曲103首，它们大都散见于《盛世新声》《词林摘艳》《雍熙乐府》《吴歈萃雅》等曲选中。民间戏曲小说在长期流传过程中相互渗透融合，甚至彼此借用情节，乃是普遍现象，因此上述事实也是《金瓶梅》曾经历一个在民间长期流传过程的证据。第三，《金瓶梅》中存在行文粗疏、自相矛盾之处。

如第十九回和第五十二回写潘金莲撇下月娘等人独自在假山旁扑蝶为戏，她和陈经济调情以及陈经济上前亲嘴被潘金莲推倒的情节，两回竟有一半文字相同；第一回与第十回介绍潘金莲的年龄明显龃龉；第九十一回已写明潘金莲房中的螺钿床送给孟玉楼作陪嫁，第九十六回吴月娘却又说是因家中没盘缠，抬出交人卖了三十五两银子；第一百回写西门庆已转世为自己的遗腹子孝哥儿，而同一回又说西门庆托生为东京富户沈通的次子。这些前后脱节、破绽重出的情况对作家个人创作的一部案头读物来说是很难理解的，但是对每日分段演唱的词话来说，各部分之间原有相对的独立性，写定者又未必做过极其认真的加工，这就不足为奇了。根据上述情况，徐先生对自己的观点作了修正，他认为《金瓶梅》与《三国志通俗演义》《水浒传》《西游记》等小说一样，也是一部世代累积型集体创作的小说。它的写定者或写定者之一是李开先或他的崇信者。如果是李开先的崇信者，那么他的文化修养不会太高，根本不是"大名士"；如果是李开先本人，那他只是出主意或主持印制而已，并未自始至终进行认真的修订。因此，写定者对本书的成就和缺陷都不起太大的作用。

　　徐朔方先生的上述观点，既是对中国古典戏曲小说历史发展过程高屋建瓴的理论概括，又为古典戏曲小说研究开辟了新的思路。它们标志着学术界对中国古代戏曲小说形成和发展的历史规律的认识提高到了一个新水平，对古典戏曲小说研究的进一步开展具有普遍的理论指导意义。

1993 年 12 月，汇集徐朔方先生主要研究论著（古籍整理校注四种和《汤显祖评传》除外）及诗文创作的《徐朔方集》由浙江古籍出版社出版。该书精装五厚册，分"曲论编""稗论编""年谱编""文史编"和"创作编"五部分，共 250 万字。其中二至四册为"年谱编"即《晚明曲家年谱》，共收明代戏曲家年谱 39 种。由详略不同分为年谱、行事系年和事实录存三类，由籍贯不同分为苏州、浙江、皖赣三卷。曾经单独出版的《汤显祖年谱》经过重写，其余各种则是首次问世。中国古代戏曲作家大多社会地位低微，足以论定他们的生平和创作的资料十分缺乏。徐先生在 20 世纪 50 年代撰写《汤显祖年谱》时，即产生了对汤显祖前后左右的晚明戏曲家的生平事迹进行系统整理研究的初步构想。夏承焘教授《唐宋词人年谱》对唐宋词人群体生平活动的研究、英语学者谦勃士（E. K. Chambers）《伊利莎白时代的英国戏剧》等著作对莎士比亚及其前后左右英国戏剧的研究，使徐先生的构想受到鼓舞而不再有所瞻顾。《汤显祖年谱》后来成为《晚明曲家年谱》的一个组成部分，从另一个角度看，《晚明曲家年谱》又不妨视作《汤显祖年谱》的扩大，是研究汤显祖理应掌握的背景资料。别的曲家年谱和全书的关系也都可以这样看待，彼此之间构成一种点与面的完美结合。由此可见，这是一个非常富于创造性的研究计划。此后的三十多年里，徐先生在从事其他课题研究的同时，一直没有中断这项工作的积累。他在浩如烟海的典籍中爬罗剔抉，并努力搜寻流失在日本、美国、欧洲及中国台湾等地的文献资料。如《水浒记》的作者许自昌的家传文稿在"文化大革命"期间为上海黄裳所得，而比他的《水浒记》先行的同名南戏却收藏于日本东京一私人藏书馆，不允许复印，徐先生只好转托日本一位教授设法抄到一份目录和它的第一出，藉以见出许自昌的改编和民间南戏大不相同，民间南戏刊行时许只有 13 岁。又如郑若庸的《北游漫稿》诗收藏在上海图书馆，文却在山东图书馆。又如顾大典的《清音阁集》收藏在张家口图书馆，而浙江天一阁所藏的 13 页残稿却有张家口图书馆藏本所缺少的顾氏学生的一篇序文，很有参考价值。又如曲家王济的墓志铭，《国朝献征录》前半篇是全文，后半是节录，《乌青镇志》则同它相反，相互补充才完全。沈龄的《四节记》杂剧得之于西班牙马德里远郊的一所皇家图书馆，更多的典藏则得之于日本包括内阁文库在内的各公立图书馆。搜集材料的另一困难来自于许多文献记载真伪相参，需要详加甄别。如万历十一年（1583）进士登科录载汤显祖当时 27 岁，似乎可靠，然汤氏实际上已 34 岁，后者有诗文集的多处记载为证，显然这是他因为迟迟没有考取而有意隐瞒年龄。又如汪道昆《太函集》卷四十一有一篇陈与郊祖父母的合葬墓志铭，把二人的生卒都弄错了，到上石时才得到更正，载于《海宁州志稿》卷二十。黄宗羲编《明文海》卷四有一篇《秋夜绳床赋》，署名汤显祖，有人发现它如获至宝，以为"这项材料不仅可补传记、年谱中的空白，还可以订正谱表中某些记载的错误"。其实只要看它一句话，就足以断定作者不可能是汤显祖。"昔十一读

《易》兮，七年鼎革。"此赋作者 18 岁时改朝换代，而明朝被推翻在汤氏身后 28 年。《明文海》卷四十一还有一篇《锦鸡赋》，署名陶允嘉。此实为王世贞任郧阳巡抚时的作品，见《弇州山人四部稿》"赋"卷一。徐先生克服上述种种困难，有时为了一条资料的查找或核对要在图书馆翻阅一整天甚至好几天，有时还不得不跋涉千里，或浼求友人物色，然而既得之后仍感不足而又未能编入谱内。有的疑问在他的脑海中萦绕了几年甚至十几年。最后，他终于以坚韧不拔的意志，独立完成了这部巨著，勾勒出 39 位戏曲家的生平经历，构筑了中国古典戏曲小说研究的一项重大基础工作。

《晚明曲家年谱》不仅具有重要的文献史料价值，而且具有重要的理论意义。全书前有长篇自序，每种年谱前均有"引论"。著者以对大量史料的考订为基础，对中国古代戏曲史上的许多重要问题做了新的论断。如关于"南戏"与"传奇"的界限，历来有多种意见。有的以元明易代之际为界，有的以昆山腔兴盛为界。徐先生根据南戏和传奇创作的具体状况指出：它们的根本区别在于前者是民间世代累积型集体创作，后者为文人的创作或改编。其他不同的属性都因此而产生。人们通常所说的宋元南戏实际上并不限于宋元，民间南戏在整个明代并未衰歇，创作和演出都以同样的规模在继续。只是由于文人传奇的兴起，它失去了昔日的垄断地位而使人误以为它已经衰落。

关于杂剧，徐先生指出：在明代，杂剧的创作和演出也不像人们想象中那么冷落。如果分散在卷帙繁多的明代诗文集中片言只语的记载难以让人留下深刻印象，那么小说《金瓶梅》所描写或提及的频繁的戏曲演出足以使人猛省，它们全部是杂剧和南戏，甚至是古杂剧，没有一个字提及昆腔。即使偶尔提到苏州伶人，他们也是"海盐子弟"。

人们历来还有一种误解，以为自明中叶昆山腔经过魏良辅等改进而兴盛以后，所有的文人传奇都是为昆腔而创作。徐先生根据大量的文献史料指出：昆腔从南戏中脱颖而出，上升为全国首要剧种，其时间比迄今人们所设想的要迟得多。与此同时，即使在万历末年，海盐腔、弋阳腔等不仅没有在各地绝响，即使在昆腔的发源地苏州，它们有时也仍可以同昆腔争一日之短长。它们在竞争中同存共荣的局面可能延续到一二百年之久。同一戏曲既可以昆腔演出，也可以其他剧种演出，至多经过简单的适应性的增删或改编。

与此相关的还有所谓"汤沈之争"问题。青木正儿《中国近世戏曲史》（王古鲁译著本）最早在沈璟生前列有"吴江派"，而在汤显祖身后则有"玉茗堂派"。此书中文本问世不久，正好碰上极左思潮泛滥，"汤沈之争"被当作戏曲史上两条路线斗争的实例而大受渲染。徐朔方先生对与"汤沈之争"有关的人和事做了详细考订澄清，指出：汤显祖与沈璟两人从未直接交锋，意见都通过共同的友人孙如法和吕胤昌而转达。这场争论并不如人们所想象的那样是文采派和格律派（或曰本色派）之争，同双方政见的进步与保守也没有太大关系。沈璟原来对汤显祖十分佩服，对汤的代表作《牡丹亭》也很爱重，但又嫌它不太合于曲律，因此按自己的标准将它改编为《同梦记》，此举引起了汤显祖的强烈不满，矛盾冲突即因此而起。汤显祖在诗文中至少9次提到自己戏曲的唱腔，都说是"宜伶"，即海盐腔的一个分支宜黄腔。他的著作中从未提到他的作品由昆腔演出。由此可见，他的剧本本为当时仍十分流行的海盐腔而创作。苏州人沈璟、冯梦龙，湖州人臧懋循、凌濛初等则自认为是吴音正宗，而以汤显祖"生不踏吴门"（臧懋循《玉茗堂传奇引》）为旁门左道。其实正是他们自己囿于见闻，知其一而不知其二。他们所指斥的汤氏作品中"歌戈"与"家麻"韵、"支思"与"皆来"韵通押并不是什么"江西土腔"，在宋元南戏《张协状元》和《琵琶记》中早有成例。因此，"汤沈之争"的实质，在于汤显祖坚持南戏曲律的民间传统，沈璟则力图将南戏的一个分支昆腔的曲律进一步规范化，并用它来要求所有传奇创作，以期有助于昆腔的兴旺发达。换言之，"汤沈之争"是由南戏多种声腔并行到昆腔一枝独秀的发展过程中因为戏曲家们认识的角度不同而产生的摩擦，它在晚明戏曲史上出现，实具有某种必然性。

当徐朔方先生基本完成了对各戏曲家生平事迹的考订，力图对他们进行总体观照时，一幅清晰的图景自然展现在他的眼前：晚明戏曲家以苏州、浙江籍为最多，皖、赣次之，明显构成几个群落。这一现象准确反映了当时南戏——传奇流行的区域及作家地理分布的状况。苏州戏曲家群落大都以昆腔正宗自居。浙江籍17位曲家中，有5位是浙西人，可说是苏州戏曲家群落的外围。这一点也不奇怪，因为浙西嘉兴、湖州地区与苏州一带一直有较强的文化联系。另外12位则可以看作以绍兴为中心的越中曲家群，他们共同的特点是采用比较宽松自由的南戏曲律和韵辙，有的剧本并不为昆腔而创作，有的采用了一些弋阳腔的手法。皖南和江西也是南戏的主要流行地区，汤显祖《宜黄县戏神清源师庙记》所说的弋阳、乐平、徽、青阳诸腔都是从这一带流行到东南各省以至全国的，这一带戏曲家自然更多地沿用南戏曲律，他们的戏曲创作纳入昆腔的时间也更迟。综上所述，晚明时期，在戏曲作家方面，苏州、浙江、皖赣几大戏曲家群落鼎峙；在戏曲形式和声腔方面，杂剧、南戏和传奇并存，南戏中的昆山腔、海盐腔、弋阳腔等并存，这几个层面之间又存在某种对应关系，总的趋势则是向昆山腔与弋阳腔、海盐腔及各地方戏曲分庭抗礼的局面演进，这就是《晚明曲家年谱》所展示的一幅全面、立体、动态的晚明戏曲画卷。

　　《晚明曲家年谱》还具有丰富的方法论意义。年轻的文史研究工作者常为重理论还是重史料感到困惑，而在徐朔方先生看来，这个问题根本不存在。一切研究都要从广泛占有材料开始，任何凭空想象和生搬硬套的所谓理论，不管它如何漂亮精致，都经不起时间的检验。同时，为考证而考证，也只能算是一种低层次的研究。即使像年谱编写这种偏重史料发掘考订的工作，也不能只是资料的摘引和排比。当工作进行到一定程度时，某些观点和评价自然由模糊到清晰而逐渐形成，然后又反过来为进一步探索增添活力。如果没有一定的理论思考，就将对许多历史事实的内在联系及其潜在意义视而不见。《晚明曲家年谱》追求客观真实性和主观倾向性的和谐结合，为我们树立了一个史料考证、理论思考和艺术分析完美统一的典范。

　　细心的读者还会发现，徐先生过去发表或出版过的论著，收入《徐朔方集》时都做了修订，其实这是徐朔方先生治学方法的又一个显著特点。对《汤显祖年谱》《汤显祖集》的反复校订及对关于《金瓶梅》作者问题观点的修正，自然是两个比较典型的例子。另如他在《新建设》1954 年 12 月号上曾发表《马致远和他的杂剧》一文，肯定《汉宫秋》等作品中包含有强烈的爱国思想。1990 年，徐先生又发表同一题目的论文，指出前文片面强调马致远思想的积极一面，而忽视了作为世代累积型集体创作的金元杂剧的独特传统，应予修正。后文强调《汉宫秋》所表现的爱国思想既有作家个人的原因，也与唐末以及宋金元时代民族矛盾尖锐、人民群众长期为国家安危所感到的忧虑和关切对昭君传说所起的影响和作用有关。注意一方面而忽视另一方面，《汉宫秋》的思想内容就得不到正确理解。关于《琵琶记》的评价，徐先生20 世纪 80 年代撰写《高明年谱》和《论〈琵琶记〉》时，也对自己早年的观点作了修正。如指出将蔡伯喈改为正面人物形象，可能并不始于高明；它并非仅仅出于作家的主观愿望，在很大程度上仍是由剧种本身规定的。因为南戏或传奇中的生旦，如同金元杂剧中的正末正旦，难以想象会成为反面人物。《张协状元》和《赵贞女》的男主角属反面人物，这种情况只存在于原始形态的民间作品中。也许有人会认为这是徐先生对自己意见的"背叛"，而他则认为这是自然的"发展"。对学术研究中的一些重大问题，必须通过不断探索而不断提高，必须勇于否定和超越自我，而不能"一锤定音"。

《徐朔方集》的出版，为徐先生此前四十年的学术研究活动做了个圆满总结。但他不仅没有就此止步，而且没有丝毫松懈。近两年来，年过古稀的徐先生精神矍铄，笔力愈健。他不仅重编了《汤显祖全集》，编成了《海外孤本明代戏曲集》（待刊），还发表了《论〈三国演义〉的成书》（台湾学生书局《书目季刊》）、《论〈封神演义〉的成书》（《中华文史论丛》）、《评〈全真教和小说"西游记"〉》（《文学遗产》）、《中国古代早期长篇小说的综合考察》（台湾《中外文学》）、《请不要破坏汉字》（《中国文化》）、《论瞿佑的〈剪灯新话〉及其在近邻韩、越和日本的回响》（《中国文化》）等重要论文。作为上海古籍出版社出版的《古本小说集成》的主编之一，他还为47种古代长篇小说和小说集撰写了前言。目前，为偿夙愿，他又奋力重新开始撰写《明代文学史》，还有好几项研究课题也在同时进行。

徐朔方先生以其在中国古代文学特别是元明清戏曲小说研究方面的突出成就，在国内外学术界享有盛誉。《论汤显祖及其他》

获第一届中国戏剧理论优秀著作奖，《论〈金瓶梅〉的成书及其它》获浙江省哲学社会科学优秀成果一等奖。《晚明曲家年谱》问世不久，即获全国优秀古籍图书一等奖、浙江省教委优秀科研成果一等奖、董氏文史哲研究基金优秀成果一等奖等。1983—1984年，徐先生应邀到美国普林斯顿大学访问讲学一年。1992年，他应邀赴日本讲学并参加学术会议。1993年，他再度应邀赴美国参加学术会议。1995年，他应邀赴台湾"中央研究院"史语所、文哲所及台湾清华大学、淡江大学讲学。另曾指导来自美国、英国、日本等地的高级访问学者和进修生多名。

徐朔方先生曾任杭州大学学术委员会副主任委员、浙江省古典文学学会理事长，曾当选为第六届全国人大代表、第七届浙江省人大常委会委员。现为杭州大学中文系教授、博士生导师。1994年，经浙江省人民政府批准为首批暂不退休教授（终身教授）。另为国家古籍整理出版规划小组成员、国家教委全国高校古籍整理研究工作委员会委员、中国戏曲学会副会长、南戏学会会长等。

（原载《文教资料》1996年第6期，署名"景行之"。后收入《奎壁之光——庆祝徐步奎（朔方）教授从事教学科研工作五十五周年学术研讨会文集》，浙江大学出版社2002年6月版）

从师散记

　　在杭州西湖畔的宝石山麓，每当清晨和黄昏，不论是阴雨还是晴天，人们常常可以见到一位满头银发、个子不高、身板结实、步履矫健的老人在散步。说是散步，其实他两眼直视前方，身体微微前倾，一溜小跑，那姿势更像是军人在操练，因此很容易在三三两两慢悠悠踱步的人群中将他分辨出来。他就是我国著名的古典文学研究专家、杭州大学中文系教授徐朔方先生。

　　有时，我上班或下班路过这里，也会碰到先生，他总是匆匆打个招呼，便继续他的"操练"。望着他远去的背影，我往往会沉思片刻，感到他是那样的普通、亲切，又是那样的卓尔不群、耐人寻味。于是，从师十年来的桩桩往事，又会在我眼前浮现。

　　1986年夏，我获得了硕士学位，当时自己还年轻，很想进一步深造。但究竟报考哪里，则举棋不定。当年深秋，我正带学生在外地实习，偶然看到《光明日报》上登有杭州大学招收博士研究生的广告，导师中有徐朔方先生的名字，眼睛不禁一亮，几乎毫不犹豫就做出了报考的决定。其实那时候我对徐先生的学术成就并不很了解，他已出版的著作我也大多未曾读过。但是在1979年我还在读大学二年级时，曾看过一本人民文学出版社出版的《〈琵琶记〉讨论专刊》。该书记录了1956年夏中国戏剧家协会在北京召开大型《琵琶记》讨论会的情况。在那次讨论会上，年仅33岁的青年讲师徐朔方先生被封为"否定派"的"主将"，与众多知名学者展开激烈的唇枪舌战，其思维之清晰、反应之敏捷、言辞之犀利、个性之坚毅给我留下了深刻印象。从此"徐朔方"这个名字便深深铭刻在我心中。现在竟有投到他的门下直接受教的机会，焉有不报考之理？

及至我千里迢迢赶到杭州参加考试，才发现徐先生出的题目既偏且难，论述题旁还附有要求：语言必须流畅优美，限500字以内，超过扣分。第一次碰到这样的要求，心里不免紧张。考毕面试，因为语言障碍，我与徐先生的交谈并不顺利。而其他几位考生都比我年长老练，他们操着流利的普通话，言谈十分得体。回到家里，我虽然心中还潜藏一丝希望，但感到把握不大，然而不久我就接到了录取通知书。第二年初春到杭大报到，才知道我是徐先生首届录取的唯一博士研究生。见面时徐先生反复强调，他录取只看成绩。他还告诉我，有位考生得知落选后曾给他来信，称那样的题目即使让某某做也做不出。徐先生也给他回了信，说不必叫某某做，已经有一位考生得了70多分了。严格、正直，这就是我直接接触徐先生的最初感受。

入学后不久的一天早晨，徐先生拿着一张《光明日报》来找我，上面报道了中国社会科学院首批博士研究生在导师指导下取得优异成绩的消息。徐先生对我说："你要向他们学习。"我心想，这些人多是"文化大革命"前的大学毕业生或研究生，经过多年积累，功底扎实，我怎么能跟他们比。但我也明白，徐先生这是在劝我立志。后来我自然是让徐先生失望了，但对这件事情一直记得清清楚楚。

先生不喜欢正襟危坐地帷帐授经，而乐于采用即兴漫谈的方式。经常是我还在睡懒觉，先生就已到楼下叫我去散步。杭大校园的花坛边，宝石山下的黄龙洞一带，我们不知转过多少圈，穿行于溪声鸟鸣之中，先生兴之所至，无所不谈。记得有一次他突然对我说，当年他受教于王季思先生时，王先生曾给他念过一首民谣，是写妻子埋怨不归家的丈夫的："太阳下山一片黑，郎不回来我接客。一天接一十，十天接一百。"他问我对这首民谣作何理解，我答道："妻子说这样的话不能理解为她水性扬花，而只能表明她对丈夫感情炽热。真正的'荡妇'是不会这样明说的。"答罢我小心翼翼望了先生一眼，只见他面露微笑，似乎含有"可与言诗"的意思。后来我想，当年的王先生和这时的徐先生，实际上都是在以这首小小的民谣，来启发自己的学生明白文学艺术的一个大道理，即文学艺术的表达和理解都不同于逻辑推理，对诗歌不能只从字面上去理解，而应该去体会它看似与表面意义相反而实际上相成的内在意蕴。许多文艺理论书上都陈述过这个道理，但都不如徐先生念给我听的这首民谣给我的印象深刻。后来我在给学生上课时，便又将这首民谣现贩现卖了。

　　每次到外地开会，先生总是先拟定一组准备顺道游览的名胜古迹的名单，然后按图索"迹"。我曾与先生一道游览扬州郊外的蜀冈，在欧阳修的平山堂遗址周围久久徘徊不肯离去。也曾探寻过福州的乌石山，遥想当年屠隆在凌霄台上"幅巾白衲，奋袖作《渔阳掺》"，"鼓声一作，广场无人，山云怒飞，海水起立"的情景。然而给我印象最深的，还是我们同登武当山的经过。1988年秋，我随先生赴襄樊参加"《三国演义》《水浒》第四次学术讨论会"。会毕组织游览武当山。到达山脚下的当晚，徐先生对我说，"明天集体行动肯定不自由，我们不如提前出发"。他和我约定次日凌晨四点出发，可我却睡过了头，当我约四点半走进旅馆大厅时，先生已在灯色昏暗冷风飕飕的厅堂里等候我半小时了。我们相携出门，一头扎起黑魆魆的群山中。由于地形不熟，我们不久便迷了路。两人站在一块四周都是悬崖的巨石上，力图辨清方位，可这时风雨交加，一片晦冥。狂风一阵阵刮来，几乎将我们掀下巨石。我不禁有些恐惧起来，但徐先生的声音依然不慌不忙。等我们折返原路，回到正确的登山路线上时，天色已经微明，远远望见大队人马刚刚上路。那天，已经65岁的徐先生率先登上"金顶"。当我们兴致勃勃下到半山腰时，却发现有好些位50来岁的先生坐在路边休息，正在望顶兴叹。

　　会议结束后，我们又顺道游览了张家界。我们早晨从索溪峪出发，沿溪而行，然后登上"西海"，下经"十里画廊"，到"水绕四门"。一路上边走边谈，不紧不慢。待游罢"黄狮寨"，再下到"金鞭溪"的后半段时，天色已黑下来，我们不由得加快了脚步。经过一整天十几个小时的跋涉，徐先生脸色发灰，显然相当疲乏了，但他言谈间丝毫未流露出倦怠之意，依然神闲气定，稳步而行。不久天色完全黑下来，我们只能摸索着前进。我这时最担心的还不是徐先生会累倒，而是怕遇上强盗，因为常听到有旅客在这一带遭抢劫的传闻。终于前面出现了亮光，旅馆到了，我心里一块石头才落下去。我问徐先生此行感受如何，他说，就自然景观而论，在他游过的名山中，黄山允称元帅，张家界可居大将之位，大名鼎鼎的泰山、华山、峨眉山等尚不足与之相抗。听到这里，作为湖南人，我不禁颇有几分自豪。

先生不仅酷爱登山，还特别喜欢游泳。每到夏天，他一天两次去游泳池，从不间断。现在他已70多岁，依然如此。据先生讲，从小学到中学，他在同级同学中总是个子最小，体育课常常不及格，因为他连把篮球扔到篮板那么高的力气也没有。因为体弱多病，他还常常休学。正因为如此，在懂事之后，他就知道自己非锻炼不可。久而久之，便成了一种习惯。几十年来，好多他当年的老同学自恃身强力壮，不注意身体，结果过早病倒，而他则因为坚持锻炼，几乎没生过什么大病，如今面色红润、体魄强健。

当然，徐先生之所以能神采焕发、老而弥健，并不仅仅是因为他坚持体育锻炼，更重要的还在于他具有一副坦荡豁达的胸怀、一股自强不息的精神、一种朴素自然的生活方式。无论是在政治上、学术研究上，还是在个人生活上，徐先生并不是一帆风顺，但徐先生从不愿意沉湎于对往事的感叹和对客观环境的抱怨中。他相信是是非非不用多分辩，时间将会证明一切。过去的损失不必再追悔，过去的荣耀也不值得再吹嘘，将来也还只是一个未知数，最重要的是抓住目前，从现在做起。经常有人在徐先生面前抱怨现在社会风气不正，许多事情不公平，某些人因为某种原因捞到了好处等等。徐先生并不否认这种情况的存在，而且对此深恶痛绝。但他又总是告诫抱怨者，如果你没有明显的优势可言，就很难说是不公平。如果你的成绩超过了竞争者一两倍甚至三四倍，则必将得到公认。表面上看似乎你为得到同一个东西不得不付出了更多的代价，但受益的还是你自己，因为成绩是你自己的，谁也抢不去。正因为徐先生有他自己的思想逻辑，所以他几乎没有想不通的时候。每次我与他外出开会，他总是让我与他同住一室。他从不熬夜，9点半左右必定就寝，而且几乎触枕就能入睡。当我这个20多岁的人还在辗转反侧时，他早已发出轻微的鼾声。而当我第二天早晨起床时，他早已在外面跑了一圈，在阳台上或走廊里轻声念外语了（那是怕惊醒我或其他人）。

　　先生少年时代还喜爱弹钢琴和唱昆曲，常常自弹自唱。后来由于工作繁忙，用于弹唱的时间越来越少。一位音乐专家告诉他，如果不能每天坚持练琴两小时以上，琴艺就不可能有进步，而只能退步。徐先生权衡一下，觉得自己做不到这一点，就把钢琴捐给一所小学了。他只是在和我的一次谈话中，若不经意地提到这件事。我问他，自己心爱的东西捐出去多可惜，留在家里自己偶尔弹弹不是很好吗？徐先生淡淡地回答道："我已经不能充分利用它，就应该让它到能充分发挥它的作用的地方去。"

我毕业留校后，还是靠徐先生帮助，才分到一间又小又旧的住房。有天徐先生劝我在屋后种树，我说屋后没有阳光种不活，徐先生说："你没种怎么知道种不活？"我又说这里只是过渡住房，不会住很久。徐先生说："只住一天也可以种树，何必计较今后自己是否能享受它的荫凉？"我无语。徐先生从自家的花园里挖来芭蕉树苗，叫我种下。虽然两棵芭蕉苗最终还是未能长大，但徐先生的话却使我的心灵受到了强烈震撼。

与徐先生说话，你用不着客套，更不能掺假。往往你还在说"虽然"如何如何，他就已洞察你将要说的"但是"后面的话。徐先生如果问你读过哪些书和文章，你千万不要为了面子报出一些只知其名未曾细读的论著的题目，因为他马上就会问你读过以后有何感想。如果你对该论著不甚了了，你也千万别轻易地说它好或说它不好，因为徐先生马上就会问你，它好在哪里，不好在哪里。在这种情况下，最明智的办法就是知之为知之，不知为不知，说老实话。我常常感到，我们生活在这个世界上，都习惯了一些"皇帝的新装"一般的假言假行，自己会不由自主地去说去做，也容忍并理解别人去说去做，而且希望别人能容忍并理解自己的这一套，也就是所谓给人留面子，希望别人也给自己留面子之类，结果是人与人之间都隔了两道面具。影响到学术研究，便是人们都在模仿某种腔调说话，很多心照不宣的东西谁都不去点破。久而久之，人们对套话由习惯到相信，对事实则由避而不谈到视而不见了。在徐先生的为人和作文中，你不会看到这种情况。他总是直奔主题，直面真实。有些人习惯了世俗的交往方式，初与徐先生接触，觉得很不适应，甚至颇感尴尬。但与徐先生相处久了，就会觉得还是这样好，反过来会感到那些世俗的客套真是何苦。徐先生论著中提到的某些事实，我们在接触文献资料时其实也看到过，但由于我们已习惯于按某些套路思考问题，因此在推导结论时有意无意地便将它忽略了。徐先生则不受这些套路的影响，不放过任何一个值得注意的现象，完全根据自己的真实感觉做出评判。这些事实一经徐先生揭示，往往会使我们产生恍然若失之感。

　　徐先生生活十分简朴，更准确地说是自然。他完全有条件将自己的衣食住行弄得好一些，但他认为衣服是保暖的，食物是提供营养的，房屋是蔽风雨的，花太多精力去装点，就是舍本逐末。他的夫人宋珊苞先生是著名的杭州一中的高级教师，在中学语文教学方面颇有建树，工作也很忙，因此徐先生常常自己买菜烧饭。他一般是烧一荤一素，不多烧也不少烧，但很注意食物的新鲜和营养成分。他从不吸烟，基本上不喝酒。遇上聚会场合，稍稍劝一下，他喝一点；再劝一下，他就再喝一点。但从不多喝，也从未见他稍露醉意。他几乎任何菜蔬果品都吃一点，从不挑食，也从不多吃。对于哪种食物有何益处、哪种食物有何害处之类的说法，他都一笑置之。他从来不过生日，70多岁仍是如此，而且旁人不提，他一般都记不起。他几乎没有过节的概念，无论是国庆、元旦，还是中秋、春节，只要无人来访，他总是伏案写作，与平时毫无两样。有人劝他说这样拼命工作太辛苦，应该多休息休息，他回答道："我没有拼命，也并不感到太辛苦。如果不工作，只会加速衰老。"他每次出门，能走路绝不坐车，有公共汽车绝不肯坐小车。他的住房算是杭州大学最好的一种房子了，但也并不宽敞。1990年，已担任多年博士生导师的徐先生仍没有一间书房，沙发旁、床底下、衣橱上，到处堆着他的书。客厅里的餐桌兼作他的书桌，要吃饭了，赶紧将书籍文稿收起来；吃完饭，又重新摊开。可他从未为此抱怨过。直到大儿子和儿媳去美国留学，小儿子上北大念书后，他才有了一间不大的书房。面对徐先生，诸如因为时间少、条件差而不能搞学问之类的话，你根本说不出口。

　　在徐先生指导下研习中国古代文学近十年，通过论文答辩也快七年了，我自己也已在带研究生，但我总有一种还未毕业的感觉。对徐先生的高尚品德和学术思想，我深感"仰之弥高，钻之弥坚"。上面零零星星谈到的一些往事，实不足以道出其万一。

唯愿徐先生在宝石山麓的散步一直继续下去，我也能得到先生更多的教诲。

　　（原载《文教资料》1996年第6期，收入《奎壁之光——庆祝徐步奎［朔方］教授从事教学科研工作五十五周年学术研讨会文集》，浙江大学出版社2002年6月版）

人文学者与公众：沉痛悼念徐朔方先生

2月17日16时45分，著名古代文学研究专家、浙江大学人文学院中文系资深教授徐朔方教授去世了。我相信海内外研究中国古代文学的同行们，以及喜爱古代文学并了解徐朔方先生的学术成就的人，都会感觉到这个信息的分量。但对大多数公众而言，徐朔方是个陌生的名字，他研究的东西距自己相当遥远。这实际上牵涉到目前中国社会普遍存在的一个问题：自然科学技术与人们的物质生活密切相关，人们都觉得科学技术专家研究的东西有用，是与自己有关的，因此尊重自然科学技术专家；对研究政治、经济、法律等方面问题的社会科学家，公众和政府也还知道他们的作用；唯对于从事人文学科研究的学者，特别是从事人文学科基础研究的学者，人们虽也敬佩他们献身学术的精神，但不了解他们一辈子研究古代经典之类究竟有什么用，也就感觉不到他们的学术研究与自己有何关系。

高端文化产品的创造者

其实，徐朔方先生主要研究中国古代的戏曲小说，像《三国演义》《水浒传》《西游记》《金瓶梅》《红楼梦》《牡丹亭》等都在徐先生研究的范围之内，中国老百姓对这些作品都不陌生。只不过徐先生研究的是这些作品的本来面目，而不是根据它们改编而成并为观众所熟悉的电视剧以及种种戏说之类。人们都知道《三国演义》是罗贯中写的，《水浒传》是施耐庵写的，《西游记》是吴承恩写的等等。随便这么说说没有关系，严格地讲这些说法都有问题。基本可以肯定历史上有罗贯中这个人，但不能简单地说《三国演义》是他写的。至于施耐庵，历史上是否有这个人都很难说。吴承恩倒实有其人，他也确实写过一本叫《西游记》的著作，但史料记载那是一本地理类的书，不大可能是小说《西游记》。《三国演义》《水浒传》和《西游记》的故事，都曾以传说、说书等形式在民间长期流传。后来有些人把这些故事汇集在一起，形成了种种《三国演义》《水浒传》和《西游记》的版本。又不断有人对这些版本进行改造加工，其中有的版本改造得比较成功，成为流行本，又经过进一步的演变，才成为我们今天所能看到的样子。因此《三国演义》《水浒传》《西游记》等都不是某个作家的个人创作，而是像滚雪球一样的世代累积型集体创作，广大民众特别是许多民间艺人都为它们的问世做出了贡献。现在许多人把《三国演义》《水浒传》《西游记》等看成和现代作家个人创作的作品一样，分析作者哪些地方构思巧妙，哪个地方百密一疏等等，说得头头是道，实际上差不多等于痴人说梦。徐朔方先生的贡献，即在胡适、鲁迅等前辈学者研究的基础上，对这些作品的成书过程和演变规律进行了详细论证，为我们准确理解这些作品提供了更可靠的基础。

我们现在越来越意识到继承和弘扬中国传统文化的重要性，上述作品都是中国古代文化的基本经典，如果没有学者把这些作品的来龙去脉弄清楚，后人将越来越读不懂这些作品，差之毫厘，往往失之千里，我们如何能准确理解和评价它们的思想内容和现代意义？文化像一个生态系统，既要有满足大众需要的通俗文化，也要有比较高雅的精英文化，还要有更高深的学术研究，这样才能构成一个完善的文化生态。有些人只欣赏通俗文化就满足了，但有人还不满足，还要了解得深入一些，就要求助于精英文化；从事精英文化的人得有更深厚的修养，就得求教于更高深的学术研究。如果没有高深的学术研究，不仅整个民族的文化生态不完善，整体文化水平不高，而且恐怕连改编或戏说之类也都找不着北，通俗文化也繁荣不了。现在在大众媒体上风光无限的"学术明星"们，也得依赖专家学者整理注释的经典读本，利用他们的研究成果，否则根本读不懂古代经典，也就无法戏说了。一环套一环，学者及其高深的学术研究，就这样与整个社会以及每个社会成员形成了密切联系。根据《三国演义》《水浒传》《西游记》等作品改编的电视剧，以及种种戏说之类，能满足大众的娱乐需求，自有产生和存在的理由，但我们不能只有这些东西，而没有像徐朔方先生这样的学者，及其高深的学术研究。

科学精神的楷模

高深的学术研究属于高难度的脑力劳动，是对人的智慧极限的挑战，对学者提出了较高要求。他们往往需要经过长期的学习和训练，掌握比较丰富的知识和技能，进行研究时必须非常细致认真，严格遵守学术规范，实事求是，言必有据，思维缜密，容不得半点虚伪和想当然。必须苦思冥想，力求在前人研究的基础上有所突破。徐朔方先生花了三十多年时间，写成了三卷本的《晚明曲家年谱》。当他完成了对 41 位明代戏曲家的生平和创作情况的考订后，明代中晚期戏曲发展演进的过程和空间分布图景就完整、立体、生动地展现出来了。该书牵涉到数以万计的信息，这些信息都储藏在他的脑海中。他整日都沉迷在自己的学术世界里，吃饭、走路，甚至做梦时都在考虑这些信息之间的联系，及其可能包含的意义。只要有一个地方没有得到确证，他就寝食难安。有些疑问在他的脑海中可以存留十几年。为了核对一条资料，他会查遍相关的图书馆，或辗转托国内外的学者朋友帮忙。有人也许会说，这么做有必要吗？少一条证据，或一条证据有疑问，又有什么关系呢？不！徐朔方先生会严肃地告诉你，这非常重要，这是一个重大的原则问题。不仅徐朔方先生会这样回答，我想任何一位人文社会科学或自然科学的优秀学者都会这样回答。最难的地方，也就是最需要突破的地方，也往往就是最有价值的地方。放过一个细节，偶尔一次想当然，就是自欺欺人，往往就会闹大笑话。一旦容忍一个细节不准确，就可能容忍更多的细节不准确。很多细节不准确，建立在这些细节基础上的所谓理论往往也就毫无价值。这种精神，就是实事求是、追求真理的精神，就是真正的科学精神。

优秀学者之于社会和广大公众的重要意义之一，就是不只关心个人的直接利益，而具有探索真理的兴趣，以求知为乐，成为倡导科学精神、实事求是、追求真理的楷模。社会有分工，每个人都有自己的本职工作，要每个人都了解学者们的学术研究成果，既不现实，也没有必要。但这种科学精神是相通的。一个民族不能没有这种科学精神，因此一个社会不能没有这样的优秀学者，不能不知道他们的价值，不能不尊重他们。如果社会上的每个人都尊重优秀学者，学习他们这种实事求是、一丝不苟、独立思考、精益求精的精神，就能做好自己的本职工作，整个国家就会迅速进步。正是在这个意义上，陈寅恪先生在深入观察比较中西文化差异后指出：与西方人相比，中国人最重功利及实用伦理，而最不尊重纯粹的学者，最不重视学术与艺术，最缺乏探索真理的科学精神，这是中国落后于西方的主要原因。陈寅恪先生的论断，值得我们深思。

人生航向的灯塔

有人把近百年来的人文社会科学学者大致划分为五代人：第一代是在清朝末年接受传统教育，大多参加过科举，但后来又接受了西方新思潮影响的学者，如王国维、梁启超等；第二代是辛亥革命前后受教育，大多曾出国留学的学者，如鲁迅、胡适、陈寅恪等；第三代是三四十年代接受高等教育，中华人民共和国成立前后已开始从事学术研究工作者；第四代是五六十年代接受高等教育，屡受政治运动冲击，但仍坚持从事学术研究者；第五代是70年代末以后读大学或做研究生而后从事学术研究工作者。徐朔方先生应属于第三代学者中在21世纪初硕果仅存者之一。他们这一代学者之所以走上学术研究之路，基本上是出于自己的兴趣爱好，还不像现在很多从事学术研究工作的年轻人一样，主要是为了找一份工作。

徐先生的老家东阳是戏曲之乡，他从小耳濡目染当地戏班的演出，汤显祖名作《牡丹亭》中的"袅晴丝"一曲深深地吸引了他。由爱听到爱唱，再到阅读剧本，然后对作者汤显祖产生兴趣，进而对汤显祖周围的作家及他们所处的时代产生兴趣，最后扩展到对整个中国古代戏曲小说发展史和明代文学史的研究，并注意将中国文学与西方文学进行对比，徐先生后来回忆说，这完全是一个自然而然的过程。徐先生还喜爱新诗创作，曾出版诗集《似水流年》。他是真心喜爱文学，所以他从事文学研究丝毫不感觉到劳累，对世俗的功名利禄也不在意。他几乎没有过年过节的概念。每年的12月10日，我带着鲜花蛋糕去给他庆祝生日，敲开门，他和师母总是一阵愕然，然后问道："又到生日了？"大年初一早晨我去他家拜年，他肯定在伏案工作。有一年春节，他让我陪着去看望身体欠安的著名学者蒋礼鸿先生，两人见面只讲了两句话，蒋先生就抽出一本线装书和徐先生讨论起来。哪怕是几分钟的时间，徐先生也舍不得浪费。他曾陪自己90多岁的老母亲去医院看病，在等待诊断结果的十几分钟里，他对前去帮忙的学生说："你带书来了吗？我这里多带了书。"晚年身体日渐衰弱，晚辈同事或学生劝他多休息，他以他一贯的坦率口吻回答道："不让我工作，就是让我早死。"在双目几乎失明、摸索着在纸上划出的字迹别人几乎辨认不出的情况下，他仍以惊人的毅力，与助手合作，奋力完成了《明代文学史》的写作。

徐先生终生从事自己喜爱的文学研究工作，心无旁骛，他是幸福的，也是令人钦佩的。现代社会丰富多彩，充满种种诱惑。每个人都难免与别人相比，计较自己获得了多少，往往因此弄得心劳力绌，平添种种烦恼。我们每个人当然不一定要像徐先生那样，也从事文学研究工作，但他的人生观和人生态度值得我们参考。他以自己的崇高身影，为我们树立了一座帮助自己选择人生道路、确定人生态度的灯塔，启发我们清醒地认识自我，确立独立的自我，选择适合自己的生活道路，不以他人的评价为评价。在波涛中行进的小舟虽不一定要靠近灯塔，灯塔也不能直接支配小舟的航向，但它为小舟校正自己的航向提供了重要的参照。我们这个社会需要像徐先生这样的学者，芸芸众生需要这样的灯塔。

（原载《钱江晚报》2007 年 2 月 27 日）

徐朔方先生《古代戏曲小说研究》前言

　　徐朔方教授是我国古典戏曲小说研究和明代文学研究领域的重要开拓者。他原名步奎，浙江省东阳县（今东阳市）人，1923年12月出生。1929年秋进入东阳私立泮东初级小学，1933年参加全县小学会考得第一名。1933年2月至1938年秋就读于东阳私立广益高小、东阳县立初中。1939年1月考入浙江省立临时联合中学师范部，1942年1月毕业，任永康桐源乡中心小学教导主任兼教员。1943年秋考入浙江大学龙泉分校师范学院中文系，一年后转入英文系，得到著名古代文学专家夏承焘教授、著名英语文学专家戚叔含教授的指导。喜爱新诗创作，部分作品由废名先生介绍发表于朱光潜先生主编的《文学》杂志，曾担任学生文学社团明湖社社长。1947年7月大学毕业后在温州中学任教，1949年温州解放后转入温州师范学校任教。1954年春调入浙江师范学院，先后在浙江师范学院、杭州大学、浙江大学中文系任教，曾担任系秘书、外国文学教研室副主任、古代文学教研室主任。

1983 年应邀前往美国普林斯顿大学东亚系讲学一年，后又多次应邀前往美国、日本和中国台湾的大学和研究机构讲学。1986 年被国务院学位委员会批准为博士生导师，1994 年由浙江省人民政府批准为暂缓退休教授。另曾担任杭州大学学术委员会副主任、浙江省古代文学学会理事长、中国戏曲学会副会长和顾问、中国明代文学学会顾问、国家古籍整理出版规划领导小组顾问、全国高校古籍整理研究工作委员会委员、第六届全国人民代表大会代表、第七届浙江省人民代表大会常务委员会委员。2007 年 2 月 17 日在杭州逝世，享年 84 岁。

徐朔方先生先后出版了《戏曲杂记》《汤显祖年谱》《论汤显祖及其他》《论〈金瓶梅〉的成书及其它》《史汉论稿》《晚明曲家年谱》《汤显祖评传》《徐朔方说戏曲》《小说考信编》《徐朔方集》《明代文学史》等著作，整理出版了《汤显祖诗文集编年笺注》、《长生殿》（校注）、《牡丹亭》（校注）、《沈璟集》（辑校）、《汤显祖集全编》等著作，编选了《〈金瓶梅〉论文集》《〈金瓶梅〉西方论文集》等书，另外还出版了诗集《似水流年》、散文集《美欧游踪》等。他的著作《论汤显祖及其他》获首届中国戏剧理论优秀著作奖，《汤显祖评传》获教育部人文社会科学优秀成果二等奖，《论〈金瓶梅〉的成书及其它》获浙江省哲学社会科学优秀成果一等奖，《晚明曲家年谱》获全国优秀古籍图书一等奖、浙江省哲学社会科学突出贡献奖，《明代文学史》被评为国家哲学社会科学重点项目优秀成果，获首届国家图书奖提名奖。

　　除《史汉论稿》等少数论著外，徐先生的学术研究工作主要集中在古代戏曲史、古代小说史和明代文学史三个领域，当然这三个领域互有交叉。他对其中的许多重要问题和重要环节提出了独到而深刻的见解，均自成体系。这里仅以古代戏曲史领域为例，略加说明：

　　关于宋元南戏，一些文献中有"温州戏文""永嘉杂剧"的记载，作为中国最古老的成熟戏曲样式的"南戏"长期以来被认为起源于温州。徐先生《从早期传本论证南戏的创作和成书》及其续篇《南戏的艺术特征和它的流行地区》认为，迄今未发现任何文献提及温州有特定的声腔，说南戏起源于温州缺乏令人信服的证据；南戏兴起于包括温州在内的广大东南地区民间，温州不过是南戏最早流行的地区之一。

　　关于杂剧，王国维的《宋元戏曲考》是中国古代戏曲史的奠基之作，它将元杂剧的发展分为三期，并认为大都、平阳和杭州分别是三个发展阶段的中心区域，这些观点长期以来被视为定论。徐先生《金元杂剧的再认识》等文从考察现存杂剧剧本和曲目的故事发生地、出现的地名、官名及史实、王实甫的生平及《西厢记》、《丽春堂》的创作年代等入手，论证有 21 种杂剧作品以金代为背景或带有金代生活印记，有 38 种杂剧作品（至少是其中一折）以开封为背景，王实甫应为金代人，《西厢记》《丽春堂》均作于金代。因此作为中国古代最重要的戏曲形式之一的"杂剧"应起源于金（宋）代，开封也是杂剧发展过程中的中心之一，"元杂剧"应改称"金（宋）元杂剧"。

关于"南戏"与"传奇"的界限，历来研究者有的以元明易代之际为界，有的以昆山腔兴盛为界。徐先生《论〈琵琶记〉》等文认为，"南戏"与"传奇"的根本区别在于前者是世代累积型集体创作，后者为文人的创作或改编，两者其他不同属性都因此而产生。元末明初经高明改编的《琵琶记》已属于"传奇"，而广东潮州1975年出土的明宣德间戏文《刘希必金钗记》《蔡伯皆》等则仍属于"南戏"。

关于南戏在明代的情形，徐先生指出，人们通常所说的"宋元南戏"实际上并不限于宋元，民间南戏在整个明代并未衰歇，创作和演出都以同样的规模在继续，只是由于文人传奇的兴起，它失去了昔日的垄断地位而使人误以为它已经衰落。

关于明代杂剧，徐先生指出，它的创作和演出也不像人们想象中那么冷落。如果分散在卷帙浩繁的明代诗文集中片言只语的记载难以让人留下深刻印象，那么明中后期小说《金瓶梅》所描写或提及的频繁的戏曲演出足以使人猛省，它们全部是杂剧和南戏，甚至是古杂剧，没有一个字提及昆腔。即使偶尔提到苏州伶人，他们也是"海盐子弟"。

人们历来还有一种误解，以为自明中叶昆山腔经过魏良辅等改进而兴盛以后，所有的文人传奇都是为昆腔而创作。徐先生根据大量文献资料指出：昆山腔从南戏中脱颖而出，上升为全国首要剧种，其时间比迄今人们所设想的要晚得多。与此同时，即使在万历末年，海盐腔、弋阳腔等不仅没有在各地绝响，即使在昆山腔的发源地苏州，它们有时仍可同昆山腔争一日之短长。它们在竞争中同存共荣的局面可能延续到一两百年之久。同一戏曲既可由昆山腔演出，也可由其他剧种演出，至多经过简单的适应性增删改编。

与此相关的还有所谓"汤沈之争"的问题。青木正儿《中国近世戏曲史》（王古鲁译著本）最早在沈璟生前列有"吴江派"，而在汤显祖身后则有"玉茗堂派"。此书中文本问世不久，正好碰上极"左"思想泛滥，"汤沈之争"被作为戏曲史上两条路线斗争的实例而大受渲染。徐先生对有关人和事作了详细考察后指出：汤与沈两人从未直接交锋，意见都通过共同的友人孙如法和吕胤昌转达。这场争论并不如人们所想象的那样是文采派与格律派（或曰本色派）之争，同双方政见的进步与保守也没有太大关系。沈原来对汤十分佩服，对汤的代表作《牡丹亭》也很爱重，但又嫌它不太谐于音律，因此按自己的标准将它改编为《同梦记》，此举引起了汤的强烈不满，矛盾冲突即因此而起。汤在诗文中至少九次提到自己戏曲的唱腔，都说是"宜伶"，即海盐腔的一个分支宜黄腔。他的著作中从未提到他的作品由昆腔演出。由此可见，他的剧本本为当时仍十分流行的海盐腔而创作。苏州人沈璟、冯梦龙，湖州人臧懋循、凌濛初等则自认为是吴音正宗，而以汤"生不踏吴门"（臧懋循《玉茗堂传奇引》）为旁门左道。其实正是他们自己囿于见闻，知其一不知其二。他们所指斥的汤氏作品中"歌戈"与"家麻"韵、"支思"与"皆来"韵通押并不是什么"江西土腔"，在宋元南戏《张协状元》和《琵琶记》中早有成例。因此，"汤沈之争"的实质，在于汤氏坚持南戏曲律的民间传统，沈氏则力图将南戏的一个分支昆腔的曲律进一步规范化，并用它来要求所有传奇创作，以期有助于昆腔的兴旺发达。换言之，"汤沈之争"是由南戏多种声腔并行到昆腔一枝独秀的发展过程中因为戏曲家们认识角度不同而产生的摩擦，它在晚明戏曲史上出现实有某种必然性。

徐先生的《晚明曲家年谱》勾勒了 39 位戏曲家的生平经历，构筑了中国古代文学研究的一项重要基础工程。当他基本完成对各位戏曲家生平事迹的考订，对他们进行整体观照时，一幅清晰的图景自然展现在他的眼前：晚明戏曲家以苏州、浙江籍最多，皖、赣次之，明显构成几个群落。这一现象准确反映了当时南戏、传奇流行的区域及曲作家的地理分布。苏州戏曲家大都以昆腔正宗自居；浙江籍 17 位曲家中，有 5 位浙西人，可以说是苏州戏曲家群落的外围。这一点也不奇怪，因为浙西嘉兴、湖州地区一直与苏州一带有密切的文化联系。另外 12 位则可以看作以绍兴为中心的越中曲家群，他们共同的特点是采用比较宽松自由的南戏曲律和韵辙，有的剧本不为昆腔而创作，有的采用了一些弋阳腔的手法。皖南和江西也是南戏的主要流行地区，汤显祖《宜黄县戏神清源师庙记》所说的弋阳、乐平、徽、青阳诸腔都是从这一带流行到东南各省以至全国的。这一带戏曲家自然更多地沿用南戏曲律，他们的戏曲创作纳入昆腔的时间也更迟。综上所述，在戏曲作家方面，苏州、浙江、皖赣几大群落鼎峙；在戏曲形式和声腔方面，杂剧、南戏和传奇并存，南戏中的昆山腔、海盐腔、弋阳腔等并存，这几个层面之间又存在某种对应关系，总的趋势则是向昆山腔与弋阳腔、海盐腔及各地地方戏曲分庭抗礼的局面演进，这就是《晚明曲家年谱》所展示的一幅全面、立体、动态的晚明戏曲画卷。

众所周知，徐先生对明代戏曲的代表作家汤显祖及其《牡丹亭》等作品的研究用力最深。他的《汤显祖年谱》《汤显祖评传》是研究汤氏生平思想最重要的著作。他历经四十年整理的《汤显祖集全编》是迄今为止搜集整理汤氏作品最完整精审的本子。他校注的《牡丹亭》是该作品最流行的读本。徐先生指出，《牡丹亭》不像《西厢记》《红楼梦》那样，描写旧的婚姻制度如何在一对爱人的幸福道路上设置重重障碍并加以破坏，它以杜丽娘之死写出她要接触到可爱的异性都是不可能的。她不是死于爱情被破坏，而是死于对爱情的徒然渴望，这一情节设置表明作者对旧的婚姻制度的认识是特别清醒而深刻的。《西厢记》中的张生和崔莺莺虽然也写得很美很成功，但剧中最富有吸引力的人物却是红娘，全剧为之生色。没有她的鼓励，崔、张的爱情不见得会有所发展；没有她的见义勇为，崔、张不会有成功的希望。有这样一位红娘的存在，正说明了崔莺莺的软弱。在《牡丹亭》里，杜丽娘和春香的情形恰恰与此相反。春香天真的心中飘过什么思想，杜丽娘了如指掌；杜丽娘自己的秘密，却一点没有让春香知道。如果说游园前春香还有比杜丽娘大胆的一面，那么杜丽娘的整个思想却远远超出春香之上，她是自己的思想和行动的主宰。在闹学、游园之后，春香在戏曲中是越来越不受重视了，几乎只是偶然带上一笔而已。杜丽娘的反抗性超过崔莺莺，正如后出的林黛玉又超过她一样。

　　汤显祖和莎士比亚东西两位戏剧大师都在 1616 年去世，这一巧合自然引起了中外文学史研究者的兴趣。徐先生写于 1963 年、发表于 1978 年的《汤显祖与莎士比亚》，是在比较文学研究蒙受的无辜罪名刚刚开始得到洗刷时国内学术界较早看到的一篇比较文学研究论文。由于徐先生毕业于英文系，对莎士比亚的生平、著作及整个欧洲文学史有系统的了解，所以该文就不像后来比较文学研究成为热门时的某些论文那样作生硬比附，而是对两位戏剧大师所处的历史文化背景作了具体深入的比较：汤显祖用文言写作，面向有较高文学修养的知识分子；莎士比亚则用当时通行语言写作，面向市场和大众等。徐先生得出这样一个结论：他们并不因为在同一年去世，就能算是同时代人。徐先生还注意到汤显祖万历二十年（1592）被贬赴任徐闻典史途中，路过肇庆，曾与罗马耶酥会传教士利玛窦相遇，写有《端州逢西域两生破佛立义偶成二首》，其中表达的作为当时中国最优秀的知识分子的汤显祖对西方世界的认识，也是那样模糊陈旧，引人深思。

在对中国古代戏曲小说作家、作品做了大量深入细致个案研究的基础上，徐朔方先生致力于对中国古代戏曲小说形成和发展的规律进行整体观照和理论概括。他指出，中国古代戏曲小说和西方不同，有它独特的成长发展的历史。它的特点之一是戏曲和小说同生共长，彼此依托，关系密切。同一故事，既为小说采用，又成为戏曲的题材，它们往往交叉发生影响。即使不同题材的戏曲小说，也往往从对方移植某些片断或借鉴某些技巧。因此，小说研究和戏曲研究必须结合起来进行。可以小说证戏曲，也可以戏曲证小说，只知其一，不知其二，几乎是不可能的事情。徐朔方教授从《金瓶梅》大量引用李开先《宝剑记》的曲文，论定《金瓶梅》成书的上限不早于《宝剑记》初次刊行的嘉靖二十六年（1547），推断它的写定者或写定者之一是李开先或李开先的崇信者。同时指出《金瓶梅》反过来又对戏曲产生影响，如汤显祖《南柯记》第四十四出《情尽》显然借鉴了《金瓶梅》最后五回普静禅师荐拔幽魂的情节，汤氏剧作中一些刻露的性描写也可能与《金瓶梅》的影响有关，这就是戏曲小说互证的两个典型例子。

徐先生指出，中国古代戏曲小说发展史的另一引人注目的现象，是相当多的作品在书会才人、说唱艺人和民间无名作家手中世代流传后，才由文人最后编著写定。早在20世纪上半叶，中国戏曲小说史研究的开创者胡适、鲁迅、郑振铎等学者就在《三国志通俗演义》《水浒传》《西游记》以及《西厢记》等个别作品的研究中提出了这样的论点，现在可以说已成为文学史的常识了，但在具体研究中似乎影响甚微。许多研究者一方面承认这些作品是世代累积型集体创作，另一方面却又习惯于把它们当作个人创作看待。例如将《三国志通俗演义》《水浒传》等作品思想上、艺术上取得的成就统统归于罗贯中、施耐庵等人名下，而这些作品在思想倾向、结构、语言等方面的疏失也要他们独自承担责任；花了大量精力去考订施耐庵、吴承恩等人的生平事迹，力图找出他们的个人经历与作品的联系；在考订每种戏曲小说作品多种版本的相互关系时，有人说某一版本由另一版本而来，有人又提出相反的论据；往往执某一版本为"古本""正本"，而极力贬斥其他版本等。这表明，在理论上接受"世代累积型集体创作"的观点是一回事，将它落实到具体研究中又是另一回事。

徐朔方教授的贡献，在于将"世代累积型集体创作"这一理论上升到中国古代戏曲小说发展重要规律的高度，通过对《三国志通俗演义》《水浒传》《平妖传》《西游记》《封神演义》等重要小说成书过程的考察，对这一理论作了更系统充分的论证，并运用这一规律，反过来对中国戏曲小说史上的许多重要问题和重要环节进行了探讨。他指出，上述这些世代累积型集体创作的作品在最后写定前早已基本定型，它们包含了历代许多书会才人、说唱艺人和民间无名作家的思想观念和审美趣味，它们也因此在反映中国古代社会文化形态上更富于典型性。这些作品的最后写定者起的作用实际上相当有限。说这些作品中的某个细节是罗贯中或施耐庵等如何精心构思创作出来的，有时不啻痴人说梦。这类作品在最后写定前往往以多种形态在民间流传，并在流传过程中发生种种变异。后来文人和书商整理刊行这些戏曲小说作品，就有种种不同版本。先整理刊印的不一定最接近它的原始面目，后整理刊行的也可能是以某种流传历史同样悠久甚至来源更古老的本子为依据，它们之间不一定有直线式的源流关系。既然许多作品实际上长期处于变化过程中，那么最早的版本并不一定就是最好的版本，后出转精的版本也不应该因为它们对其前的版本有所改动而备受责难。

人们历来认为《金瓶梅》是中国第一部由作家个人创作的长篇小说，于是花了大量精力去探求这个作者是谁。徐先生经过长期研究后认为，《金瓶梅》初刊本题名"金瓶梅词话"，所谓词话也就是话本，它包括说与唱，这表明《金瓶梅》也同样经历了一个以词话（话本）形式在民间长期流传的过程，它很可能是关于《水浒》故事的说话艺术在长期流传过程中独立出来的一个分支。小说中夹杂大量诗、词、曲体韵文，也只能由此得到解释。小说中还大量引用前人的词曲、杂剧、传奇、话本，这也应是它曾经在民间长期流传的证据。《金瓶梅》还存在大量行文粗疏、自相矛盾之处，对作家个人创作的一部案头读物来说是很难理解的，但对每日分段演唱的词话来说，各部分之间原有相对独立性，写定者又未必作过极其认真的加工，这就不足为奇了。根据这些事实，徐先生认为《金瓶梅》也属于世代累积型的集体创作。吕天成模仿《金瓶梅》而创作的《绣榻野史》问世于 1600 年前后，它可能才是中国古代最早具有典型个人创作性质的长篇小说。

不难看出，徐朔方先生的学术研究始终贯穿着强烈的创新精神，敢于突破成说，包括自己早期的观点。他学风严谨，又有创作诗歌散文的经验，善于将文献研究、文学研究与文化研究相结合，考辨精详，对作家的诗心文心分析细腻入微，注意将中国文学放在与欧洲文学的比较中、放在东西方历史文化发展的大背景中进行考察，视野开阔。他既注重个案研究，又注意整体观照，在史料的搜集整理和理论概括上均有卓越建树，具有鲜明的学术个性，在当代古代文学研究领域独树一帜。

限于体例和篇幅，本书只选录徐朔方先生研究古代戏曲小说的论文。他在其他研究领域的论著，以及研究古代戏曲小说方面的专著均无法编入。即使是他研究古代戏曲小说的论文，本书也只能收录一小部分，上述介绍又挂一漏万，聊供以管窥豹而已。同门师兄弟周明初、楼含松、徐永明、汪超宏等均参与选编工作。浙江大学出版社钟仲南编审等为此书出版费力甚多，在此谨表谢意。

（载徐朔方《古代戏曲小说研究》，浙江大学出版社2008年11月版）

"我们相爱一生，一生还是太短"作者究竟为谁

近几年来，有这样两句诗——"我们相爱一生，一生还是太短"，在网络上非常走红，事情的缘起是这样的：

2017年2月18日，中央电视台著名主持人董卿主持的《朗读者》节目第一期开播。特邀嘉宾中，有一对来自四川金堂县转龙镇的夫妇周小林、殷洁，讲述了他们浪漫动人的爱情故事。1986年7月，周小林还是四川省阿坝师范专科学校历史学专业的一名大二学生，兼职做导游。殷洁是北京人，当时正从北京医学院（后来改名北京医科大学，即现北京大学医学部）本科毕业，与同学相邀去四川九寨沟旅游，两人因此相遇。后来，在周小林锲而不舍的追求下，殷洁嫁给了他。两人一起投身旅游业，周小林对殷洁呵护备至。殷洁特别喜爱鲜花，周小林承诺为她建一个花园，于是花了十年的时间，打造了一个占地1200亩、栽满1000多种花卉的鲜花谷。他们的精彩讲述，令现场和电视机前的观众无不动容。主持人董卿当场说："我引用两句情诗，是沈从

文写的诗，只有十个字："我们相爱一生，还是太短。'送给你们，祝福你们！" 董卿的临场发挥，赢得满堂喝彩。自此，这两句优美的诗句，因为名家、名星和名牌节目的效应，广为人知，引用传诵不衰。

一

爱情是文学永恒的主题，几千年来，不同民族的人们，几乎用尽了各种美妙的词句赞美她。想要再写出一点新意，难度可想而知。这两句诗语言明白如话，却表达了古往今来深深相爱的人的共同心愿，深挚隽永，堪称经典。在中外数不胜数的爱情诗中，似乎还没有见到过类似的表达，因此弥足珍贵。

但这两句诗出自何处，真是沈从文所作吗？2018年4月2日的《文汇读书周报》，发表了复旦大学杨新宇副教授的《"我们相爱一生，一生还是太短"到底是谁的诗？》一文，指出这两句诗为著名古代戏曲小说研究专家徐朔方所作，最初发表于1948年5月出版的《文学杂志》第二卷第十二期，题为"岁月"，原诗如下：

岁月如密植的行道树

正如我们初次散步时

心里想走得很慢

可是总觉得太快

不论谈笑或无言

行道树一株一株过去

我们相爱一生

一生还是太短

　　杨新宇副教授经过搜索发现，沈从文的诗集中没有收录这首诗。学术性论著中，较早提到这两句诗为沈从文所作者，是李扬的《沈从文的家国》（上海交通大学出版社，2014），该书有个注释，称这两句诗"语出沈从文，参见林蒲《投岩麝退香》，《长河不尽流》，第160页，湖南文艺出版社1989年版"。杨新宇副教授又查阅《长河不尽流》一书，发现林蒲是西南联大诗人，沈从文的学生，《投岩麝退香》是他在沈从文去世后写的回忆文章，文中提到这两句诗，是因为谈到沈从文"曾拟写一部戏剧"，"起意很早，早过北平我结识他的年代。在昆明时也一再提及，和接近他的学生分享构思，打下了的蓝图"。沈从文说该剧可以采用歌舞等艺术形式，载歌载舞。"他脱口而出：'枝枝总到地，叶叶自开春。'他引用的这两句杜甫《柳边》诗，适切解答了问题，且扼要地说明写此剧本的主旨。大家正惊异着，我默默暗念'语不惊人——'，还没有念完，沈师紧着叙述他和文学的因（姻）缘关系：'我们相爱一生，一生还是太短。'"

　　林蒲在该文中称："自1938年和沈师昆明握别，至1948年放洋来美以后，音讯断绝。"那么《投岩麝退香》所记沈从文提到这两句诗，当在 1938 年前，在昆明西南联大时，远早于徐朔方 1948 年 5 月发表《岁月》，则这两句诗最早当出自沈从文。但杨新宇文认为："林蒲此文只是一个孤证，且写于 1988 年，时隔 40 多年，记忆恐难免有误，若非当年记有日记，诸多细节栩栩如生，实难令读者尽信。"特别是其中时间线索并不清楚，如林蒲 1948 年赴美前夕是否还见过沈从文，就不明确。

　　杨新宇文还指出下列相关事实：辛笛在发表于 1994 年第二期《诗探索》上的《诗之魅》一文中，也有"'我们相爱一生，一生还是太短'（沈从文语）"的说法，但不知他是否因读过林蒲的《投岩麝退香》才有如此表述；徐朔方曾写过一篇《读沈从文选集〈凤凰〉》，从文中看，徐朔方与沈从文人生似无交集。这两句诗如果真是沈从文所写，并且没有发表，徐朔方何以得知？如果是徐朔方所写，他投稿给《文学杂志》，《文学杂志》由朱光潜主编，是京派作家的重要阵地，沈从文在其上就发表过多篇文章，他看过徐朔方的诗应该是很正常的，甚至在 1948 年 5 月之前就看过稿件，也是有可能的。如果林蒲 1948 年赴美前夕还见过沈从文，则不排除是沈从文与他交谈时引用了徐朔方的这两句诗。但令杨新宇不解的是，徐朔方 1986 年出版的诗集《似水流年》里偏偏漏了这首佳作，1993 年出版的《徐朔方集》仍未补入。杨文只能推断："难道是徐朔方为避免抄袭嫌疑故意不收？"

二

应该说，杨新宇副教授的文章，指出了"我们相爱一生，一生还是太短"这两句诗的最早正式出处，并尽可能搜集了相关文献信息。至于这两句诗究竟为谁所作，暂时也无法做出圆满解答。本文只能为此补充一些零星信息，并做进一步推测，希望这个谜题最终能够得到解决。

第一，限于报刊文章体例，杨新宇文只指出了这两句诗的原始出处，没有列出文献图像。兹补充列出该刊封面、目录、徐朔方诗作正文、封三，以给读者直观的印象：

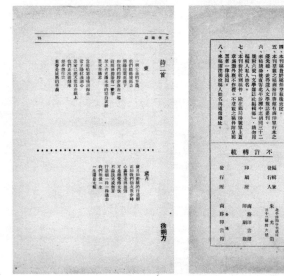

詩二首

徐朝方

憂鬱

一個生命的負擔
也許祇能挑起
在我們短促的年時
和我們的胸中一起
現在我已把它放下來
把它擺在路邊的荒橋
荒草將在那裡繁生
荒草是我熟悉的荒草

歲月

讓我把凝視的眼睛這樣閉上
正如我將我的心窗閉上
心裡豢養的夜鳥就將飛去
可以讓我歡唱
不讓我歡唱
我的生命一點一滴流過去
我又如何留得住這一息尚存的一生
一息是如此微細……

本刊徵稿簡例

一、本刊歡迎投稿，但以未曾發表者為限。
二、來稿請用有格稿紙繕寫清楚，譯稿不能刊者恕不退稿。
三、本刊對於來稿有刪削改之權，不願刪改者請先聲明。
四、本刊揭載之稿件務請留有副本，不願遺失者本刊概不負責。
五、本刊所載文稿稿費於每期出版後九十日內一次付酬發刊。
六、來稿請寄北平中老胡同三十二號轉「文學雜誌編輯委員會」。
七、本刊對於收到稿件，除在篇幅上酌量刊載外，稿件不作預約，不登載者一概退還。
八、來稿請詳明投稿人姓名與通信地址。

不　許　轉　載

文學雜誌　第二卷　第十二期
民國三十七年五月初版
定價　國幣　陸元

編輯兼發行人　朱　光潛
印刷所　商務印書館印刷廠
發行所　商務印書館

第二，董卿在《朗读者》节目中引用这两句诗，可能是受到北京联合出版公司出版的一本沈从文小说选集《我们相爱一生，一生还是太短》的影响。杨新宇文已提到，复旦大学张业松教授对某些"标题党"出版社表示不满，如将所编周作人的一本文集取名为"我独爱生活应有的样子"，将沈从文的小说选集取名为"我们相爱一生，一生还是太短"之类。杨文也引用读者的反馈指出，该书所收沈从文作品，从头至尾并没有出现"我们相爱一生，一生还是太短"的字句。北京联合出版公司这套书所署出版日期是2017年1月1日，但该社在2016年底已开始宣传。

第三，杨新宇文已经指出，董卿引用这两句诗时，后一句漏掉了"一生"两个字。后来的引用者，大部分引用原文，但也有照董卿所说引用的。虽然漏掉两个字，没有损害两句诗的基本意思，但艺术效果还是不一样的。我们后面再谈这一点。

第四，自董卿引用这两句诗后，这两句诗被广泛转引。按照林蒲的说法，沈从文提到这两句诗，是表达自己与文学的姻缘，即对自己终生从事文学创作无怨无悔。但已有众多网文将之解读为沈从文表达与妻子张兆和的爱情。

第五，徐朔方先生《读沈从文选集〈凤凰〉》发表于1987年4月18日《文艺报》，收录于《徐朔方集》第5卷299—303页。其中说："我开始接触他的作品是在四十多年前，正是选集中的最后一篇脱稿前三年光景。我现在还保留着深刻印象的正是他关于湘西的二三个集子，尤其是题为'戴水獭皮帽子的朋友'的那一篇,这次我找不到它未免令人失望。"另,徐朔方先生还写过《悼沈从文》一诗,诗末标明写作日期是"1988 年 6 月 10 日之后半个月"(按,沈从文于 1988 年 5 月 10 日去世,此处作"6 月",当属排印错误),收录于《徐朔方集》第 5 卷第 505 页:

> 他走了,悄悄地不见了他的身影,
> 用不着谁给他荣衔和虚名。
> 不朽的篇章,寂寞的一生,
> 不要为他叹息,打扰他的安宁。
>
> 说湘西的边城为他而存在,
> 还是他为湘西才这样笔墨酣畅。
> 即使是描绘外面的大千世界,
> 那也一样,美总是使人忧伤。
>
> 他走了,悄悄地不见了他的身影,
> 等到没有人看懂他诉说的悲苦。
> 他将微笑着享受他渴望的安息,
> 人生活在乐土,鱼相忘于江湖。

从上面所引一文一诗,可见徐朔方先生对沈从文非常敬佩。凡是了解徐朔方先生的人都知道,他慎于许可,很少有人像沈从文这样获得他如此诚挚的敬重，因此他不大可能抄袭沈从文的诗。同时，徐朔方先生一生律己甚严，也不太有可能在知道沈从文有这两句诗的情况下，去抄袭它。另一方面，从客观上讲，这种事情也不太可能发生，因为《文学杂志》是一个当时知名文人学者圈的同人刊物，沈从文也是圈中人。如果他写过如此精彩的两句诗，该刊同人不会不知道。徐朔方先生当时只是一个25岁的文学青年，他不太可能冒天下之大不韪。

第六，如前面图像所示，《文学杂志》第2卷第12期共发表了徐朔方先生"诗二首"，一首为《画》，一首为《岁月》。值得注意的是，《似水流年》没有收《岁月》，但收了《画》。《似水流年》所收作品止于《罗马谒英国诗人济慈故居》，作于1984年6月3日。《徐朔方集》出版时，第5卷"创作"部分增收了此后新作数十首，仍然只收《画》，没有补收《岁月》。二书所收《画》字句相同，但与《文学杂志》上发表的版本字句不完全一样。后者为：

> 一个太美的早晨
>
> 我们经苏堤出去
>
> 朝阳从叶面滑下
>
> 和我们的脚步落在一起
>
> 前面杨柳荫有一画架
>
> 架上有充满未知的空白画纸
>
> 画家在构思

当游船划过桥洞归去

当夕阳红满湖心

画家已把天堂写在纸上

我们正出游归来

却不想作画

黄昏是成熟的早晨

《似水流年》和《徐朔方集》收录的文字是：

芭蕾正在迎着朝阳开合

圆圆的露珠从叶片上滑下

我们经过苏堤出去

正巧树下有一个画架

画上是充满未来的画纸

画家在构思

当夕阳映红了湖心

画家已把一天的美景

再现得十分逼真

我们出游归来

却不想作画

黄昏是成熟的早晨

（《徐朔方集》第 5 册第 462 页，浙江古籍出版社
1993 年 12 月版）

可见《似水流年》和《徐朔方集》不仅收入了《画》，还对
它进行了修改。他在《似水流年》自序中说："本集所收作品多
数未经发表，例外的是几首小诗，1948 年承废名先生介绍，发表
于朱光潜主编的《文学杂志》。"现查《文学杂志》1948 年所出
各期，除这两首诗外，未见发表徐朔方先生其他诗作。这再一次
表明，他对在《文学杂志》发表这两首诗歌一事记忆深刻。他没
有收录《岁月》，不可能是因为遗忘，肯定另有考虑。

第七，在《似水流年》和《徐朔方集》中，《画》都署创作
时间为"1947 年 6 月 13 日"。《岁月》与之一同投稿，一起发
表，写作时间当相距不远。也就是说，沈从文 1947 年 6 月以后，
就有可能看到《岁月》。只要林蒲在 1947 年 6 月以后、1948 年
赴美之前见过沈从文，沈也有可能对他提起这两句诗。

徐朔方先生以对中国古代文学的研究成果享誉学界，但他
1943 年考入浙江大学后，曾醉心于新诗创作，担任过浙江大学学
生文学社团明湖诗社的社长。他对自己早年从事诗歌创作的经历非
常重视。徐朔方先生过世后，笔者为了书写他的生平，曾被允许调
阅他的档案。他于 1954 年由温州师范学校调到浙江师范学院（即
后来的杭州大学）任教时，在"履历表"中的"有何特长和著作"
一栏，他自己填的是"新诗数十首"。在《徐朔方集》的自序中他

写到："我得坦率地承认，我从来无意于研究，而有志于创作。""现在我自己也做了不少考证工作，完全不是青年时所能想见，也许这也是人生难免的一点自我嘲弄吧。""我想，我的这一点创作也许算不了什么，但至少是我的练笔。我要承认，我的任何一篇论文，都没有像我写作《雷峰塔》（长诗）时那样认真，它占用了我一生中最好的岁月。我承认所有我的著作都是身外之物，而创作是我的自传，是我本人。"（《徐朔方集》第1卷第9页）

在诗集《似水流年》自序中，徐朔方先生还陈述了自己投入新诗写作的经过，以及自己关于诗歌的基本主张："我认真接触新诗从闻一多的《死水》开始。全黑的别出心裁的封面设计和它的严谨的艺术形式至今仍在我心中留有印象。""英国十九世纪浪漫主义诗人华兹华斯、柯尔律奇和拜伦、雪莱、济慈的诗句向我展示了诗国的新大陆。他们的语言明白如话，对青年人似乎比本国古代的传统五七言诗更加亲切动人。这是我当时的感觉。1944年，我遂由中文系转为英国语言文学系的学生。""任何创作，艺术形式是头等重要的事。别人只有通过艺术形式，才能把握作者主观所要表现的内容。得鱼可以忘筌，无筌却不能得鱼。诗不妨无格律，格律诗当是它的主流，这是作者的信念。"（《徐朔方集》第5卷第423—424页）徐朔方先生坦承，与中国传统五七言诗相比，他更喜欢新诗，实际上他直到晚年仍坚持这一观念。因此，他虽然主要从事古代文学研究，却一直只写新诗，不写五七言旧体诗。其次，他之所以喜爱新诗，是因为新诗"语言明白如话""更加亲切动人"。

他评价中国古代诗歌的标准，也受到这一观念的影响。那些符合所谓传统诗学的审美标准，显得格律精严、寄托遥深的作品，他并不怎么推崇。他比较喜欢的是语言清新活泼、颇有生活情趣的小诗。如对明代诗人徐渭，他特别欣赏其题画诗，像《葡萄》："半生落魄已成翁，独立书斋啸晚风。笔底明珠无处卖，闲抛闲掷野藤中。"又像《芭蕉鸡冠》："芭蕉叶下鸡冠花，一朵红鲜不可遮。老夫烂醉抹此幅，雨后西天忽晚霞。"他尤其激赏徐渭《郭恕先为富人子作风鸢图二十五首》中描写儿童天真烂漫之作，称之为"最美妙的组诗"："高高山上鹞儿飞，山下都是刺棠梨。只顾鹞儿不顾脚，踏着棠梨才得知。""偷放风鸢不在家，先生差伴没寻拿。有人指点春郊外，雪下红衫便是他。""鹞材料取剩糊窗，却吓天鹅扑地降。到得爷娘查线脚，拆他鞋袜两三双。"（《徐朔方集》第3卷第43、44、46页）

徐朔方先生提倡诗歌的语言应该"明白如话"，绝不意味着他不重视诗歌语言之美和格律之美。自五四新文学运动开始，关于汉语新诗的写法，大致有两条路径：一是强调口语化、平民化；一是强调既要用白话，同时又要精心锤炼字句，讲究诗歌的音韵节奏之美，形成新的"格律"。前者以胡适等人的作品为代表，后者以闻一多、戴望舒等人的作品为代表。毫无疑问，徐朔方先生是认同后一种路径的。在语言方面，他追求的是经过精心锤炼，达到既明白如话又准确生动的境界。同时他特别重视诗歌的音韵节奏之美，即广义的格律，认为不一定要求每首诗都讲究格律，但"格律诗"应该是诗歌的"主流"。他一生的新诗创作，都在实践他的上述主张。他的诗作的语言确实"明白如话"，但都经过反复推敲，尤其注意音韵节奏效果。即如"我们相爱一生，一生还是太短"这两句诗，在上一行"行道树一株一株过去"之后，内容由客观描写转为主观抒情，句式也由长变短，而且两句句长相等，自然构成一个独立的单元，情感转入深永。就这两句之内而言，"一生"一词重复，得到强调，造成语气的顿挫。上句末尾与下句开头勾连，形成回环往复的效果。如果省掉下一句中的"一生"，这种效果就会明显打折扣。

三

综上所述，徐朔方先生确实在《文学杂志》发表过这两首诗，他也不太可能抄袭沈从文的诗，但他晚年自编诗集《似水流年》和《徐朔方集》又确实没有收录《岁月》这首诗，这究竟是怎么回事？如果找不到沈从文先生1948年5月之前写过这两句诗的证据，我们就仍然应该认定它们是徐朔方先生所作。至于他没有将之收入自己的诗文集的原因，现在已无法确知，只能推测，其中一种可能，就是他一方面出于对沈从文的尊重，另一方面也如杨新宇文所说，是为了避免引起抄袭嫌疑，而舍弃了这首诗。假如确实如此，也还存在一些疑问。如杨新宇文所言，目前所见最早提到沈从文曾念过这两句诗的，是林蒲的《投岩麝退香》，写于 1988 年 5 月沈从文去世之后，后收入《长河不尽流》，该书湖南文艺出版社 1989 年出版。而徐朔方先生诗集《似水流年》编录于"1985 年新春"（见该书自序），1986 年 8 月由学林出版社出版。他不可能是看到林蒲之文后才决定不收《岁月》。那么，有谁在林蒲之前提到过沈从文与这两句诗有关？徐朔方先生又是如何得知这种说法的呢？

如果不是这个缘故，那么是否还有另外的可能？笔者在此提出一种猜想。徐朔方先生前后有两位夫人。第一位夫人杨笑梅，是他在浙江大学读书时的同学和诗友，两人感情非常好。可惜杨笑梅因病于 1961 年初去世。《似水流年》中的诗歌，有很多是写给她和怀念她的。第二位夫人宋珊苞，是徐朔方先生在杭州大学中文系的学生，比徐朔方先生小十七岁，不幸于 2002 年因病去世。《似水流年》中，也有不少诗是写给她的。徐朔方先生"1985 年新春"编《似水流年》和 1990 年 9 月编《徐朔方集》（见该书自序）时，可能比较注意照顾宋珊苞老师的感受，这在诗集的编排上有所体现。如《徐朔方集》第 5 卷"创作"部分增收的 1984 年 6 月 3 日以后所作诗歌中，《晚夏玫瑰》是赠送给宋珊苞老师的，作于 1988 年 2 月 28 日。紧接着的《孤山·悼亡妻笑梅》就是怀念杨笑梅老师的，作于 1988 年 3 月（第 502、503 页）。前面已经提到，《似水流年》和《徐朔方集》所收的《画》，与《文学杂志》所发表的版本相比，字句有所改动，开头第一句"一个太美的早晨"，改成了"苞蕾正在迎着朝阳开合"，里面有一个"苞"字。原作第五句"前面杨柳荫有一画架",改成了"正巧树下有一画架",删去了"杨柳"字。除了力求语句更加凝练外,是否含有把宋珊苞老师的名字嵌进去,而把与杨笑梅老师的姓名相关的"杨"字隐去的意图呢?如果这种猜测符合事实,那么徐先生对早年发表在《文学杂志》的《画》和《岁月》两首诗,晚年编诗集《似水流年》和《徐朔方集》时,收了《画》一首,可能是为当年发表这两首诗的经历保留一点痕迹,为缅怀当时的美好岁月留下一点线索。而对《画》做了改动,则是为了照顾宋珊苞老师的感受。至于《岁月》,则因为其中有显然对杨笑梅老师而言的"我们相爱一生,一生还是太短"这样的句子,考虑宋珊苞老师的感受,又不太好改动,就只好舍弃了。前辈长者,以至古往今来的学者文人,处理自己的著述文字时,大都极为敏感细心,作品收与不收、改与不改、如何修改,往往含有深意。后世人阅读分析其作品,要充分考虑到其中的复杂性。我的这一猜想,是为《似水流年》和《徐朔方集》未收《岁月》提供一种解释,以说明,不能因为《似水流年》和《徐朔方集》未收《岁月》,而怀疑徐朔方先生对这首诗的著作权。当然,这只是一种猜测。沈从文先生究竟在何时提到这两句诗,这与徐朔方先生的《岁月》一诗之间究竟有何关系,要对这个问题做出令人信服的解答,还有待找到确凿的文献证据。

（载《中华读书报》2022 年 7 月 27 日）

第二辑

和而不同：写在《金庸小说论争集》前面

1999 年 11 月 1 日，当性急的人们心目中的新世纪和新千年就要来临的时刻，在人们普遍怀着希望出点什么稀奇事的心态的时候，王朔先生在《中国青年报》上发表了《我看金庸》一文，这可忙坏了也乐坏了许多媒体的从业人员。由于攻击者和被攻击者都是名人，这自然是一个难得的炒作题材。因为金庸先生现为浙江大学人文学院院长，很多记者都把电话打到学院，希望与金庸先生取得联系，想知道金庸先生对此有何反应，浙大教师又持什么态度。说实话，当时我们对这件事情并不太在意。金庸先生的作品在华文读者中影响面之广、受欢迎之持久不衰，堪称 20世纪华文文坛的一个奇迹。誉高而毁至，出现一些不满和批评的声音毫不奇怪。文学艺术的欣赏评价，是一件比品味美食更奇妙的事情。每个人的欣赏口味都不同，任何一位作家的作品都不可能让所有人喜欢，莎士比亚曾被列夫·托尔斯泰说成一文不值就是众所周知的例子。而且金庸先生的作品也不可能尽善尽美，人们完全有对它评头论足的权利。中肯地指出金庸小说的缺陷，对人们更完整准确地认识金庸小说并以平常心对待它是非常有益的。

我们对这件事不太在意的另一层原因，是确信金庸小说自有其特殊的价值与意义。它的读者面之广并不是做出这一判断的主要依据，我们这样认为是基于自己的文学观念。在文学层面上，金庸小说首先吸引读者的是它离奇曲折的情节。作者信笔所之，平地生波，左右逢源，移步换形，百变不穷。时而想落天外，匪夷所思；时而峰回路转，出人意料。表现出非凡的想象力和充盈不竭的智慧，使读者如入万花谷中，目不暇接，为之着迷，为之折服。

故事情节离奇曲折是武侠小说的基本要求和共同特征。如果金庸小说仅仅具有上述特点，我们就还只能称它为优秀的武侠小说，实际上金庸小说并不仅以离奇的武功和怪异的情节取胜。随着阅读的深入，一批个性鲜明的人物形象便越来越清晰地浮现在读者眼前：郭靖、黄蓉、黄药师、洪七公、周伯通、张无忌、张三丰、杨过、小龙女、令狐冲、岳不群、萧峰、韦小宝等等。作者对某些人物复杂的内心世界和微妙的心理性格发展变化过程的刻画，具有令人震惊的穿透力，与中外许多现实主义文学名著中的精彩片断相比也毫不逊色。质言之，武侠只是金庸小说的外表，它的宗旨乃在于写人，写人的心理、性格与命运。它实际上是以某种极端化的形式，反映现实社会生活中人们的生存状态。许多当代读者都能对郭靖、杨过、令狐冲等人的身世经历产生强烈共鸣，看到黄蓉、洪七公、黄药师、周伯通、韦小宝等的所作所为也会发出会心的微笑。这些人物大多已成为当今人们的口头禅，足见他们的典型性和艺术生命力。可以说，金庸小说是真正将人们呼吁了多年的把中国文学的传统形式与西方文学的观念、技巧等相结合的主张付诸实践的一次有益的也是成功的尝试。

在历史的层面上，金庸小说首先使人惊叹的是它包含的几乎无所不有的知识信息。它的背景极为广阔，从雪域高原、塞外沙漠到江南水乡、东南岛屿，从燕赵中原到西南边陲，甚至俄罗斯、北极，从名山大川、关隘渡口到著名古迹，从帝王宫殿、佛寺道观到青楼酒馆、竹篱茅舍，无不写到。它所涉及的生活内容极为丰富，天文、地理、历史记载、民间传说、典章制度、儒佛道经典常识和宗教仪轨，以至建筑、器具、音乐、书法、绘画、舞蹈、饮酒、品茶、下棋、服饰、饮食、赌博等等，无不随笔点染，信手拈来。某个行业的专家可以认为金庸小说所涉及的这个行业的知识只是一些常识，不足为奇，但你不得不承认，几乎还没有第二个中国作家像金庸这样将如此广博的知识信息熔于一炉。你可以抱住自己所开的一间精品机床刀具店冷冷清清地孤芳自赏，社会也少不了这样的行业，但你也不得不承认开设规模宏大的超市是一个重要的创举，人们对它的需求更已成不争的事实。文学作品当然不能靠堆砌知识取胜，像夏敬渠的《野叟曝言》那样生硬地借小说炫耀才学更属败笔，但文学作品并不排斥知识，如果有关的知识信息能与故事情节和人物塑造有机融合，它就无疑能丰富作品的艺术容量，增添读者阅读的乐趣。不能否认，有相当多的读者，就是通过阅读金庸的小说，才掌握了那些本应该掌握的关于中国历史文化的知识。

金庸并不仅仅是一个中国历史文化知识的讲解者，而且是一个思考者。他对中国历史文化中的一系列重大问题，如阶级矛盾、民族矛盾、分裂与统一、君权专制、个人崇拜、拉帮结派、社会道义与个人情仇、男女地位问题等，都做过认真深入的思考，形成了一系列独到的见解。他对许多问题的看法，如关于民族矛盾、个人崇拜等问题的见解，还经历了一个发展变化过程。这一变化既折射出近现代中国社会思想潮流由激进到理性的变迁过程，也反映了作者对祖国、民族命运的深刻关注。

在哲理的层面上，金庸对人性、人生的意义、人生的态度等问题也做了认真思考。在早期作品如《书剑恩仇录》《碧血剑》等书中，他比较注意从阶级性、民族性的角度观察人物，所依据的理论基本上是儒家的善恶之辨、夷夏之辨等观念。在中期作品如《神雕侠侣》《笑傲江湖》等书中，他开始突破原有观念，注重探讨人的真实本性即一般人性，并以道家纯任自然、逍遥自在的思想为宗旨，倡导人性的回归和个性的张扬。到后期作品如《天龙八部》等，作者对所谓个性的张扬的意义和价值也产生怀疑，上升到更高一个层次，以佛教四大皆空、悲天悯人、慈悲为怀的态度俯瞰众生。他的封笔之作《鹿鼎记》虽又折回到对古今中国社会中现实人生的描写，但贯穿其中的仍是一种消解一切现世价值的态度，与《天龙八部》一脉相通，犹如已证菩提境界者重返凡境，游戏人生。上述事实表明，正像金庸在小说创作的艺术技巧方面不断探索，不愿重复自己一样，他在对人性、人生的意义、人生的态度等问题的思索方面也永不满足，不断地叩问和追寻。读者在享受金庸小说给自己带来的乐趣之余，掩卷深思，心灵上将受到深深启迪。

正因为金庸小说具有上述多重价值，特别是除情节离奇曲折以外的几重价值，金庸的小说不仅与旧武侠小说，而且与其他新武侠小说以至一般通俗小说都有着质的不同。至今对金庸小说予以否定的评论者，往往是说旧武侠小说如何如何，或者说武侠小说如何如何，通俗小说如何如何，然后把它们所有的缺点都推置到金庸小说上，其实并没有举出金庸小说本身的多少例子，这种批评有想当然的性质，自然缺乏说服力。也正因为金庸小说具有上述多重内涵，所以它具有了最广泛的适应性。每个读者都可以在这座宝库中找到自己所喜爱的东西，浅者得其浅，深者得其深。少年儿童喜爱它的情节离奇曲折、人物活泼有趣，痴男怨女喜欢其中荡气回肠的万种柔情，热血男儿心仪其中英雄豪杰的剑气如虹，喜记诵者叹其知识浩博，阅世深者服其洞达人情，爱思辨者慕其寄托遥深……

凡此种种，都说明金庸小说取得极大成功决不是偶然的。如果这个判断不错，金庸小说的价值和意义是一个客观存在，那就用不着谁为它辩护，它也绝不可能因为几次批评而被骂倒，哪怕这种批评极其尖锐，也不管这种批评来自何人。

不过当时我们觉得总该将这件事及时告知远在香港的金庸先生，恰好《文汇报》的记者来电提出，应该将金庸先生是否对此做出回应的选择权交给金庸先生本人，我们觉得很有道理，便将金庸先生的联系电话告诉了《文汇报》的记者，于是便有了金庸先生那篇《答〈文汇报〉记者问——不虞之誉和求全之毁》。内地各家报刊又纷纷转载，围绕金庸作品和王朔对它的评论的争论更加热烈，许多知名学者和作家也纷纷发表自己的看法，网上的唇枪舌战也一如网上文学的风格，比报刊上发表的文章更为精悍恣肆。

至今，一年的时间过去了，争议也渐渐趋于平息，我们却来编这样一本论争集，主要是出于如下考虑：一件事情只有等到它的高潮已过，人们回过头来看的时候，对它的轮廓和性质才看得比较清楚。无论王朔先生挑战金庸的初衷是什么，由他的文章引起的这场文坛公案的意义，都超出了对金庸小说作喜欢与不喜欢的简单表态的范围。随着讨论的逐步深入，参与者的态度也越来越严肃认真，逐步摆脱了随意性的感性评判的状态，谈出了一些深层次的理论问题，如金庸小说的艺术价值与内在缺陷、变形刻划与写实描写的优劣、通俗文学与雅文学的关系、旧文学传统与新文学的关系、文学批评应该遵循的原则等等。即使是报纸上和网上发表的一些随意性较强的言论，它们所体现的姿态、所使用的语汇和语调等，也与那些学理性的研究论文一样，共同反映了文化转型时期人们复杂多样的心态。简言之，这场争论至少涉及了金庸小说的评价、文学理论的一系列重要命题、转型时期的文化心态等三个不同层次的问题。就这次争论中所发表的文章的写法与言论的表达方法来看，也多有可喜可爱之处。由于谈论的话题是金庸先生的小说，参与的人非常广泛，我们可以听到各种声音。又由于许多读者对金庸先生的小说非常着迷，王朔先生的尖锐批评伤害了他们的感情，他们不免情绪激动，说了一些很有刺激性的话，这些话又引起了某些赞成或基本赞成王朔先生意见的人的反感。双方都动了感情，智慧便被激活了。另有一些人本来就比较超脱，乐得作壁上观，但见双方吵得热闹，也来了灵感，热嘲冷讽，片言解颐。人似乎永远摆脱不了动物的本性，只有在竞争中才能挖掘和发挥自己的最大潜能。试看20世纪二三十年代多少充满智慧、灵光四射的精彩文章，都是在当时文化人的激烈论战中产生的。如今这种不受外在力量驱动的文学论争是越来越少了，此次关于金庸小说的论争算是难得一回，其中闪现的智慧灵光弥足珍贵。我们编选这本论争集，就是为了记录在这场论争中人们对金庸小说的价值和缺陷以及一系列文学理论问题的思考，拾聚闪烁着智慧的吉光片羽，为跨世纪之际正处于社会转型期的人们的文化心态留下一份鲜活的档案。

　　本书的编选力求遵循客观公正的原则，无论是赞成王朔先生意见的文章，还是拥护金庸先生的文章，都一视同仁。我们认为，严肃认真的否定，也是真正的研究。编者已明确表明自己喜爱金庸小说的态度，但依然尊重不喜欢金庸小说的评论者，尊重他们表达自己观点的权利。反过来，不喜欢金庸小说的人，也得尊重喜欢金庸小说的评论者及其表达的权利。为尊重对方的观点而放弃或掩饰自己的观点是平庸和虚伪，为坚持自己的观点而剥夺别人发言的机会是自私和褊狭。坦率表达自己的观点，同时尊重不同意见，不自欺欺人，不自侮侮人，是编者追求的境界。本书对学术论文的选录标准是态度严肃认真、观点鲜明、有一定的理论深度，对零星言论选录的标准是具有灵气、比较机智幽默。书末附录了一篇《人物》杂志记者对金庸胞弟查良钰先生的采访记《金庸是我的"小阿哥"》，是考虑到读其书，论争其书，不可不知其为人。媒体上关于金庸的报道很多，此文内容出自金庸亲弟弟之口，应该比较可信，对人们理解金庸其人其书当有裨益。

编选本书的构想提出后，得到许多先生的大力支持。特别是对金庸先生的小说持批评态度的各位作者，当被告知他们的文章将被选入这本由浙江大学人文学院的教师编选、浙江大学出版社出版的论争集，并听取了关于编辑和出版这本书的意图的说明后，都对此举表示理解和支持，有的先生还主动寄来他觉得更充分表达了自己的观点的文章，希望编入。金庸先生也保持了他一贯的谦和宽容风度，对我们编选这本书不作任何干预，当被告知书中收录了较多批评他的小说的文章时（它们在本书中所占的比例显然超出了它们在这场争论中实际上所占的比例），他也毫不在意。

对争论双方先生们的宽容大度，我们谨此表示由衷的敬意。

　　浙江大学出版社社长、本书策划姚恩瑜教授为此书的编选出版倾注了大量心力，浙江大学人文学院的研究生陈文辉、彭庭松、程文丰、刘阳承担了繁重的资料搜集工作，责任编辑张节末博士对有关文章的取舍编排提出了许多重要的意见。如果本书确实能对我们的文学事业和文化生活起一点积极作用，那主要是他们的贡献。因见闻和学识有限，本书选录文章不免有遗珠之憾，编排上也肯定有许多不完善的地方，敬请诸位指正。

　　（载廖可斌编《金庸小说论争集》，浙江大学出版社2000年11月版。又刊《中华读书报》2000年11月22日）

追陪杂忆

2018年10月29日，金庸先生以94岁的高龄辞世。消息传来，虽然并不觉得诧异，但仍然深感悲痛。当天晚上，有学生给我发短信说："老师，您明天上课，讲讲金庸吧，一代人的记忆……"于是，第二天上课时，我给学生们简单谈了自己与金庸先生相处的经过，以及我心目中的金庸先生。我是这样开头的："这个世界上有很多名人，其中有些人见面不如闻名，甚至会让人失望，有些则见面胜于闻名。金庸先生是让我真心崇敬的长者，他有非凡的才华、卓越的见识，有能力，有性情，有境界。能有机会与金庸先生近距离接触数年，领略一代才人的风采，得到他的教诲，是我此生最宝贵的经历。"

1998年9月15日，浙江大学、杭州大学、浙江农业大学、浙江医科大学四校合并，成立新的浙江大学。1999年上半年，学校领导张浚生、潘云鹤等聘请金庸先生出任浙江大学人文学院院长。当年7月正式组建各个学院，我被任命为人文学院常务副院长。

当时浙江大学二十多个学院大多都采用这样一种模式，即聘请著名专家学者担任院长，另外任命一位本校教师担任常务副院长，辅助院长负责学院日常工作。由此我得以有机会与金庸先生直接接触。2005年，学校聘请金庸先生为人文学院名誉院长，院长一职空缺。我继续担任常务副院长，直到2008年底卸任。

其实我有缘见到金庸先生，比这要早。好像是1995年吧，金庸先生决定将他出资建造的云松书舍捐献给浙江省和杭州市，有关方面撰写了一篇《云松书舍碑铭》，记叙建造及捐献经过，送呈金庸先生审定，据说金庸先生未置可否。有关领导找到杭州大学党委书记郑造桓先生，请他找一位文史学科的教师修改一下，郑造桓书记找到我，我对原稿作了比较大的修改，再送呈金庸先生，得到认可。因此，在不久后金庸先生来杭州出席书舍捐赠仪式和杭州大学聘任他为名誉教授的仪式时，郑造桓书记让我参加了招待晚宴，并向金庸先生介绍了我。

至于读到金庸先生的武侠小说，则比这更早。大约从20世纪80年代初开始，金庸先生的武侠小说风靡全国。我算是比较晚读到金庸先生小说的。应该是在80年代后期，我在杭州大学中文系读博士，有一天借来金庸先生的武侠小说，与同宿舍的蒋冀骋君（后来担任湖南师范大学党委副书记，著名古汉语研究专家）轮流阅读。现在还清楚地记得，我们俩都不说话，只听得闹钟敲到凌晨一点、两点，又敲到三点、四点，直到天亮。此生真正通宵阅读的经历很少，真正通宵阅读而又毫无睡意和倦意的，好像就这么一次。

及至与金庸先生近距离接触，对他的经历、成就、思想和个性自然有了更多的了解，我深深地感叹，金庸先生确实堪称一代俊杰。他早年赤手闯香江，仅凭一支笔，成就了难以企及的人生辉煌。开始他编写舞台剧和电影剧本，导演电影，即已蜚声文艺界。接着白手起家，创办《明报》和《明报月刊》等，历经艰辛，终使之成为中国香港以至东南亚华人世界最有影响力的报刊。几乎同时他开始写作武侠小说，将这一中国传统文体与西方文学元素相结合，在通俗的历史故事中寄寓深邃的现代思想，成为新武侠小说的一代宗师，影响全球华人世界。据统计，他的小说可能是整个世界上有史以来除《圣经》以外印数最多的作品。在主办《明报》的过程中，他撰写了数百万字的时政和社会评论，对国内外的各种事件和问题发表看法，其犀利的洞察力和超前的预见力令当时人及后来人敬服不已，可与他的武侠小说媲美。晚年他积极参与香港回归祖国的社会活动，是香港特别行政区基本法起草委员会政制小组的召集人和作为该文件政制部分基础的"两查方案"的执笔人，还撰写了大量文章，向香港各界介绍基本法，阐述香港回归祖国的现实意义和历史意义，为香港回归祖国做出了重大贡献。套用一位伟人评价另一位伟人的话来说，一个人的一生，只要取得了上述几个方面中任何一个方面的成就，他就可以不朽，何况金庸先生一生同时取得了这几个方面的成就。

顺便说一下，浙江大学聘请金庸先生担任人文学院院长，后来又聘任金庸先生为历史学科和文学学科的博士生导师，校内和社会上有些人援引国外大学的规则，对金庸先生的资格提出质疑。殊不知国外大学确实对教授、院长的资历有严格要求，但这些规则是针对一般学者专家的，它们同时也实行"旋转门"制度，即对那些在某些方面取得突出成就的人物，可以不受一般规则的限制，聘请他们为教授和院长、校长等，这些人物既有某些学科的理论修养，又有丰富的实践经验，他们对学术研究和培养学生的特殊作用，是一般学者专家无法代替的。以金庸先生在文学、新闻学、政治学等方面的深厚造诣和杰出成就，他完全适用这样的制度。以所谓国外大学的规则来质疑金庸先生担任教授和院长的资格，可谓只知其一不知其二。

金庸先生担任浙江大学人文学院院长后，以他的巨大声望和深厚学养，为学院的建设和发展发挥了重要作用。这里仅举数例。原浙江大学是一所国内知名的大学，但主要以工科见长。原杭州大学在人文学科方面有深厚积累，但限于体制，一直是一所省属大学。新浙江大学成立后，国内教育界和学术界对她的人文学科了解和重视都不够。为了打开局面，我们以潘云鹤校长和金庸院长的名义，邀请国内人文学科的知名学者，召开了"浙江大学人文学科发展高级专家咨询会议"。出于对新浙江大学的关心，也出于对潘云鹤校长和金庸先生的尊重，许多专家都拨冗出席。当时国务院学位委员会中文、哲学、历史、新闻传播、艺术、社会学、国际政治等学科的学科评议组成员总共四十多人，有近三十人出席了这次会议，为新浙江大学人文学科的发展提出了很多高屋建瓴的指导意见，各个学科也与国内著名学者和机构建立了联系，为以后的发展创造了有利条件。没有金庸先生出面，这件事很可能难以办成，至少不可能办得那样圆满。

跨入 21 世纪，以信息技术为代表的新技术突飞猛进，知识经济迅速崛起，如何看待新技术和新的经济形态对社会发展的影响，中国传统文化在新的历史条件下将具有怎样的地位，可能发挥怎样的作用，成为人们迫切关心的问题。2001 年上半年，浙江大学以人文学院院长金庸先生和经济学院名誉院长查济民先生的名义，联合举办了"新经济条件下的社会环境与中华文化学术研讨会"，邀请海内外近百位著名人文学者和经济学者共同探讨这一话题，并出版了由金庸先生主编的论文集，产生了较大影响，对这一领域的学术研究起到了推动作用。

2001 年美国"911"事件发生，举世震惊，一年半以后，美国发动大规模的伊拉克战争。人们都在观察和思考，世界格局将发生重要变化。金庸先生邀请他的朋友、曾任联合国副秘书长的英国牛津大学圣·安东尼学院院长高定爵士来浙江大学讲学，并亲自主持讨论，探讨"911"事件和伊拉克战争对世界的影响。该学者对美国的行为进行分析和批评，在校内引起很大反响。

金庸先生还曾为新闻传播学专业的本科生和研究生开设讲座，以他数十年从事新闻传播事业的丰富经历，和对世界新闻传播界情况的深入了解，分析新闻传播人的职业追求与社会责任之间的关系。他指出，欧美的新闻传播被资本操控，也不可能有完全的新闻自由。任何一个新闻传播者都要考虑自己的行为对社会的影响。他的观点让学生们深受启发。

至于金庸先生对提高浙江大学知名度的作用，更是难以估量。金庸先生担任人文学院院长期间，一般每学期来学校一至两次，每次停留半个月左右。往往他人还没到杭州，各方面请他前往演讲的邀请就纷至沓来。由于我要处理学院日常事务，大部分情况下他都由学院其他同事陪同外出。仅就我参与陪同时之所见，当时各大学、各地方对金庸先生的仰慕之情让我感受极为强烈。每到一地，闻讯而来的学生和民众成千上万。每次讲座，可容纳数百人或一两千人的会场都挤得水泄不通。演讲结束时，师生们都围着金庸先生，黑压压的一大片，踩踏草坪，攀援楼梯，令学校领导和安保人员非常紧张，学生们往往高喊着向金庸先生问好，敬仰之情发自肺腑，令人动容。

相处日久，金庸先生有时会向我及同事们谈起往事。特别让我敬佩的是，金庸先生怀有深厚的爱国之情。1937年，日寇侵入中国，金庸先生还只有十三四岁，正在读初中。他从小家境富裕，身体又较瘦弱，但他不愿在日寇铁蹄之下生存，随着流亡的学校，一路跋涉，在还没有被日寇占领的浙西南山区辗转流离。后来远赴重庆，考取了中央政治学校外交系。中华人民共和国成立后，他一直希望为国家的外交事业服务，从香港回到北京，等待了很长时间，因家庭出身问题未能如愿。在土改中，他的父亲被当地政府和民众错杀，但他深明大义，没有因为社会大动荡时期发生的这种悲剧怨恨新成立的中华人民共和国，而是一直为祖国的统一和繁荣出力。在一系列重大事件面前，他不计个人的荣辱得失，坚持自己的理想和人格，其精神境界远非一般人所能企及。

金庸先生生有异禀，但他的学识和成就，也是通过艰苦卓绝的努力取得的。虽然他晚年名满天下，但仍然沉静如水，好学不倦。在杭州期间，有时我们去探望他，他往往都在安安静静地读书。一些学者送给他的非常枯燥的学术著作，他都会认真读完，对其中的细节记得清清楚楚。据他的夫人林乐怡女士讲，他读起书来往往一坐就是大半天，一句话也不说，也不看人，这时绝不能打扰他。在主办《明报》期间，他每天都要为报纸写一篇社评，还要写一至两段连载的武侠小说，不能间断。往往上午休息，下午阅读各种资料，晚上赶写到三、四点钟，直到把文稿通过传真发给报社才作罢，几十年天天如此。因此他养成了白天休息、晚上通宵工作的生活习惯。晚年退休以后，想改变也改变不过来了。

金庸先生才思敏捷，人所共知，但如亲眼所见，感受就更深刻。有一年深秋的一天，张浚生书记请他去杭州满觉陇赏桂花，当时桂花已过了盛开时节，我们一行人在桂树下赏花品茶，公园的工作人员照例来向金庸先生请求题字，只见金庸先生略不思索，提笔就写："来游满觉陇，欣逢迟桂花。"我当时深为金庸先生的敏捷所震惊，满觉陇正是著名小说家郁达夫当年撰写名篇《迟桂花》的地方，金庸先生的题词，既点出了这一段渊源，又切合眼前景象，可谓神来之笔。另有一次，浙江衢州邀请金庸先生去参观著名的龙游石窟，参观完又被请求题字，金庸先生提笔即书："龙游石窟天下奇，千猜万猜总是谜。"这两句话看似浅显，但把龙游石窟的特点非常准确地揭示出来，而且琅琅上口，易于传播。金庸先生长期撰写报刊文章，面对广大读者，练就了一种将深奥复杂的道理用简洁明白的语言准确表达出来的笔法，让所有故作高深、扭捏造作的文风相形见绌。

除了工作上的指点和帮助，金庸先生对我个人的生活也非常关心。仅举一例：2001年下半年到2002年上半年，我先后收到美国两所大学访学和参加学术会议的邀请，因当时刚发生"911"事件，美国领事馆对签证卡得很紧。我的家人当时正好在美国访学一年，美国领事馆又担心我去了美国滞留不归。加上我自己漫不经心，去签证前没有准备好有关材料，因此连续三次被拒签。2002年夏天，我收到哈佛燕京学社的访学邀请，我想这次如果仍然被拒签，大概以后也不可能去美国看看了。我和金庸先生谈起此事，他马上提出要为我向美国领事馆写信。他的信没有如我们通常所想的那样，介绍我有什么长处，或保证我一定会回国之类。他只说了这么两条：第一，我在中国做什么工作，一年的收入有多少，假如滞留美国，不可能找到更好的工作，不可能有更多的收入，因此我不可能留在美国；第二，他愿意在美国领事馆指定的银行存款十万美元，如我到期滞留不归，美国领事馆可没收这笔钱。我看了金庸先生的信，深为他的深情厚谊所感动，同时也为他的洞达世情所折服。

　　我 2009 年调到北京大学中文系工作，此后与金庸先生就几乎没有联系了，但还是时时关注媒体上关于金庸先生的信息。知道金庸先生因年事已高，已越来越少参加公开活动了。在遥远的北方，在深夜里，我经常会想起先生，想念这位无比睿智而温和亲切的长辈，情不自禁遥望南天，在心里默默祝祷他老人家健康长寿。现在，先生已驾鹤西去，只能祝愿他在另一个世界里安宁愉悦，如果有另一个世界的话。

　　（载《中华读书报》2018 年 11 月 7 日，有改动；原文载张浚生主编《乡踪侠影——金庸的 30 个人生片段》，红旗出版社 2015 年 4 月版）

前辈是我们的一面镜子：在游国恩先生诞辰一百二十周年纪念会上的致辞

尊敬的袁行霈先生、尊敬的各位嘉宾、各位朋友：

大家上午好！

今天，游国恩先生纪念会在这里隆重举行，我谨代表北京大学人文学部，对会议的召开表示热烈祝贺，对各位嘉宾、各位朋友的莅临表示衷心感谢！

凡是从事文史学术研究的同仁，都会注意到这样一个事实：即在 1900 年前后出生的人中，产生的著名学者最多。他们幼年时代接受过传统教育，熟读中国古代典籍，打下了坚实基础。成年后又接受了现代教育，受到新的学术观念和研究方法的训练。与在他们之前和之后的几辈人相比，这都是一种难以复制的机遇。他们因此旧学趋邃密，新知转深沉，开宗立派，著书立说，在各个领域取得了卓越的成就，至今仍为我们所仰望。游国恩先生就是这个群体中的一员。他是 1952 年院系调整后北京大学中国文学史学科尤其是中国古代文学史学科的奠基人之一。我前几天拜读卞孝萱先生的《冬青老人口述》，里面提到，章士钊先生的《柳文指要》出版后，要给北大方面的教授送一部，经过多方咨询，就只送给了游国恩先生一人。1964年3月4日，中国科学院古籍整理出版规划小组与北京大学签订《关于古典文献专业协作事项的合同》，代表北京大学签字的就是游国恩先生。由此可见，游先生是当时公认的北京大学古代文学和古典文献研究的代表人物。游先生在屈原与楚辞研究、中国文学史研究等方面有重大建树；他领衔主编的《中国文学史》，以及主持编纂的《先秦文学史参考资料》《两汉文学史参考资料》《离骚纂义》《天问纂义》等，影响深远。我虽然没有像在座的部分学者那样，有幸亲承先生之謦欬，但和在座的其他很多朋友一样，都是读游先生的著作成长的。我们怀念游先生，是感念一位曾经直接哺育过我们的学术生命的前辈师长，感恩之心难以言表。

昔人已矣，我们现在缅怀游国恩先生，最重要的还是总结他的学术成就，继承他的学术精神，书写学术研究的新篇章。这并不能算是一种实用主义的态度。因为继承游先生等前辈的学术事业，就是对他们最好的纪念。在此之际，我们自然会扪心自问，游先生他们当年是怎么做的，他们曾做了什么；我们现在又是怎么做的，我们又做了些什么。对照游先生，我觉得至少有如下几个问题值得反思：

一是学术研究与社会关怀的问题。作为一名文史研究者，主要职责当然是以专精的学术研究，服务于社会。大而无当的空谈于事无补，逢迎时尚、曲学阿世更不是一个真正的学者所当为。但现在社会分工越来越细，文史研究越来越边缘化，很多人安于做一点零敲碎打的研究，以换取自己的生存资源，不考虑学术研究究竟有何意义，与社会有何关系。久而久之，所谓学术研究变成了一个小圈子内孤芳自赏的东西，影响越来越小，路子越走越窄。游国恩先生那辈学者，从事的当然是专精的学术研究，但他们始终具有强烈的家国关怀。如冯至先生在抗战期间研究杜甫诗是如此，钱锺书先生说自己的《谈艺录》虽是谈艺之作，"实忧患之书"。游国恩先生也说过，他之所以重点研究屈原和楚辞，就是为了在那个外敌入侵、国难当头的时代，弘扬屈原坚持自己的人格理想和政治理想"虽九死其犹未悔"的高尚品格，挖掘楚文化中那种"楚虽三户，亡秦必楚"的顽强精神，以鼓舞国人必胜的信念。他的学术研究因此获得了强大的内在动力，也具有巨大的感染力。将专精之学与人文理想和社会关怀结合起来，追求既博大又精深的学术境界，这是包括游国恩先生在内的前辈学者开创的北大中文学科的优良传统。我们现在生活在和平年代，但我们所面对的现实社会生活中就没有任何重大问题需要我们关心和思考了吗？显然不是。如何沟通我们的学术研究与现实社会生活的关系，如何从中国传统文化中汲取解决现实问题的宝贵资源，让学术研究更好地服务于社会，同时也使学术研究事业富有持久的生机与活力，我们必须深长思之。

二是教学与研究的关系。优秀的大学教师，必须首先是一个优秀的学者。没有高水平的学术研究，就不可能有高水平的教学。大学教学不同于中小学教学，在大学特别是高水平大学里，所谓无暇学术研究而专心教学，基本上是一个伪命题。但一个优秀的学者不一定是一个优秀的大学教师。大学教师的基本身份定位，是教师而不是研究者，教学和培养人才是大学教师第一位的工作。只有将学术研究与教学紧密结合起来，将高水平的研究成果运用到高水平的教学之中，才能算是一个优秀的大学教师。游国恩先生在这方面为我们树立了一个崇高的典范。除了长期工作在课堂教学第一线外，他主持编写的《中国文学史》，体例完善，内容精当，培养了几代学子。他主持编纂的两套文学史参考资料，取材既精而博，构建了关于先秦、两汉文学的基本知识体系，沾溉万千学人。他主持编纂的《离骚纂义》和《天问纂义》，也为后来的研究者提供了丰富资料。这些工作的受益面是如此之广，对社会的贡献和影响是如此之大，其意义和价值真是难以估量。现在不少大学教师不愿意从事教学，研究与教学相脱离，忘记了作为一个教师应有的职责，所取得的那一点成果，与游先生他们的贡献和影响相比，真不啻爝火之与日月。

三是学术研究中述与作的关系。古代文史研究工作的特点，决定了从事这项工作的人的工作方式，主要是将我们的祖先留下的丰厚文化遗产，进行可靠的整理，予以准确的解读，使它们一代一代传下去。当然也要读出新意，提出新论，但传承是首要的工作。古代文学研究在根本上是从属于古代文学传播的，古代文学的著名作家，特别是他们的优秀作品，始终应该是我们讨论的中心。人民是因为喜爱这些优秀的作家和作品，才可能注意到我们的相关研究成果。我们写出再多的论著，提出再多的新论，也取代不了屈原、曹植、李白、杜甫等的中心位置。离开古代优秀的作家及其作品，我们的所谓研究成果还有什么价值？谁还会对它们感兴趣？游国恩先生毕生从事古代文学研究，但他的论著并不算多，他把主要精力放在将古代文学的宝贵遗产准确有效地传递给学生、传递给后人上，充分履行了一个古代文史研究工作者的使命。现在，由于学术管理体制和考核机制等方面的原因，大家都热衷于写专著、写论文，一个年轻学者就出版了好几本书，发表了好几十篇论文，还嫌不够多。中老年学者也感受到压力，也连篇累牍。大家都在比多，论文、专著铺天盖地。这种风气愈演愈烈，尚未见到消歇的迹象。我们自己的论著和观点，似乎成了关注的中心。古代作家及其作品，似乎反而变得不重要了，这是典型的喧宾夺主。大量论著人云亦云，或者不知所云，古代文学的真面目是被弄得更清楚了，还是反而被重重遮蔽了？真正能流传后世、能给人以启迪的东西有多少？顾炎武曾有言："学术以少而盛，以多而衰。"这个问题古代文史研究者要思考，学术管理者更要思考。

四是文学研究与文学创作的关系。游国恩先生不仅是一个杰出的古代文学研究者，也是一个优秀的诗人。他的诗作，不是堆垛典故、炫弄技巧的"文人学子之韵语",而是地道当行的诗人之诗,曾获得文坛的高度评价。如他的《昆明大西门外口号》诗中有句云"摇摇战风霜,城上有劲草",意象鲜明,准确刻画了他在抗日战争期间虽穷困而不丧其志的气节,给人留下深刻印象。他对古代文学作品的准确解读,是以他对文学艺术的深刻理解和把握为基础的,所以能谈言微中,引人入胜。现在的古代文学研究者,能写旧体诗词文赋的越来越少。现在所有的文学研究者,能写诗歌、散文、小说、戏曲的也越来越少。缺乏创作经验,对文学作品的解读往往隔靴搔痒,甚至郢书燕说。这个问题,也是我们现在的中文教育和文学研究应该认真反思的。

追寻游先生的足迹,他能给我们无尽的启迪。他的温润人格、诚朴精神,像一束火把,传递着热能,使我们身处寒冬,而心底充满暖意。他又像一面镜子,照亮了我们自己,也照亮了我们前行的路。

谢谢大家!

2019 年 12 月 28 日

点、面、线：袁世硕先生的学术道路的启示意义

　　纵观袁世硕先生的研究经历，可以发现他走的是一条由点到面再到线的学术之路。他最初选择的两个研究重点，是孔尚任及《桃花扇》研究，和蒲松龄及《聊斋志异》研究。收入文集的《孔尚任年谱》初成于1961年，初版于1962年；《蒲松龄事迹著述新考》初版于1988年。两书奠定了袁先生在古代文学研究界的学术地位。后来，他在对这两个重点继续进行深入研究的同时，将自己的研究领域做了横向的拓展和纵向的延伸。横向拓展为中国古代小说研究，对《三国演义》《水浒传》《西游记》《醒世姻缘传》《红楼梦》等中国古代小说的重要作品展开全面研究；纵向延伸为中国古代文学史研究，对中国文学史研究的理论和方法进行深入探讨，并主编了《中国古代文学史》。这种横向拓展和纵向延伸几乎同时发生，但相对来讲，早些年似更侧重于横向拓展，近年来则更侧重于纵向延伸。

　　很有意思的是，古代文学界与袁先生年辈相近的几位著名学

者，都是从选择研究一个重要文学人物开始的，而且都从编写年谱入手。徐朔方先生1958年出版了《汤显祖年谱》，章培恒先生1957年开始编撰《洪昇年谱》，1979年出版。三部年谱都成为名著，相互辉映。徐、章两位先生后来也都和袁世硕先生一样，将研究范围扩展至中国古代戏曲小说研究、明代文学史研究以至中国文学史研究。

值得注意的是，其他学科也有类似情况。章开沅先生是研究中国近现代史的著名学者，他写的第一本著作是《张謇传》。据他说这源于与著名历史学家唐长孺的一次对话。当时章开沅先生觉得自己大学都没念完，对研究之路颇为迷惘，便请教唐先生，唐先生说：这也没有什么神秘的，你最好开始做点人物研究。你找一个人，把他的资料系统地找全，再看看国内国外有多少人研究，已有哪些研究成果。做人物研究，对你的锻炼很全面。因为你刚开始的时候什么都没有，你做一个人物之后，可能你就有点信心了。这与古代文学界几位学者的经历可谓异曲同工。

孔尚任的《桃花扇》是中国古代戏剧的经典作品之一，蒲松龄的《聊斋志异》则是中国古代文言短篇小说的巅峰之作。袁先生选取它们作为研究对象，正如袁先生自己所说，与他们都是山东籍文学家有关，因此有一定偶然性。但偶然中又有必然，这一选择体现了袁先生的学术判断力，为他的学术之路确立了一个很高的起点。现在人们常说，不入主流，难成一流。不是说研究次要的作家作品就没有意义，但研究重要作家作品，一般来说更有意义。因为重要作家作品内涵更丰富，价值更大。而且他（它）们往往涉及一种文体的发展脉络，或一个时代文学的总体格局。研究这个作家和作品，为他（它）在文学史上准确定位，就为相关研究树立了一个标杆。以这个作家作品为参照，来分析衡量其他相关作家作品，就势如破竹，高下立判。反过来，对其他相关作家作品的研究，又可以揭示这个经典作家作品孕育生成的环境，为更深入准确地理解这个经典作家作品提供必要的背景。在与相关作家作品的比较中，经典作家作品的杰出之处也将更清晰地显现出来。

选择以经典作家作品研究开启学术之路，起点高，手眼也必须高；价值大，难度也大。经典作家的生平经历和思想构成、经典作品的版本源流等，往往头绪纷繁。弄清楚这些问题，是深入研究作家作品的基础。这就需要研究者具有扎实的文献学修养，广泛搜集和细心考辨有关史料。同时，经典作品的思想意义和艺术特色也特别复杂。研究一个作家、一部作品，绝不能孤立地仅就一个作家论一个作家，仅就一部作品论一部作品，而必须把他（它）置于所处的社会历史背景中，放在特定时代文学的整体状况、特定文体的历史发展源流，以至整个中国文学史，甚至整个人类文学史的大框架下进行考察，才能对他（它）的独特价值和历史地位做出准确的分析和评价，这又需要研究者具有宽广的学术视野和深厚的理论修养。袁先生曾亲炙陆侃如、冯沅君等前辈名家，继承了他们严谨求实的学术传统，同时认真学习马克思主义的理论和方法，对现当代西方文学美学理论也一直保持高度关注。他的相关研究成果，堪称将文献学考证与文艺学分析、微观辨析与宏观把握相结合的典范。如他广泛勾稽有关史料，对蒲松龄的个人生活经历、交游及其与《聊斋志异》各篇目的写作之间的关系做了详尽考证辨析，细致入微，令人信服。关于孔尚任对明朝和清朝的复杂态度及其心理变化过程的分析，也合情合理，深中肯綮。

起点高，并不意味着成就一定高。如果一直停留于起点，总在起点上转圈，不断重复自己，那么最终成就也将有限，在学术界这样的例子并不少见。读袁先生的论著，特别是他晚年的论著，可以强烈地感受到，他力图不断突破自我，探索文学史研究的新路径，拓展学术研究的新领域，是一个永不满足的求知者。他很早就对古代文学研究的理论问题有浓厚兴趣，形成了一套颇具个性特色的学术观念和方法。如他根据中国文学与现实政治关系特别密切的特点，强调必须注意考察文学家与时代的关系；强调要充分认识文学家，特别是人生经历非常特殊或处于改朝换代之类特殊历史时期的文学家的思想感情的复杂性，而不能简单地贴标签；强调考证文学家的生平事迹，必须围绕其文学创作活动进行，注意两者之间的内在联系，而不必为考证而考证等。后来袁先生又对文学史研究的有关理论问题进行专门思考，撰写了关于文学史的性质、文学史与历史学、文学与哲学、文学与宗教、文学史与伦理学、文学史与考证学、文学史与诠释学、文学史与文学理论的双向交流、古典文学研究中的庸俗社会学倾向、接受美学等方面的一系列理论文章。在年辈相近的古代文学研究学者中，几乎没有人对文学史研究的理论和方法问题做过如此系统的思考和论述，这显然为他主编《中国文学史》做了充分的理论准备。因此，他在对诸多古代作家作品进行个案研究的基础上，将学术视野扩展至整个中国古代小说史，以至整个中国古代文学史，并提出了一系列重要见解，这是一个符合逻辑的过程和结果。

中华优秀传统文化研究事业方兴未艾，许多年轻学子有志投身其中，他们都面临如何开启自己的学术之路、规划自己的学术人生的问题。袁世硕先生等老一辈学者的成功足迹，可以为我们提供有益的借鉴。

（载《中华读书报》2021 年 8 月 4 日，发表时有删节）

我心目中的铃木阳一先生

我与日本学者的交往不算多，主要是因为没有在日本任教或访学的经历，也没有与日本学者合作进行课题研究。铃木阳一先生应该是我交往最深的日本学者，但相聚交流的机会也很有限。不过，就在这些有限的交往中，铃木阳一先生的细心、正直、热忱、认真，已给我留下深刻印象，使我由衷敬佩。

1993 年至 1994 年间，铃木阳一先生曾来杭州大学中文系访学，问学于著名古代戏曲小说研究专家徐朔方先生。徐先生是我读博士时的导师，但我已于 1989 年底毕业，留系任教。铃木先生参与的徐先生组织的研究生教学活动，我大都未能参加。但后来铃木先生回忆陪徐先生在杭州大学附近的宝石山、黄龙洞等地散步交谈的情形，我读到后深有会心，因为这样的情形我自己经历过。我 1987 年初进入杭州大学读书，徐先生经常天不亮就到我住的宿舍楼下叫我，让我和他一起去爬山，路上随意谈话，有时候徐先生会就一个问题不断追问，我不免感到紧张。有时我问徐先生某个问题，他也可能干脆地回答："我不知道！"这似乎是没有回答学生提出的问题，但徐先生以身作则，告诉学生应该知之为知之，不知为不知，实际上是对学生的一种重要的教育。

我记得当时曾参加杭州大学研究中日文化交流史的著名学者王勇教授组织的与铃木先生共聚的活动，铃木先生总是笑眯眯地望着大家，偶尔说话，语速很快，表情丰富。我们得知他当时正在从事杭州地域文化与中国古代通俗小说、戏曲和说唱文学关系的研究，对杭州地理风光和生活习俗的一些细节特别感兴趣，如杭州西湖有座所谓长桥，实际上并不长，好像不过数米，铃木先生提出这个问题，并谈到《白蛇传》等通俗文学中对它的描写。处于不同文化体系中的人，对另一个文化体系中的某些特点，可能特别敏感，或旁观者清，或别出新解，往往使属于这个文化体系的人眼睛为之一亮。铃木阳一先生当时的见解，使我很受启发，同时也让我初步感受到日本学者严谨细致的学风。

大约在1997年前后，我和王勇教授等访问日本几所大学，在神奈川大学受到铃木阳一教授的热情接待。这次会面中，铃木阳一先生说的一段话令我受到强烈震撼，使我对铃木阳一先生的认识发生质的飞跃。他说，日本的很多中小学每学期举行开学仪式时，要演奏《君之代》，在场者需起立致敬。铃木阳一先生认为，这是第二次世界大战时日本军人侵略亚洲各国时唱的歌曲，因此他作为家长参加这种仪式时不肯起立。据他说，原来持同样看法而不起立的人还比较多，后来起立的人慢慢地就越来越多了，不起立的人承受的压力就越来越大了。近年来，各国民族主义情绪高涨，我不知道情况发展如何。铃木阳一先生当时所说的这段话，让我看到了一个有正义感、有良心的日本学者的形象，让我知道很多日本朋友是真正爱好和平、反对战争的。后来我在多个场合中提到铃木阳一先生的这段话。

2001年10月，我与浙江大学人文学院的同事们一起主办了"庆祝徐朔方教授从事教学科研五十五周年暨明代文学国际学术研讨会"，时任浙江大学党委书记的张浚生先生、复旦大学章培恒先生、南京大学吴新雷先生等海内外数十位专家学者与会，畅谈徐朔方先生对中国古代戏曲小说研究和明代文学研究的杰出贡献。会后安排游览西湖周边风景，徐先生在宴会上应大家的请求唱了昆曲，与会者都非常愉快。铃木阳一先生应邀专程前来出席，可见他笃于师生情谊。开幕式上，铃木阳一先生作为海外学者代表发言，他对陪徐先生散步的回忆，就是在这次发言中说的。他的发言和提交的论文，都收入了《奎壁之光——庆祝徐朔方（步奎）教授从事教学科研五十五周年学术研讨会文集》（浙江大学出版社，2002年）。

我于2009年9月调到北京大学中文系任教，王勇教授也应邀来北京大学中文系讲学。不久铃木阳一教授即来北京大学，与老朋友相聚。那时他好像已担任神奈川大学对外交流合作方面的负责人，非常希望推进神奈川大学与北京大学等中国大学的合作，积极、真诚的情谊溢于言表，我们受到强烈感染，曾向有关负责人报告此事，并受命草拟过合作交流的协议。2014年3月至4月，铃木阳一先生到上海复旦大学访学一月，期间顺访北京大学。4月3日，我和潘建国教授请他在中文系做了"江户时代的日中文化交流"的学术报告。他此行的主要目的，还是推进神奈川大学与北京大学的交流合作，我们介绍他与中文系领导见面沟通。当时距钓鱼岛事件发生不久，中日关系陷入低谷。他认为，越是在这种时候，中日两国人民之间就越需要加强交流。他研究的是古代中日文化交流，他希望能为当代中日文化交流尽自己最大的努力。他对此有非常坚定的认识，也具有强烈的责任感和使命感。

铃木阳一先生曾任日本中国古典小说研究会的会长。2016年9月，在该学会成立三十周年之际，他在神奈川大学主办了"中国古典小说研究三十年的回顾与展望"国际学术研讨会，中、日、韩等国研究中国古典小说的诸多著名学者如黄霖、孙逊、大冢秀高、金文京等都出席了这次会议。会议日程紧凑，讨论活跃，内容丰富，还正式出版了论文集。铃木阳一先生为表达对朋友们的友情，安排来自中国的学者会后去箱根芦之湖景区游览，住在神奈川大学的疗养培训基地，自费请大家吃海鲜大餐，其情其景，至今历历在目。为使会议顺利举行，铃木阳一教授竭尽心力。我本来因为有事，准备只参会，不旅游。铃木先生既不好勉强我，又为我失去这次机会而感到惋惜。我现在重读当时我们为此所发的邮件，往返达十几封，我后来决定参加旅游，避免了因错失一次欣赏美景、了解日本历史文化、与老朋友们亲密聚会的难得机会而产生的遗憾。我既为自己的犹豫不决给铃木阳一先生造成太多麻烦深感愧疚，也充分体会到他对朋友诚挚的情谊。

2015年下半年，我在北京大学刘玉才教授的协助下，邀请铃木阳一教授来北京大学中国古文献研究中心和海外汉学家研究基地访问一个月。2019年9月14日，铃木阳一先生来到北京大学，26日做了"北京大学中国古文献研究中心系列学术演讲"的第69讲"江户时代过海传来的中国文化——日中文化交流的一个侧面"。应中国人民大学谷曙光教授的邀请，铃木阳一教授还去该校做了演讲。与铃木阳一先生的这次相聚，使我看到了他的性格的另一个侧面，即认真、坦率。当时，因为有关手续要上报国家汉语推广办公室，程序比较繁琐，直到距铃木阳一先生10月18日离开北京只剩几天了，有些手续还没有办妥，他给我打过几次电话，非常生气。我理解他的焦虑，但也知道有关部门办事的作风和效率，为此感到十分惭愧。好在后来事情圆满解决了。

2018年12月，神奈川大学汉语系成立三十周年，铃木先生嘱我以个人名义发一段贺辞，我写的是：

　　无论从历史还是从现实上说，中国和日本都应该加强相互的了解、交流与合作。三十年来，神奈川大学汉语系为此作出了积极贡献，谨表示衷心的敬佩和祝贺！愿神奈川大学汉语系日益兴盛，为迎来中日相互了解、交流与合作的新的春天增添光明和热量。

　　北京大学中文系教授、中国古文献研究中心主任　廖可斌拜贺

　　　　　　　　　　　2018 年 12 月 9 日

　　我写的这段话，既是一种礼节性的祝贺，也表达了我的真实心愿。我的这种想法，既来自于对中日文化交流历史和中日关系现状的感受，也来自于多年来与铃木阳一先生交往中所受的启迪。

　　如今欣逢铃木阳一先生年届古稀，退职荣休，我也年过花甲，彼此老景相似，老怀相通。我衷心祝愿铃木阳一先生好好修养一下他那并不十分强壮而多年来超负荷运转的身体，健康快乐，老朋友还能多有相聚的机会。同时，我也希望，无论是在中国，还是在日本，像铃木阳一先生这样正直、真诚、善良、热情的人越来越多，越多越好，这样中日关系才有可能变好，这个世界才可能越来越好。

（载日本神奈川大学《人文研究》No.203, 2021 年 10 月版）

第三辑

《清代骈文研究》序

　　骈文是中国古代的一种重要文体，它的诞生和发展，基于汉语使用单音节、多声调的方块字等语言特征，也与中国传统文化（如大一统中央集权制的政治体制、士大夫阶层的身份地位和社会功能、辩证的思维方式等）特定环境有关，因此具有鲜明的民族特色。虽然自它正式兴起的齐梁时代开始，对它的批评就一直如影随身，在隋唐之际、唐代中期、宋代初年还形成几个高潮，近代以来一段时期内对它的批判否定更是铺天盖地，但它仍然一脉不绝，时显异彩，佳作络绎。在当代社会，骈文仍然颇受欢迎，在某些特定的场合，面对某些特殊用途，人们还是会选择骈文文体，觉得只有骈文才合适。至于骈文的一些表现手法，在当代文章写作中更是仍在被普遍运用。凡此种种，均显示出骈文顽强的生命力，使我们不能不对它给予高度重视，并认真思考它产生和发展的内在必然性和深刻合理性。

　　正确看待骈文，深入研究骈文，必须具备如下几种意识：一是历史的观念，即把骈文置回到中国古代特定的历史文化背景中，客观公正地评价它的价值和地位，对历史抱同情之理解，而不要简单地以现代人的文化和文学观念与标准（如"平民的文学""写实的文学"等）去要求古人。二是多元文化的观念，即尊重不同民族的文化传统，不以西方现代文学观念硬套中国古代文学。如中国古代有"文学"和"文章"的概念，它们并不等同于西方现代的"文学"和"散文"的概念。中国古代的文章包括散文和骈文。此外还有赋，它既介乎于诗歌与文章之间，在文章中又跨散文与骈文，是另一种相对独立的文体。骈赋属于骈文，文赋则属于散文。并不是所有的赋都是骈文，也并不是所有的骈文都是赋。因此骈文研究不能代替赋学研究，反过来亦然。长期以来，关于散文、骈文、赋的关系，关于赋学研究与骈文研究的关系，言人人殊，莫衷一是，在很大程度上就是因为用西方现代的散文概念硬套中国古代文章所造成的结果。三是要有辩证的观念，力避绝对化。中国古代有多种文体，有的侧重实用，有的追求唯美，各有利弊，各司其职，这本来是一种正常状态，没有什么不好。我们为什么不能用包容的心态，尊重这样一种多样化的存在，而一定要用某种文体的特点去要求另外一种文体，对某种文体就只看到它的局限性而忽视它的优越性呢？四是发展变化的观念，即认识到任何一种文体都是发展变化的。我们既要探讨这种文体的基本审美特征，同时也要肯定它的种种变体的必然性和合理性。

　　清代是中国古代骈文创作和骈文理论发展史上的一个重要阶

段。人们一般认为清代是中国古代文化学术的总结期，对骈文来说也是如此。清代骈文作者辈出，作品众多，骈文理论研究成果尤其丰富。吕双伟教授此前曾出版《清代骈文理论研究》一书，系统探讨清代骈文理论；本书则全面考察清代骈文创作的成就和特色。两书相互配合，堪称清代骈文研究的姊妹篇。本书采用专题研究系列的形式，这种框架结构有它的优点，即可以避免因采用通史的形式，不得不面面俱到，而流入泛泛介绍。它选取了清代骈文创作的若干重要节点，进行集中深入的探讨。清代骈文复兴，直接导源于明末陈子龙等掀起的文学复古运动和对六朝文学的推崇，故本书开篇从明末文学复古运动与陈子龙的骈文理论和创作讲起；王国维是公认的从古代文学向现代文学转型的标志性人物，本书即以探讨王国维的骈文理论和创作作结，这就使本书首尾完整，具有整体性。本书的主体部分，既有对清代骈文代表性作家陈维崧、汪中的重点剖析，也有对清代骈文发展的特殊时段如乾嘉时期的系统观照，还有对重要的地域性骈文流派如以洪亮吉为代表的常州骈文派、桐城派、以曾国藩为代表的晚清湖湘骈文派等的深入考察。以点带面，时间维度和空间维度纵横交错，清代骈文创作的整体图景得以非常清晰地呈现在人们眼前。

　　吕双伟教授是近年迅速成长起来的一位优秀青年学者，是同辈同行中的佼佼者。他文献功底扎实，文学感悟力强，理论视野开阔，且异常勤奋，孜孜不倦，一直坚持从事中国古代骈文特别是清代骈文的研究，成果丰硕，特色鲜明，已为学界所瞩目。我与他是湖南同乡，又是湖南师范大学和浙江大学的校友，一直关注他的学术研究工作，并深为钦佩。适值他的新著出版，命我略述片言，以为嚆矢。我却之不恭，谨书数语如上。

（载吕双伟《清代骈文研究》，上海古籍出版社 2018 年8 月版）

《杨家将故事考论》序

　　人们常说，从事文史研究，最好有一定的人生阅历为基础，这种说法很有道理。回想20世纪六七十年代我在农村生活的情形，当时农民自给自足、日出而作日入而息的生产生活方式，可能与两千年前秦始皇时代农民的生产生活方式差别不大。虽说已经有了报刊、书本、广播、电影等，但农民的主要文化娱乐方式还是看戏、听书。祖辈父辈们津津乐道的，既不可能是《诗经》《楚辞》、李杜诗歌、韩柳文章，更不是"十三经"或"四书五经"，甚至不是《三国》《水浒》《西厢》《红楼》，而是《说唐》《说岳》《杨家将》《薛家将》等，以及更为俚俗的《五美图》《十美图》之类。这种见闻给我留下深刻印象，它让我知道，中国普通民众最欢迎也受影响最深的，究竟是哪类文学作品。

　　我的家乡处于洞庭湖平原，并不算是最偏僻落后的地区，其他地方的情况可想而知。20世纪中叶犹且如此，几百上千年前的状况不难想见。在整个社会中，精英毕竟是少数，普通民众总是大多数。因此精英文化有如冰山一角，大众文化才是潜伏在水面以下的巨大冰山，是一个民族文化的主体。中国古代绝大多数普通民众一字不识，他们主要通过接触通俗小说、戏曲等，获得基本的历史文化知识，构建自己的人生观、历史观和价值观。我们研究中国古代文学，必须对古代民众文学艺术生活的真实图景有准确把握。近代以来，我们以为受西方文学的影响，已经实现了文学观念的根本转变，对古代戏曲小说等通俗文学给予了足够的关注。实际上真正重视的，还只是古代戏曲小说中那些比较接近精英文学的作品，而数量更多、形态更丰富、内容更复杂、风格更通俗的小说、戏曲、说唱艺术作品，仍然很少理会。

　　陈小林君这本著作所研究的"杨家将故事"，就属于这种情况。它虽然在民间广泛传播，但它所获得的重视程度远不如《三国演义》《水浒传》等。鲁迅先生《中国小说史略》客观地指出它"盛行于里巷间"，但认为它"文意并拙"；余嘉锡、唐翼明等研究者花了较多功夫勾稽其故事来源和版本等，却几乎将它贬得一无是处。实际上，杨家将故事属于通俗文学，对于它的结构、语言、情节和人物形象等，不能用精英文人雅文学的标准来要求，而应以通俗文学本身的规律来衡量。陈寅恪先生的《论〈再生缘〉》，就为我们树立了研究这类通俗文学的一个典范。就思想内容而言，杨家将故事讲述杨氏一门五代忠勇报国，忍辱负重，舍生忘死，男子阵亡殆尽，佘太君百岁出征，穆桂英阵中产子，最后是"十二寡妇征西"。放眼世界，有哪个国家和民族的文学作品，描写它的将士为了维护国家和民族的利益，慷慨赴难，前仆后继，能达到如此惊天地而泣鬼神的悲壮境界？这样的艺术形象和情节，在中华民族抵御外侮、保家卫国的漫长岁月中，又产生了何等强大的激励作用？仅此一点，我们就不能不许之为"一个伟大的作品"。从中国古代小说发展史的角度看，杨家将小说吸收了其他小说、戏曲、说唱、传说等来源的各种故事元素，没有经过高水平文人的精心加工，保留了早期历史演义小说的诸多特征，正好可以成为我们考察中国古代小说发展演变过程的一个典型样本。

杨家将故事头绪纷繁，本书设计了一个由文本形态的比对到历史过程的考索的精妙结构。第一章考察了现存杨家将小说各种版本之间的关系。第二章集中探讨杨家将小说的成书过程。这是本书最重要的部分。以往研究者一般仅从麟州杨业祖孙故事的演变，来考察杨家将小说的成书过程。卫聚贤、付爱民、常征、小松谦等开始关注播州土司杨氏与杨家将小说的关系，但只是将它视为羼入杨家将故事的一个因素。本书在他们的研究成果基础上，更为全面深入地探讨了播州杨氏故事与杨家将小说的关系，以及明朝万历年间的平播之役对杨家将小说编刊的影响，把播州杨氏和杨家将小说的关系，提高到可与麟州杨氏和杨家将小说的关系相提并论的高度，从而提出杨家将故事可分为"三个系统"：一个是以麟州杨业祖孙故事为主的西北系统；一个是以播州杨氏故事为主的西南系统；在这两者之外，还有一个由西南系统分化形成的讲述杨文广平闽（福建）的子系统，即东南系统。前两个系统相互交叉，又衍生出许多支流，可分两大类群：一是以西北系统为主，羼入西南系统的因素；一是以西南系统为主，缀以西北系统的段落。上述分析和概括是否符合杨家将故事演化的历史事实，还有待讨论，但这一见解无疑是富有新意的。第三章分别考察了杨家将故事与三国故事、隋唐故事、五代故事、狄青故事、水浒故事、岳飞故事、神魔小说故事等相互影响渗透的关系，进一步展现了杨家将故事的世代累积型特征。第四章详细描述了杨家将故事在后世戏曲、小说、说唱、题咏等方面的影响，让我们了解这一故事在中国社会特别是下层民间的传播和影响是何等广泛而深远。第五章力图以个案研究为基础，探讨中国古代历史演义小说的生成与演进的规律。全书结构严谨，材料丰富，条理清晰。特别值得肯定的是，作者突破学科的界限，运用历史学、民俗学、民族学的研究方法，以期对杨家将小说的成书过程这一疑难问题作出新的解释。本书充分吸收了其他学者的相关研究成果，力图在此基础上有所推进，堪称研究杨家将故事的一座里程碑。

　　陈小林君曾在浙江大学向我问学。他为人纯朴笃厚，读书治学沉潜务实。毕业后在出版社工作，在承担繁重的编辑任务的同时，不废学术研究。现在他的著作通过评审，入选国家社科基金后期资助项目，得以正式出版，这是学术界对他的研究成果的肯定。我为之感到欣喜，兹聊书数语，以志庆贺。

　　　　（载陈小林《杨家将故事考论》，浙江大学出版社2018年8月版）

《从礼乐到演剧——明代复古乐思潮的消长》序

　　2006年，李舜华教授在上海古籍出版社出版《礼乐与明前中期演剧》一书，曾引起学界广泛关注，同行们无不眼睛为之一亮。我想这主要是因为如下两个原因：一是明前中期戏剧的发展，一直是中国古代戏剧发展史研究中相对晦暗不明的一个段落。金元时期是中国古代戏剧发展的第一个黄金时代，明代中晚期以后戏剧又迎来再一次的繁盛，这都有众多剧作家、剧论家及其作品和大量相关记载为证。而在这两者之间，是至少长达一个半世纪的明前中期。关于这一时期的戏剧，仅有少量传世文献、个别出土文献和别集、笔记、方志中的零星记载留存，根本无法串联起完整的纵向链条，拼合成清晰的平面格局，更不用说构筑立体的图景。李舜华教授的这部著作，知难而进，力图补充中国古代戏剧史研究中的一个薄弱环节，其胆识和成果自然引人瞩目。其二，关于明前中期戏剧的研究之所以薄弱，正因为相关研究资料匮乏。如果沿用惯常的研究方法，就戏剧论戏剧，肯定难有新的开拓。

李舜华教授的这本著作另辟蹊径，打破了文学史与政治史、艺术史、文化史的学科界限，从当时的礼乐制度和礼乐风尚与戏剧的关系入手，这就为观察当时戏剧的发展开辟了一个可能的角度。而在明前中期，因为朝廷专制权力的加强及其对社会文化生活的强大干预，朝廷的礼乐制度确实对当时的戏剧活动产生了重要影响，因此这也是一个合理的观察角度。李舜华教授这本著作在研究角度和方法上具有鲜明的创新性，自然令人耳目为之一新。

现在，李舜华教授又奉献出十年磨一剑写就的新著《从礼乐到演剧——明代复古乐思潮的消长》，该书在前一本著作的基础上进一步拓展，体现出更宽广深邃的学术视野和更大的学术雄心。我以为，一个学者从自己已有的研究成果出发，由点到线再到面，在相关的学术领域中持续开掘，既不是在一个不太大的范围里不断重复，也不是东打一枪西打一枪，散漫无序，可能是一种最可取的学术发展路径。从时间跨度看，该书将考察的范围由明前中期扩展到了整个明代。但该书所作的新的拓展，主要还不是体现在考察时段的延长，而是思维空间的扩大。前书具体考察明前中期礼乐与演剧的关系，该书则力图在中国古代传统的乐学体系及其演变这个大框架内，以明代乐学复古思潮的演进及其影响为线索，来观察明代的戏剧以至整个文学艺术的发展。

"乐学"是中国古代文化中一个具有鲜明民族特色的概念。蒙昧时代和野蛮时代的先民还没有形成思想，就有了"乐"，"乐"是当时先民感知人生和世界的主要载体。进入文明时代以后，世界上其他几大文明逐步形成以宗教为核心的文化体系，中华民族则建立起具有鲜明人文主义特色的"乐文化"体系。因此"乐"既是中国传统文化的源头，也是中国早期文化的核心。在中国古代文化特别是作为其开端的先秦文化的学术谱系中，"乐学"不同于现代意义上的音乐学，不仅包含乐律、乐舞、乐器等，也统括乐歌（诗歌）、乐仪、乐制、乐理、乐道等，是一个包孕深广的知识体系、制度体系、思想体系和价值体系。所以清人俞正燮说："通检三代以上书，乐之外无所谓学。"（《癸巳存稿》卷二）虽然秦汉以后，中国古代文化和学术的各个方面日益分化发展，但在长达两千年的时间里，中国古代社会的生产方式、政治制度等变化有限，思想文化学术体系也就保持了相对稳定的状态，传统的乐学体系一直若隐若现。

金元时期少数民族入主中原，以汉民族文化为主体的中国传统文化受到巨大冲击。于是明代特别是明前中期的思想文化学术，便逆向兴起了一种强烈的复古主义思潮。上至统治者，下至学者文人，都以恢复汉唐文化之盛、重睹三代礼乐之制为最高理想。于是从明初到明末，朝廷持续进行重订礼制（含礼仪）、乐制（含乐律）的工作。文学领域诞生了声势浩大的复古运动。明中后期戏曲小说的繁荣，本质上是一种新兴市民文学，但通俗文学的作家和理论家，仍以观民风、化民俗的传统乐学理论为它的合法性张目。总而言之，传统乐学的幽灵仍在明代思想文化学术的上空盘旋，乐学领域的复古思潮对明代文学（包括诗词文、戏曲、小说、民歌等）确实产生了深刻影响。李舜华教授的新著，力图避免因借鉴西方现代学术分类体系而造成的对中国古代文化的割裂，回到明代特定的历史语境，还原当时思想文化学术文学本来的生存形态，重构囊括音学、律学、诗学、词学、曲学、礼学等在内的乐学体系，将之视为一个整体性的文化系统，揭示明代礼乐文化与戏剧以至整个文学之间的内在联系，这种思路无疑是新颖的，也是合理的。于是，该著就打开了观察明代戏剧以至整个明代文学的一扇新的窗户，长期为我们所忽略和遗忘的一幅幅历史场景和其间的关联便在我们眼前次第展现。

当然，如前所述，秦汉以后，中国古代思想文化学术日益分化发展，传统的乐学概念逐步分崩离析，礼制、乐制、文学等日趋独立，彼此之间的关系日渐疏离。本书力图重构明代乐学体系，将各种要素都纳入这个体系中进行考察，这无疑面临巨大的挑战。本书考察了从明初到明末朝廷恢复古乐和古礼的种种努力，包括考订古音、制定乐律、更张礼制等，甚至包括教坊的设置、伎乐的盛行等，涉及面非常广，信息非常丰富。但要重建这些因素之间的相互联系，特别是揭示这些因素对明代戏剧以及整个文学发展的影响，殊非易事。作者为此作出了艰巨努力，进行了非常有益的探索。换言之，即使明代乐学已不复具有囊括性，明代乐学复古思潮等对包括戏剧在内的文学的影响，只是明代戏剧以至整个文学发展所受到的外在影响的一个侧面，那么，对长期被忽视和遗忘的这一侧面进行系统观照，对完善我们关于明代戏剧以至整个明代文学的认识，也是大有裨益的。再进而论之，即使通过探索发现，明代乐制、礼制的演变，对明代戏剧以至整个文学的发展影响甚微，那么，对作为明代学术的一个重要组成部分的明代乐学和作为明代社会生活中的一个重要内容的明代乐制、礼制的变迁，进行复原性的考察，难道就没有意义吗？我曾提出，我们的古代文学研究，有必要回归生活史和心灵史的研究。凡是古代社会生活中曾经存在的现象，我们都可以从文学的角度进行研究，都很有意义，完全不必在意研究成果的主体内容是否属于所谓文学研究。

李舜华教授兰心蕙性，孜孜于学术研究与教学，方当强仕之年，而成果丰硕。尤其令人敬佩的是，她具有独特的学术个性，为文著书，均别具手眼，决不剿袭陈言。承她不弃，谬许为同道，值其新著问世，兹略述数言，以当旗鼓。

（载李舜华《从礼乐到演剧——明代复古乐思潮的消长》，复旦大学出版社 2018 年 9 月版）

《文学地理学视野下的明初岭南诗派研究》序

　　20 世纪 90 年代中期，我曾在香港一所大学访学。一天，我对一位讲授中国古典诗赋的先生说，你们香港人和广东人都讲粤语，教习中国古代诗赋恐怕有所不便吧。只见一向温和的老先生凛然作色道：完全不是这样！粤语保留了入声，而且分为阳入、中入、阴入，平、上、去三声也都分阴、阳，因此共有九个声调，比普通话的声调丰富多了。用粤语吟诵古典诗赋，能体验到更优美的音韵效果。我当时深为自己的无知和唐突感到羞愧，同时也庆幸因此对粤语与古代诗赋的关系获得了新的认识。后来我发现，从近代到现当代，研究中国古代音韵的著名学者，多出于方言资源比较丰富的湘、赣、闽和两广地区。不仅如此，近代以至现当代，上述地区民众中喜欢写作旧体诗词者的比例也明显高于其他地方。这种状况的形成，应该是多种因素共同作用的结果，但也可能与这些地区的人士对古代语音有一种天然的敏感有关。粤人好吟诵，而且其创作风格独具特色，已构成一道引人瞩目的文化景观，但它并非现在才出现，而是渊源有自，其直接源头至少可追溯至元末明初的"南园五先生"开创的"岭南诗派"。

岭南在中国历史上总体属于开发较迟的地区。在文学艺术方面，至盛唐时代始有著名诗人张九龄（678—740）杰然挺出，而后又后继乏人。虽晚唐的邵谒和陈陶，北宋的余靖，南宋的崔与之和李昴英等都有一定知名度，但影响皆有限。当时岭南文化的主体，还是贬谪到此的外来文人。整个元代，岭南更无一人登进士第，也没有出现过重要文学家。至元末明初，以孙蕡、王佐、黄哲、李德、赵介"南园五先生"为核心的岭南诗派崛起，才彻底改变了此前岭南本土诗人寥若晨星且多以个体形态存在的局面，岭南文学才正式形成了自己的阵营和系统，在全国文化版图中获得了独立地位。此后相继出现的明中叶嘉靖年间的"南园后五先生"、明末清初的"南园十二子"、晚清近代的"南园近五子"和当代的"南园今五子"等，均继承"南园"传统，形成了中国文学史上传承时间最久的地域诗派。在这六百年里，"岭南诗派"一直是岭南文学发展的主流，而"南园"传统又是贯穿其中的血脉和灵魂，因此毫无疑问，元末明初"南园五先生"及"岭南诗派"的出现，在广东地域文学与文化发展史上具有标志性意义。

将"南园五先生"及"岭南诗派"放在元末明初特定的历史文化环境和中国古代文化格局变迁的大背景中来看，它也具有十分重要的意义。中国古代文化的格局总体上呈现重心由西向东转移、由北方独领风骚向南北并峙演变的趋势。中唐以下特别是两宋以后，随着南方得到进一步开发，这一进程有所加快。包括"南园五先生"及"岭南诗派"在内的一系列文化现象的出现，都是这种总体趋势的产物。元末明初"南园五先生"及"岭南诗派"的出现及其消歇，又与当时特定的社会历史文化环境有关。中国自古幅员辽阔，各地文化发展水平存在较大差异，且各具特色。在整个国家处于分裂状态，或虽然统一但没有实行强有力的统一文化政策的时期，这种差异和特色就会更加凸显。元朝虽然统一了全国，但蒙古统治者对文化不太重视，作为各地之间文化交流主要渠道的科举考试也长期废置不行，于是各地文化分头发展。及至元末红巾军农民起义爆发，朝廷失控，各地割据势力兴起，各地文人依附于地方军阀，形成了一系列地方文人群体，如依附于朱元璋集团的浙东文人群体、依附于张士诚集团的吴中文人群体、依附于陈友定集团的闽中文人群体等。"南园五先生"就是依附于当时割据广州的何真集团的一个文人群体。虽然早在元至正十一年（1351）左右孙蕡、王佐、黄哲、李德等人已在"南园"结社，但至正二十三年（1363）何真自惠州出兵夺取广州后，开署求士，孙蕡等均入藩府任职，并受倚重，这个文人群体的地位和影响才得到进一步加强。明王朝统一全国后，实行高度集权的政治体制和高压的文化政策，上述各个文人群体独立存在和发展的客观环境不复存在，于是相继星散。洪武元年（1368）四月，廖永忠入广州，何真请降；洪武三年（1370），孙蕡、李德等被荐入京任职，此后不久即因故被杀，该文人群体的其他成员也各奔东西，"南园诗社"遂告消歇。总之，元末明初"岭南诗派"的兴衰，与当时社会历史文化环境的变化密切相关，是当时文人命运及文学思潮发展变迁的一个缩影。

综上所述，无论是考察广东地域文学和文化发展史，还是探讨元末明初文学与文化的发展变迁轨迹，深入研究"南园五先生"及"岭南诗派"都是非常必要的。前哲时贤对此已多有论述，而陈恩维教授的新著《文学地理学视野下的明初岭南诗派研究》，堪称该领域的一项总结性和开拓性的重要成果，我认为它有如下特点：

第一，本书对该领域的学术研究史进行了全面系统的梳理，对相关研究成果作出了客观准确的评价。学术研究一般应该"接着讲"，而非"从头讲"，新的研究应该在全面梳理相关研究成果的基础上进行，这样才能避免重复和倒退，才能真正推进学术的发展。这个道理很简单，但并不是每个研究者都能做好。中国人口多，从事学术研究的人也多，几乎没有哪个领域没有人研究过，很少有所谓真正有意义的空白留下来。这就对人们开始新的研究形成了挑战。于是有的人干脆无视已有相关研究成果，自说自话；有些人虽然也做了学术史梳理，但或多有遗漏，或评骘失当。本书则对古往今来关于"南园五先生"和"岭南诗派"的研究成果进行了全面检视，对它们的贡献和不足作出了细致的分析和公允的评价，在此基础上确定了研究的思路和目标，体现出严谨求实的优良学风，也展示出因长期沉潜于该领域的探索而具有的学术自信。这份学术档案并非多余，它不仅构成本书的研究起点，也为其他学者进一步研究提供了丰富信息，本书也就成为从事该领域研究绕不过去的一座里程碑。

第二，材料丰富，考辨翔实。陈恩维教授长期关注本课题，广泛收集相关文献，对"南园五先生"的生平和著述、"南园诗社"的始末、"岭南诗派"的发展源流等都作过精审的考辨，已发表许多高质量的前期成果，为本书的写作奠定了坚实基础。如他收集了明清以来刊刻的孙蕡《西庵集》8个版本、《南园五先生诗》6个版本，对南园五先生的作品进行了进一步辑佚；综合利用各种文献，厘定了孙、王、黄、赵四人的生卒年，编制了详细的《南园五先生年表》；考证出南园结社至少有两次，相关诗歌酬唱活动延续到了明初；根据首次发现的赵介行状及佚作，找到了赵氏参与南园诗社的直接证据，从而解决了本课题研究的若干关键问题。

第三，纵横结合，个案研究与整体研究相结合，体系完整。本书首先考察了明以前岭南形象的变迁与岭南文学的发展历程，揭示了元末明初"南园五先生"及"岭南诗派"生成的文学背景和文化渊源。全书主体部分既注意探讨"南园五先生"的思想和文学创作风格的共性，如"音韵铿锵，情思凄怆"等，又细致分析了他们各自的个性特征及其在不同时期的发展变化，如李德思想颇有理学色彩，赵介则受道教思想影响颇深，孙蕡的文学创作经历了由"山林之文"到"台阁之文"再到"江湖之文"的演变过程等。既以"南园五先生"为关注的重点，又延伸开去，对围绕在"南园五先生"周围的岭南文人群体进行了全面观照，展现了元末明初"岭南诗派"的全貌；既描述了"南园五先生"的富有地域特色的文学思想和对岭南的地域书写，又考察了六百年间"南园"传统的传承和"岭南诗派"的流变。毫无疑问，这是迄今为止对"南园五先生"及元末明初"岭南诗派"研究最为全面系统的一部著作。

第四，思考深入，富有创新意识，为地域文学研究的理论建构做出了重要贡献。现在地域文学与文化研究是学术界的一个热点，但很多研究成果都流于泛泛介绍，缺乏理论和方法上的自觉意识。本书不满足于对地域文学现象的描述，而是力图在地域文学与文化研究的理论和方法上有所开拓，挖掘岭南诗派所具有的特殊样本意义，对弱势文化区域文学流派的形成机制、文学景观与地域诗派形成之间的关系、地域文学传统的传承规律等理论问题进行了深入思考。如第五章中指出，"南园五先生"的岭南地域书写，"不断伴随着一种文化和审美的发现。其语义经由以家乡风物为中心的地方生存的层次，进入到以人文景观为中心的地方记忆层次，再进入到以文学空间为中心的地方认同层次，最后进入到了以生命共同体为中心的美学家园的层次。南园五先生的地域书写表征的地域文化内涵和文化特征不断深化、不断明确，因而能够形成鲜明的地域特色，并在岭南文学和文化史上产生持久的认同与影响"。对地域文人群体的地域书写作出如此精微而清晰的分析，在已有的地域文学与文化研究成果中是少见的，在一定程度上具有范式性意义。

陈恩维教授和我同为湘人，又都离开了家乡。他先至粤西再至粤东，我则先去浙江再来北京。不约而同的是，他以"岭南湘客"为号，我也曾以"楚客"为笔名，这里面自然包含了对故乡的怀念，也算是一种地域文化认同，同时也蕴含了客居他乡的漂泊感。但以一个外来者的眼光，打量一种新的地域文化，进而探寻它的内在脉络，不断有令人惊喜的发现，有时会颠覆自己原来想当然的猜想，也是一件饶有趣味的事情，陈恩维教授对此或也与我有同感吧。承他不弃，命我为其新著作序，故聊书读后感如上。

（载陈恩维《文学地理学视野下的明初岭南诗派研究》，上海古籍出版社 2019 年 12 月版）

《李梦阳生平与作品考论》序

郝润华教授的新著《李梦阳生平与作品考论》即将面世，她嘱我写几句话，弁诸卷首。我不揣浅陋，欣然应允，这既是因为对郝润华教授潜心研究、成果迭出非常钦佩，也是出于对李梦阳的深深敬意。

李梦阳在明代文学史上占有重要地位。明代文学的发展大致可分为三个阶段。前期约一个半世纪，伴随着政治上的高压统治，文坛基本上由台阁体主导，其理论主张和创作都以歌功颂德、道德说教为职志。至明中叶弘治、正德年间，"前七子"复古派兴起，倡导学习先秦两汉散文和汉魏盛唐诗歌经典，反映社会现实，表达真情实感，追求古典诗文的完美形式，才打破这种状况，迎来明代文学的新局面。明后期诞生了追求个性解放和思想情感自由表达的新文学思潮，它虽然超越了复古派，但复古派实为其先导。因此复古派是明代文学发展史上的关键一环。而在复古派"前七子"中，无论是文学主张的开创性和诗文创作的成就，还是在文坛的领导力和在社会上的影响力，李梦阳都是当之无愧的领袖。因此，说李梦阳是整个明代文学转变的枢纽人物，毫不为过。

在整个中国古代文学史上，李梦阳也具有特殊地位。以诗词文赋为主要形式的古典文学形态，诞生于先秦，发展于汉魏六朝，至唐宋达到繁盛，然后开始走下坡路。像人类所有文学形态一样，在彻底衰歇之前，它必然会有一个力图复古以求自振的阶段。宋元以下特别是明清两代，古典文学形态就一直处于这种衰落和力图复古自振的过程中，与以戏曲小说为主要形式、具有一定近代色彩的新文学形态的蓬勃生长，构成文学发展中相互交织的两条主流。李梦阳实为数百年间古典文学复古潮流的主要代表，因此是整个中国古典文学形态一个重要发展阶段的标志性人物。

为了追求古典文学形态的复兴，李梦阳等人对中国古典诗文的审美特征、发展演变过程、创作方法等进行了深入细致的探讨。在这方面，他们受到复古潮流先驱严羽、李东阳等人的启发，但观点更鲜明，理论更完整，辨析更深入，为构建中国古典文学理论特别是诗学理论体系做出了重要贡献。"后七子"复古派中的李攀龙、王世贞、谢榛、王世懋、胡应麟等人，以及明清其他许多文学理论家，后出转精，探讨更为细致。但毫无疑问，他们是沿着李梦阳等人开辟的方向、依据他们构建的理论框架而继续向前推进的。

生逢古典诗文走向衰落的时期，注定李梦阳在诗文创作上建树有限，不如他在文学理论方面的贡献。但他热情参与政治斗争，积极反映社会现实，倡导表达鲜明个性和真实情感，努力追求艺术形式上的完美，可以说是整个明代最富于现实主义精神的文学家之一，写出了不少内容充实、具有独特艺术风格的作品。

李梦阳的主要身份是文学家，以上主要讨论其文学上的成就和影响，实际上他还具有独特的历史文化意义。从明初开始，君权专制走向极端，统治者视士大夫如仆隶，任意杀戮羞辱。士大夫终日战战兢兢，诚惶诚恐，几乎毫无尊严可言，丧失独立人格。宋以前士大夫以道统自任、侃侃言天下事、有时还试图与君权相颉颃的情形几成绝响，整个国家因此陷入万马齐喑、封闭昏昧的状态，逐步走向落后。在明清两代令人窒息的高压政治氛围中，李梦阳是屈指可数能够挺直腰杆的士大夫之一。他敢于向昏君、外戚、宦官、贪官挑战，多次下狱，屡濒于死；敢于在路上乘醉用鞭子打落怙威横行的皇后之弟张鹤龄两颗牙齿；敢于拒绝向总督陈金下跪，声称总督奉天子之命督诸军，自己作为提学副使奉天子之命督诸生；敢于带领诸生手持锁链要锁欺凌诸生的巡按御史。试问数百年间，还有几人曾有过这样的壮举？在整个中国社会历史发展的大背景下来看李梦阳的行为，其意义就显得更为深远。

总之，李梦阳是非常值得关注的一个历史人物。但历来对李梦阳其人及其文学理论和创作存在很多误解。近几十年来，学术界对李梦阳的研究取得很大成绩，但正如郝润华教授所说，已有研究成果大多集中于其文学理论与思想方面，对李梦阳的生平、文集版本源流、诗文创作的艺术特点等，则关注不够，这是研究还不够深入细致的表现。这些具体问题不解决，就难以准确认识李梦阳，并对他作出合理评价。

有鉴于此，郝润华教授的这本新著集中探讨李梦阳的籍贯、号空同山人的时间及含义，五次下狱经历，《空同集》结集及版本流传，若干诗文作品的创作时间，《空同子》的撰写经过及其所包含的理学思想，李梦阳的辞赋、游记散文及各体诗歌的特色与成就，《四库提要》对李梦阳的评价之得失等问题。有的放矢，多有创获。

如关于李梦阳的籍贯，历来有庆阳、扶沟、开封三种说法，作者经过仔细考辨，并吸收相关学者的成果，确定李梦阳祖籍确为扶沟，生于庆阳，后随父移居开封。

关于李梦阳的下狱次数，历来有二次、三次、四次等几种说法，作者考证实为五次。

李梦阳号"空同"，王公望先生《李梦阳年谱简编》认为与汝州崆峒山有关，与平凉崆峒山无关。本书首先考证李梦阳号"空同"的时间约在任户部主事时的弘治十八年至正德元年之间；继引《逸周书》"正北空同"之语，认为这可能是李梦阳取号"空同"的依据之一；再指出李梦阳还有一个人们很少关注的号"郁郅子"，西汉置郁郅县，属北地郡，即今甘肃庆阳。综合以上因素，作者认为李梦阳原号"素屏"，成名后改为"空同山人"（一作"崆峒山人"），源自作为北方名山之代表的甘肃平凉崆峒山，又与

《逸周书》"正北空同"之语有关，与梦阳另一号"郁郅子"一样，寄托了梦阳对于家乡"北地"之情感，而与河南汝州崆峒山无关。这是本书中最精彩的片段之一。

李梦阳的文集，现在通行的是据万历三十年（1602）邓云霄、潘之恒校刻六十六卷本抄录的《四库全书》本。作者经过比较，发现可能为黄省曾所刻的六十三卷《空同先生文集》中，收录了《童谣》《小姑谣》《罗绫曲》《上古楼台》《小二汉》《油狄髻》等诗，其他版本均无。揭示这一点，对进一步认识李梦阳学习民歌的态度有重要意义。

作者指出，《四库全书》本《空同集》虽有所改窜，但它也利用当时搜集到的明刊善本进行了认真校勘。如卷十《雨后往视田园同田熊二子》诗中"芃芃南山豆，离离东陵瓜"一句，底本原作"南山头"，文渊阁《四库全书》本改"头"作"豆"，与下联正好对仗。按这不仅是对仗的问题，"南山豆"用司马迁外孙杨恽《报孙会宗书》"田彼南山，芜秽不治，种一顷豆，落而为萁"的典故，《四库全书》所改为是。

李梦阳撰有《空同子》，黄宗羲《明儒学案》卷六"崇仁三"记为李梦阳晚年与娄谅论学而作。本书考证娄谅比李梦阳大51岁，他去世时，李梦阳才19岁，而且尚未中进士，何来晚年与娄谅论学之事！故《明儒学案》的记载不可靠。

本书花了较大篇幅，探讨李梦阳的辞赋、游记散文及各体诗歌的艺术特色，以前似未有论著对这些方面做过如此细致深入的分析，因此本书可以弥补相关研究之缺失。

总之，本书立足于文献，在仔细考辨历史事实和细读文本的基础上进行分析，将实证研究和理论研究有机结合，提出了一系列新颖可靠的见解，必将对推动李梦阳及明代文学研究起到重要作用。

郝润华教授自称为研究李梦阳耗费了十八年光阴，相继推出《李梦阳研究论文集》（主编）、《李梦阳集校笺》和这本《李梦阳生平与作品考论》三书，这不免使人联想到王宝钏苦守寒窑十八载。王宝钏等来了功成名就的薛平贵，她本人及后来人都觉得值。郝润华教授为李梦阳这么做值不值呢？我认为是值的。尽管我知道她并不像王宝钏那样专一，这些年她至少还另外出版了七八种研究专著和古籍整理著作。

（载郝润华《李梦阳生平与作品考论》，人民出版社2019年12月版）

《自得的诗学：陈白沙文学研究》序

　　孙启华君的博士学位论文经过修订即将出版，我为之感到欣喜。关于该书的特点和价值，陈永正先生的序论之已详。孙启华君感念数年相从之谊，希望我也写几句话，于理不必，于情难却，兹勉从其意，聊书数语。

　　这本书的价值，首先体现在文献方面。陈献章是明代思想史、文学史、文化史上的重要人物，其学术旨趣与文学创作特色鲜明，独树一帜，值得给予高度重视。而整理陈献章的著述，乃是展开研究的基础。陈氏文集明清两代屡经刊行，中华书局 1987 年出版孙通海先生整理的《陈献章集》，用力甚勤，是目前最通行的版本。本书对陈献章文集的各种版本作了更全面系统的调查比对，指出中华书局版《陈献章集》还存在一些阙漏，如天启元年王安舜序刻本《白沙先生全集》，虽被列为参校本之一，点校者"实未见或未利用该版本"，而王本所增录之诗有三百余首。这一发现，对将来再次整理陈献章文集，及进一步深入研究陈献章，均具有重要意义。

　　本书另一方面的价值，体现在对陈献章"自得"诗学的分析。陈献章的诗学理论和诗文创作，是与他对人生意义和人生态度的哲理思考紧密联系在一起的，可称为一种"人生诗学"或"生命诗学"。近代以来，我们受西方学术分类体系的影响，将哲学和文学截然分开。就文学而言，比较强调它的情感、形象和语言形式特征。按照这种学术观念，以西方哲学的标准来衡量，就觉得陈献章的思想缺乏严密清晰的逻辑；用西方纯文学观念来衡量，又觉得陈献章的文学思想和文学创作理性色彩太浓，因此历来对陈献章的文学思想和文学创作成就评价不高。

　　实际上，中国古代思想文化和文学自成体系，具有不同于西方思想文化和文学的特色。西方思想文化以宗教为核心，举凡伦理道德观、人生观问题，基本上依赖宗教解决。西方长时期实行封建制，政治权力掌握在封建诸侯手中，知识分子基本上不参与政治。于是西方知识分子所创造的文学艺术，基本上被视为一种技艺，主要追求以情感、形象和语言形式技巧给人带来美感。而在中国古代社会，宗教的地位一直不高，社会伦理道德问题、人生观问题，主要通过以儒家学说为主体的思想文化来引导。秦汉以后，中国基本上实行大一统制，封建诸侯名存实亡，最高统治者集权专制，同时需要大批文人帮助他管理庞大的国家，于是知识分子普遍参与政治，把"致君尧舜上，再使风俗淳"当作自己的人生理想。这样一来，中国古代知识分子就兼道统、政统、文统于一身，集思想家、政治家、文学家三种身份于一体。中国古代知识分子很少把自己定位于一个单纯的文人，而一般以"士"定位自己的身份；很少把文学仅看成一种技艺，而是将之视为探索和表达天道、世道（政道）、人道的一种载体。相应的，在文体观念上，他们也不太在意区分论道之文、论政之文与抒情写景之文，秉持一种大文学观或曰杂文学观。他们的文学主张和文学创作，往往将自己对道的体认、对政治理想的追求和自己的人生体验融会在一起，尽管不同人有不同的侧重，中国古代不同时期人们的观念也有所发展变化。总体上看，与西方文学观念和文学创作相比，中国古代文学具有显著的理性色彩、伦理道德倾向和现实主义特征。这是由中国古代特有的政治体制、社会结构和思想文化传统决定的。

陈献章的文学理论和文学创作，就是中国古代特定历史文化环境的产物。也只有将它置回到这种特定的历史文化环境中，我们才能对它作出准确的理解和合理的评价。近年来，学术界倡导对近代以来的学术史进行反思，力图改变简单搬用西方学术分类观念切割中国古代思想文化体系的做法，一方面仍要借鉴西方学术以为参照，另一方面要尽可能还原中国古代思想文化体系的本来面目。孙启华君受到这一学术思潮的启发，对陈献章以"自得"为核心的"文道合一"的文学思想和文学创作风格做出了深入的分析和中肯的评价。我们并不认为陈献章的思想就是唯一合理的思想，但它至少是一种很有特色的思想，对当代人思考人生的意义，探索人生道路，以及认识文学的本质等，仍可带来一些启迪。因此，本书不仅具有一定的理论价值，也有一定的现实意义。

孙启华君诚笃朴实，温和宁静。他之所以能对陈献章"自得的诗学"作出深入的体认和解读，应与他的这种性情有关。本书的出版，标志着他的学术生涯中一个阶段的圆满结束。但人生的路还很长，学术探索更是永无止境。因此这既是一个终点，也是新的起点。希望他潜心学术，持之以恒，写出更多更好的论著。

（载孙启华《自得的诗学——陈白沙文学研究》，南方日报出版社 2021 年 7 月版）

《星夜遥寄》序

　　此前已有机会拜读建和兄若干诗作，深感亲切有味。原以为他只是公务之余，一时兴发，偶尔为之。但这本《星夜遥寄》就选录了150余首，没有选入的应该还有不少，才知他是有意为之，用心为之。

　　读罢这些作品，我认为它们的价值，就在于反映了一个特定群体在特定时代的精神世界。这个群体就是所谓七七级大学生，这个时代就是改革开放的四十余年。作为"文化大革命"结束后恢复高考录取的首届大学生，七七级大学生（七八级和七九级的部分同学也一样）具有如下两个突出特点：一是大部分来自于农村和小城镇，对那个时代极端贫困的生活有刻骨铭心的记忆，深知父母含辛茹苦养育自己之不易，同时，也曾拥有一段无忧无虑的青少年时光，与贫瘠但基本保持原生态的青山绿水有过亲密接触。二是具有理想主义精神，关心国家以至天下。这是青少年时代所受教育的结果，也是80年代那个充满激情的岁月赋予的特有气质。在晚辈看来，这一代人总有一股不知哪来的激情。在很多事情上，不是晚辈显得比长辈幼稚，而是长辈显得比晚辈天真。

《星夜遥寄》中的诗作，正好主要包含了两大主题："乡土眷恋"与"家国情怀"。作者对家乡的亲人、田园无比思念，对一切农村风光、山川草木也都充满柔情。颇有意思的是，作者肯定也调研考察过不少工厂企业，但只有走进农村、走进自然时，他才会诗兴盎然。如《春访农家》："三月江南罕放晴，新阳一出起轻尘。菜花粉彩弥田垄，杨柳柔荑秀水滨。少小牵鸢追乳燕，翁婆洒种赶头春。惊禽不识外来客，一路扑腾报主人。"作者的喜悦之情溢于言表。又如《回乡感怀》："小河水浅鸭凫闲，豌豆菜花蓬路边。草犬吠声追远客，稚童愣眼怯生颜。当年杨柳犹相似，今日乡邻已陌然。祭祖归途逢故友，叹嘘巨变祝平安。"作者的这种感受，会引起无数有同样经历的人的强烈共鸣。当然，在这一部分中最感人的篇章，还是《星夜遥寄》。该诗回忆幼年时依偎在慈母身边认星星的情景，历历在目，如闻声息，读之让人心中流淌着温馨与辛酸。作者以此诗题目作为整部诗集的书名，足见母爱在他心目中占有怎样的地位。

人生和社会有四种状态：从不好到不好、从不好到好、从好到好、从好到不好。其中感觉最差的不是从不好到不好，而是从好到不好；感觉最好的不是从好到好，而是从不好到好。我们这一代人，很幸运地碰上了一个千载难逢的最好的时代。中国四十多年来所发生的变化，真可谓翻天覆地。我们是这一进程的见证者、受益者，也是参与者，因此对祖国取得的每一项成就，都深感喜悦和自豪。

建和兄因为长期担任党政管理工作，这种责任感、成就感就更强烈。这里仅举《戊戌年赏灯》一首为例，就足以见出他发自内心的喜悦和自豪："碧海青天一月弯，繁星凋落洒人寰。碎莹漂森楼桅动，流彩漾波车水潺。火树银花生暖意，良宵美景尽欢颜。嫦娥不悔偷灵药，乘坐神舟尚可还。"末尾一联，我孤陋寡闻，不知是否有人写到过，如系建和兄首创，则堪称神来之笔。

建和兄选择了旧体诗的形式，这肯定与他的学科背景有关。相对而言，乡土眷恋和家国情怀，比较适合用传统的诗歌形式来表达。但现代人的生活和思想感情与旧体诗的形式之间，还是存在矛盾的。稍有旧体诗写作经验的人都知道，弥合这种差异，做到既准确生动地表达当代人的生活和思想情感，又遵守旧体诗平仄、对仗、押韵等格律要求，具备旧体诗的节奏、韵味、意境，这不是一件容易的事情。有时候有一个好的想法，却不符合格律；调整到符合格律，意味又已大变。当然，反过来说，这也成为迫使作者进一步锤炼字句的压力和动力。在格律的约束之下，作者经过反复推敲，终于找到最佳表达，达到格律与内容的完美统一，那是最开心的时刻。在这方面，建和兄毫无疑问耗费了大量心力。他的不少诗句，就达到了这种水平。如《惜春》前两联："布谷声声惊晓梦，晨曦初上夜星沉。千山碧绿嫩如玉，一地明黄灿若金。"《初夏喜晴》前两联:"云开日出见新晴,翠鸟声声啼更清。点点苍苔生野径,枝枝碧叶惜残英。"还有《三月桃江喜闻阳泉河村脱贫》:"前山竹海后山花,林下土鸡塘里虾。村叟柴门迎访客,喜言娶媳砌新家。"都意象鲜明,语句自然清新,颇有杨万里、范成大田园诗之风致。《大雪送干部人才赴吐鲁番途中》直书所见奇景,《水调歌头·洞庭》直抒胸臆,也都达到了守格律而不为格律所缚、纵笔所之、自由驰骋的境界。

总之,情真语切即是诗,情深语妙更是好诗。建和兄的这本诗集,全都情真语切,部分作品更情深语妙。它们凝聚着建和兄的心血,是他献给无悔青春的一束鲜花,献给挚爱的家乡、亲人和朋友的一瓣心香,献给这个伟大时代的一曲赞歌。于他本人而言,他将自己满心的爱倾吐在了字里行间。于社会而言,将来的人们,由这本诗集,可以窥见在这个时代,曾有这么一群人,他们曾经有过这样一段心路历程。

我和建和兄是湖南师范学院(现湖南师范大学)中文系七七级的同班同学,在班上我们两个年龄最小,因此更多了一份亲近。当时的建和兄眉目如画,文静聪慧,使我心折。毕业后他去党政机关工作,我留在学校教书。若干年后的一天,他回母校,我们在路上相遇,他隔老远就用洪亮的声音打招呼:"老廖,你好啊!"等到走近,他用有力的大手握住我的手,使劲摇晃,我不禁惊叹于生活环境和工作经历可以给人带来如此大的变化。现在,读到他的这本诗集，我又似乎看到了当初那个建和兄的身影，思绪又回到了四十多年前岳麓山下、湘江之滨的一幕一幕。

同学弟廖可斌 2019 年 8 月 23 日敬题于燕园

（载蔡建和《星夜遥寄》，湖南文艺出版社 2020 年 5 月版；另载《湖南日报》2019 年 9 月 27 日，题为"反映特定时代特定群体的精神世界"）

《历代名家尺牍精粹》总序

　　生活在今天的人们，特别是年纪较轻的人，已经很难想象写信对古代人的生活有多么重要。爱因斯坦曾说过，现代人与古人相比，只是在交通和通讯技术方面有所进步，在道德、情感、智慧等方面并没有优势。而恰恰是交通和通讯这两个方面的进步，极大地改变了人类的生活和交流方式。现代人相距万里可以朝发夕至，通过电报、电话、电子邮件、短信、微信等传递信息，更是天涯海角只在一瞬间。而古人如果居处相距遥远，往往只能望路兴叹；旅行只能靠双脚和车船骡马，相别动辄经年累月，传递信息的唯一渠道就是写信。无论是军政公文，还是家书友札，都决定着人们的命运，寄托着希望和忧愁，牵动着欢乐和痛苦，因此留下了"鱼雁传书""织锦回文""家书抵万金"等种种典故。打开一封封尘封的古人书信，不啻展开了一幅幅色彩斑斓的古代生活画卷，奏响起一支支幽咽婉转的动人心曲。

一

　　书信古称"书"，起源应该很早。早在上古时期，当人们需要将有关信息告知远在他方的人，而又具备了书写工具（包括文字、刀笔、写字的板片材料等）的时候，最初的书信应该就诞生了。清代学者姚鼐认为，最早的书信，是《尚书·君奭》中记录的周公旦告召公奭的一段话。姚鼐："书说类者，昔周公之告召公，有《君奭》之篇。"（见姚鼐纂《古文辞类纂》，岳麓书社1988年版，"序"第2页）其实这还只是就现存文献而言，原始形态的书信出现应该更早。

　　但当时人们交往有限，书写条件也有限，交流往往通过直接见面交谈进行，书信还不普及。因此著名文学理论家刘勰认为，书信这种文体真正发达，是在春秋战国时期，"三代（夏商周）政暇，文翰颇疏。春秋聘繁，书介弥盛"，"及七国献书，诡丽辐辏"。这一时期，无论是诸侯国之间，还是贵族士大夫个人之间，交往更加频繁，书信遂被大量使用。刘勰列举《左传》中所载春秋年间秦国绕朝赠晋国士会以策、郑国子家致书晋国赵宣子、楚国巫臣奔晋后致书楚国重臣子重和子反、郑国子产致书晋国执政范宣子等，认为"详观四书，辞若对面"（见《文心雕龙·书记第二十五》，刘勰著、周振甫注《文心雕龙注释》，人民文学出版社1981年版，第277页），可视为书信的典范。而姚鼐《古文辞类纂》所录战国年间的《苏代遗燕昭王书》《鲁仲连遗燕将书》

等，更是洋洋洒洒，辞气畅达。

至秦汉之际，书信更加普及，刘勰形容为"汉来笔札，辞气纷纭"（同上）。李斯《谏逐客书》、邹阳《谏吴王书》、邹阳《狱中上梁王书》、枚乘《说吴王书》、司马迁《报任安书》、杨恽《报孙会宗书》、刘歆《移让太常博士书》等，就是其中出类拔萃的名篇。《后汉书》的《班固传》《蔡邕传》《孔融传》等，在记录传主身后留存于世的各种体裁的作品时，都列了"书"这一类，可见当时人已将书信视为一种重要文体。

但在秦汉之际，"书"这种文体的特征还比较模糊，内涵还比较笼统。人们几乎把所有由一个人写给另外的人的文章都称为"书"，并将"记"与"书"连称为"书记"。所谓"书记"文体的内涵就更庞杂了。刘勰说："夫书记广大，衣被事体，笔札杂名，古今多品。"（同上书，第 278 页）他把"谱籍簿录、方术占式、律令法制、符契券疏、关刺解牒、状列辞谚"等，也都归入"书记"一类，认为是"书记所总"，说它们"或事本相通，而文意各异，或全任质素，或杂用文绮，随事立体，贵乎精要"。（同上书，第 281 页）

从两汉到魏晋南北朝，随着文学的发展，各种文体进一步分化独立，"书"体文也经历了两次重要的分化。一是士大夫与帝王之间的往来文章、和官府之间的往来书札，原来也都称为"书"。秦汉以后，为了加强君王的权威，立起了规矩，帝王写给臣民的文章，被称为"命、谕告、玺书、批答、诏、敕、册、制诰"等；

士大夫写给皇帝的文章被称为"表奏"，它们就都从"书"中分化出去了。到了东汉时期，官府之间的往来书札，也有了单独的名称，被称为"奏记""奉笺"，也从"书"中分化出去了。刘勰云："战国以前，君臣同书，秦汉立仪，始有表奏；王公国内，亦称奏书。""迄至后汉，稍有名品，公府奏记，而郡将奉笺。"（同上书，第278页）明代吴讷《文章辨体序说》亦称："昔臣僚敷奏，朋旧往复，皆总曰书。近世臣僚上言，名为表奏；惟朋旧之间，则曰书而已。"（见吴讷、徐师曾《文章辨体序说　文体明辨序说》，人民文学出版社1998年版，第41页）梁萧统编《文选》，就已将"诏、册"（卷三十五）、"令、教、策"（卷三十六）、"表"（卷三十七、三十八）、"上书"（卷三十九）、"弹事、笺、奏记"（卷四十）与"书"（卷四十一、四十二、四十三）分开了。总体而言，经过这一分化，属于公文的"书"，即所谓"公牍"，就基本上从"书"中独立出去了，"书"主要用来指相对个人化的书信。

但剩下来的"书"体文内容仍然非常复杂，可以论政，可以论学，也可以用于应酬，用于亲人、朋友之间相互问候，彼此之间差异仍然较大。两汉以后，随着纸张的发明使用，书写更为便利，亲人、朋友之间的日常联系越来越多地运用书信。这类书信一般篇幅短小，内容日常生活化，语言活泼轻松，与此前的公牍性书信，以及比较郑重、正式的论政、论学书信不同，成为书信的一个很重要的门类，后人称之为帖、短笺等，有些近似于现在的便条、字条。（见钱锺书《管锥编》，中华书局1979年版，第三册，第 1108 页）著名书法家王羲之等就留下了大量这类帖、短笺。至此，在相对个人化的书信内部，比较郑重、正式的论政、论学类书信，与比较日常生活化的书信相对区分开来了，后者就是后来人们所称的狭义的"尺牍"的前身。

"尺牍"之称，起于汉朝。当时朝廷的诏书都写在一尺一寸长的竹木板上，所以称"尺牍"或"尺一牍"，是包括朝廷诏书在内的所有书信的通称。当公文性的"书"被改称为"诏""敕""制"和"奏""疏""表"等而独立出去，个人化的"书"内部又发生分化之后，"尺牍"遂被专门用来指比较日常生活化的书信。它就由所有书信的通称变成比较日常生活化书信的专称。人们用丝帛、纸张写信，也比照"尺牍"的说法，称"尺素""尺缣""尺锦""尺纸"等。既然各种载体的书信都以"尺"称，所以书信又被称为"尺书""尺翰"。

从魏晋南北朝到唐宋，人们越来越多地写这种帖、短笺，即"尺牍"，但它们还不受重视。人们重视的还是那种比较郑重、正式的论政、论学"书"，认为这种"书"才比较有价值。王羲之的众多帖、短笺之所以能流传下来，是因为他的书法为世人所重，这些书信是因书法而传。当时其他人应该也写了不少类似的东西，它们就没有这样幸运了。刘勰《文心雕龙·书记卷二十五》已两次提到"尺牍"（"祢衡代书，亲疏得宜：斯又尺牍之偏才也""然才冠鸿笔，多疏尺牍"）（见刘勰著、周振甫注《文心雕龙注释》，人民文学出版社 1981 年版，第 277 页、281 页），语气中显然对"尺牍"颇为轻视。唐宋间文人自编文集，或他人代编文集，如白居易《白氏文集》，欧阳修《居士集》，苏轼《东坡集》《东坡后集》等，都列有"书"类，但只收比较郑重、正式的"书"。

直到南宋年间，人们的观念才开始发生变化。据信编纂于南宋的《东坡外集》中，除有"书"二卷外，还有"小简"（即"尺牍"）十九卷。周必大等人所编《欧阳文忠公集》收"书简"十卷。这种将"书"与"尺牍"分开收录的编纂方式，此后被继承下来。如明代所编《东坡续集》十二卷中，除"书"一卷外，还有"书简"四卷。同样编于明代的《三苏全集·东坡集》八十四卷中，除"书"二卷外，还有"尺牍"十二卷。这些"尺牍"都是原来被遗落的，这时才被搜集汇录在一起。这固然是因为欧阳修、苏轼人品高尚、文采出众，尺缣片楮，后世人皆乐于收集而宝藏之，亦因"尺牍"这种文体的价值终于得到认可。人们对"尺牍"的文体特征有了比较清晰的认识，因而将它与比较郑重、正式的论政、论学书信分别开来。狭义的"尺牍"作为一种文体，遂正式登上文坛。（参见［日］浅见洋二《文本的"公"与"私"——苏轼尺牍与文集编纂》，《文学遗产》2019 年第 5 期）自此以后，比较郑重、正式的论政、论学"书"，一般被视为"古文"之一体；而比较日常生活化、篇幅短小、文风活泼的"尺牍"，则被归于"小品文"的范畴。两者并行不悖。

当然，无论是公文性书信与个人化书信之间，还是个人化书信中比较郑重、正式的论政、论学书信与比较日常生活化的"尺牍"

之间，界限都不是绝对的。两汉以后，臣僚给皇帝的奏疏，也还有叫"书"的，如王安石著名的《上仁宗皇帝言事书》。有些比较日常生活化的书信，如曹植《与杨德祖书》、陶渊明《与子俨等疏》，内容也未尝不重要。但总体上说，这几类书信之间的分野是清楚的。

及至明清时期，随着社会生活和人们思想观念的变化，人们的文学观念总体上越来越世俗化，即越来越注重反映普通人日常生活的文体，尺牍遂越来越受青睐。人们在编选文集时，往往将"尺牍"与"书"等量齐观，将之统一编入"书"中，甚至将"尺牍"单行。如明代文学家陆深的文集中，"书"类就兼收比较郑重、正式的论政、论学"书"，和包括家书在内的"尺牍"。后来因为他的"尺牍"很受欢迎，人们又将他的"尺牍"另编为《俨山尺牍》行世。冯梦祯《快雪堂集》六十四卷本收录"尺牍"十三卷，他又将尺牍部分单独刊刻为《快雪堂尺牍》。晚明其他著名文人如屠隆、汤显祖、王思任等，均有尺牍单独刊行。晚明至清初，更出现了选编出版历代名人尺牍总集的风潮，现在可以考知的不下两百种，其中影响较大的有杨慎《赤牍清裁》，王世贞《尺牍清裁》，屠隆《国朝七名公尺牍》，顾起元《盛明七子尺牍》，凌迪知《国朝名公翰藻》，李渔《尺牍初征》，周亮工《尺牍新钞》，汪淇等《尺牍新语》，陈枚《写心集》《写心二集》等。

二

尺牍历来是比较受欢迎的读物，堪称读者的宠儿，用鲁迅先生的话来说："日记或书信，是向来有些读者的。"（鲁迅《孔另境编〈当代文人尺牍钞〉序》，见《鲁迅全集》（6）"且介亭杂文二集"，人民文学出版社1961年版，第330页）人们为什么对尺牍感兴趣？古代尺牍对当代人还有何价值？我想它至少具有如下四个方面的意义：

一是可以帮助我们更准确深入地认识历史的真相。中国素来有重视历史的传统，记载古代历史的文献可谓汗牛充栋。但大部分正经正史记录的都是重大历史事件，描写的都是风云人物在朝堂、疆场上的壮举，属于宏大叙事，固然气势恢宏，但较少触及这些人物的日常生活图景，包括他们与家人、亲友、同僚等之间盘根错节的微妙关系，以及他们复杂幽微的内心活动。而他们所写的书信，则与各种笔记、野史等一起，展现了历史的另外一面。如果说正经正史反映的是这些人物带着面具的表演，那么书信等则在一定程度上反映了他们摘下面具后的真相。如果说前者展现的是台前的景象，那么后者则揭示了幕后的种种细节。看历史，既要把握大局，也要深入细节；既要看到正面，也要看到反面。只有将这些不同的面相拼接在一起，才庶几接近历史的真面目。如我们可以称明代著名文学家汤显祖秉性刚正、不畏权贵，从遂昌知县任上自行辞职归家。但看到他当时与好友刘应秋等人的往来信函，就知道当时朝中人际关系多么复杂，汤显祖为争取出路曾做了多么不懈的努力。又如看到明代文学家王樵给子侄的书信，说到其子王肯堂中进士时，亲友们如何不屑一顾，当得知王肯堂中选翰林院庶吉士后，他们如何马上换了一副嘴脸，由此我们就可以知道当时人对进士、翰林院庶吉士的真实看法，以及当时社会所谓亲友之间关系的真相。从曾国藩写给其弟曾国荃等人的书信中，我们可以得知湘军内部、湘军与淮军之间、湘军淮军与清廷之间，是如何的矛盾重重。而从太平天国忠王李秀成写给英国传教士艾约瑟、杨笃信的书信中，我们又可以看到打着基督教旗号的太平天国与清朝、西方势力三者之间的微妙关系。从书信中获取的这些零碎而生动的细节，可以大大丰富我们对历史真相的认知，让我们对历史的印象由粗线条的轮廓变为鲜活的图景。

　　二是可以让我们感受古人的心灵世界，让我们加深对人性、人生、人世的理解。历史的车轮不停转动，社会生活嬗变不息，人们的思想观念也在不断变化，但人总还是具有灵性的血肉之躯，总还是要经历生老病死，难免种种喜怒哀乐、爱恨情仇。人类心灵深处的这些东西，千百年来变化其实非常有限。我们阅读古代优秀的文学作品，可以感受到古人的忧乐，与他们展开心灵的对话。在这个过程中，他们的面容神情清晰真切地浮现在我们眼前，让我们真觉得古今人相去不远。相对来说，在各种文体里，书信和日记是较能真实反映人们的内心世界的。周作人曾指出：

日记与尺牍是文学中特别有趣味的东西，因为比别的文章更鲜明的表出作者的个性。诗文小说戏曲都是做给第三者看的，所以艺术虽然更加精炼，也就多有一点做作的痕迹。信札只是写给第二个人，日记则给自己看的（写了日记预备将来石印出书的算作例外），自然是更真实更天然的了。我自己作文觉得都有点做作，因此反动地喜看别人的日记尺牍，感到很多愉快。我不能写日记，更不善写信，自己的真相仿佛在心中隐约觉到，但要写他下来，即使想定是私密的文字，总不免还有做作——这并非故意如此，实在是修养不足的缘故，然而因此也愈觉得别人的日记尺牍之佳妙，可喜亦可贵了。（《日记与尺牍》，见周作人《雨天的书》，岳麓书社1987年版，第11页）

有趣的是，鲁迅先生也讨论了书信与其他文体之不同：

作者本来也掩不住自己，无论写的是什么，这个人总还是这个人，不过加了些藻饰，有了些排场，仿佛穿上了制服。写信固然比较的随便，然而做作惯了的，仍不免带些惯性，别人以为他这回是赤条条的上场了罢，他其实还是穿着肉色紧身小衫裤，甚至于用了平常决不应用的奶罩。话虽如此，比起峨冠博带的时候来，这一回可究竟较近于真实。所以从作家的日记或尺牍上，往往能得到比看他的作品更其明晰的意见，也就是他自己的简洁的注释。不过也不能十分当真。有些作者，是连账簿也用心机的，叔本华记账就用梵文，不愿意别人明白。（鲁迅《孔另境编〈当代文人尺牍钞〉序》，见《鲁迅全集》（6）"且介亭杂文二集"，人民文学出版社1961年版，第330—331页）

相比较而言，鲁迅先生更冷静清醒。在短短的一段话中，开头和结尾处两次强调，即使是写书信这类东西，作者也往往免不了"做作"和"用心机"，因此读者"也不能十分当真"。我们应该对此抱有充分的警觉。古代有些人写信给某人谈某事，本来就是准备公之于世的，相当于写公开信，这种文章就和一般文章没有多少差别，只是运用了书信这样一种文体形式而已。有些比较有名的人物，即使是写给朋友和家人的书信，或为名，或为利，或为了名利双收，也是早就打算日后要结集出版的，写的时候不免就有诸多顾忌和矫饰。有些信件收入文集或尺牍集时，还会做许多加工，加上一些漂亮话，尤其是删掉某些敏感内容，这些书信的真实性就要大打折扣了。

但鲁迅先生毕竟也肯定，书信的内容"究竟较近于真实"，通过书信，可以"从不注意处，看出这人——社会的一分子的真实"。（同上，第330页）凡是书信，都是写给特定的人看的，如果太不真实，完全是套话假话，那就相当于当面撒谎，不会有任何好效果。何况大部分书信，特别是尺牍，一般都是写给亲人，或比较熟悉的朋友，作者的心态往往比较放松。有些在公开场合不能说的真实感受和想法，可以向亲人和朋友一吐为快。说过之后，写信人往往还不忘记嘱咐收信人，所言不足为外人道，甚或要求看后即销毁。如苏轼《答李端叔（之仪）书》云："自得罪后，不敢作文字。此书虽非文，然信笔书意，不觉累幅，亦不须示人，必喻此意。"（张志烈、马德富、周裕锴主编《苏轼全集校注》之"文集"卷四九，河北人民出版社 2010 年版，第 16 册，第 5345 页）看看苏轼给亲友的诸多书信，我们就知道，在旷达洒脱的外表下面，一代天才心中又有多少悲苦与无奈。著名书画家赵孟頫的妻子管道昇，回娘家后给丈夫写信，叮嘱种种家务事，让他赶快寄柿子，说是丈人要吃，不仅书法清丽潇洒，而且语气亲切有趣，传递出这一对艺术家夫妇相知相惜的温情。至于明末清初抗清志士夏完淳的《狱中上母书》、辛亥革命先烈林觉民的《与妻书》，写信人临难之际，对至亲至爱的人敞开自己的心扉，真可谓饱含血泪，至情至性，感人至深。阅读这些尺牍中的精品绝品，我们会对人性的光辉、人生的悲欢和人世的苍茫有更深的感悟。

三是可以欣赏古人的文笔之美。书信本是一种应用性很强的文体，把要说的事情说完也就可以了。但我们现在所能看到的中国古代的书信，基本上都是士大夫们写的。中国古代一直存在一个士大夫阶层，这是中国古代长期实行大一统君权专制制度的产物，是中国古代社会结构的一个重要特点。士大夫们都接受过良好的教育，有较好的文学艺术修养，善于将生活艺术化。茶有茶道，花有花道，至于琴棋书画，那就更精妙无穷了。写信也是一件很雅的事情，不仅笔墨砚纸马虎不得，行款格式也有讲究。书信本身则力求写得生动活泼，于尺幅中见巧思。或如语家常，娓娓道来；或夸张调侃，风趣幽默。表关切则务求语气平和，有请托则力戒卑躬屈膝，要尽可能恰如其分，彼此两宜。结构则似信笔所之，而姿态横生。有些精巧鲜活的表达方式，在其他文体中是不可能出现的。所以鲁迅先生说，过去人看尺牍，就是为了看其中的"朝章国故，丽句清词，如何抑扬，怎样请托"。（鲁迅《孔另境编〈当代文人尺牍钞〉序》，见《鲁迅全集》（6）"且介亭杂文二集"，人民文学出版社1961年版，第330页）诗词文赋文雅精致，内涵丰富，但要读懂并不容易；小说戏曲比较易懂，但篇幅大多偏长；至于众多一本正经的高文典册，内容或许渊深，但除了专门研究者，一般人读起来无不觉得头昏脑胀。相形之下，小巧活泼、饶有情趣的尺牍，就成了阅读起来最轻松、可读性最强的文体。

四是可供当代人借鉴人际交往之道，尤其是语言交流的必要礼仪和技巧，因而具有实用价值。现代人已很少写信，但人际交往特别是语言交流仍然是必不可少的。古人既然写信，纸短情长，就要注意锤炼字句，力求表达清晰优美。对不同的对象，也要用不同的称谓和表达方式，以表示礼貌，务使"尊卑有序、亲疏得宜"。（徐师曾《文体明辨序说》，见吴讷、徐师曾《文章辨体序说　文体明辨序说》，人民文学出版社1998年版，第129页）

现在人们发短信、微信，往往脱口而出，随手而发，态度随便，久而久之，语言就越来越单调，甚至粗鄙。长此以往，整个民族的语言水平和礼仪修养都可能下降，这是一件令人担心的事情。有些人不具备古文功底，又要显摆自己的古文，就更糟糕了。例如古代书信用语中的"启"本来是陈述的意思，因此书信可以用"敬启者"开头。现在人们则常常用此词表示打开信封的意思。有人却在信封上写某某人"敬启"，就是要求别人（包括尊长）恭恭敬敬打开这封信。"聆听"是恭敬听取的意思，所以只能说自己"聆听"。请别人听或读，只能说"垂听""垂察""垂览""垂鉴""赐览""赐鉴"等。现在人汇报完了却常说"谢谢聆听"。试问收信或听汇报的长者看到或听到这样的表达，心中会作何感想？又如"家父""家兄"本用于称自己的家人，有人写信却说对方的"家父""家兄"如何如何；"令郎""令爱"是称对方的儿女，有人却说自己的"令郎""令爱"如何如何；"先严""先慈"是指自己已过世的父母，有人却用来指还活着的父母。凡此种种，让人哭笑不得。再如年长者对晚辈，为表客气，也可称"兄""世兄""仁兄"等，而自称"弟"。有些人不懂这一点，拿着某位名人称其为"兄"而自称"弟"的信函，到处炫耀，洋洋得意，令人齿冷。现代人主要通过电子邮件、短信、微信等联系，这是大势所趋。写这类东西也不必生搬硬套古人尺牍的模式，但读一点古人的尺牍还是有好处的。浸润既久，我们可以多少懂得一些必要的知识，少闹笑话；也可以感受到一些古人相交相处之道，提高自己的修养，言辞之间学会以礼相待，从而构建一种和谐的人际关系。

基于上述认识，我们编选了这套"历代名家尺牍精粹"丛书，分辑出版，首辑拟推出明清尺牍11家。

丛书的总体定位是一套具有一定学术水准、面向社会大众读者的普及型文学读本。主要收录狭义的尺牍，即比较日常生活化的书信，兼收部分比较有文采、有情趣的论政、论学类书信。选择标准主要着眼于尺牍的文学价值。注释和赏析力图在全面深入了解作者的经历、个性，对相关事件的来龙去脉了然于胸的基础上，准确把握每篇尺牍的真实含义，揭示其压在纸背的心情，及其写作上的精巧微妙之处。

丛书旨在提供一套涵盖面广、典型性强、审美价值高的历代尺牍文学选本，有助于广大读者欣赏美文，获得轻松愉悦的审美享受；发抒性灵，陶冶情操；回望祖国传统文化，回味前人的生活方式，增进对中国古代社会和士人精神世界的理解；感受汉字和汉语的深邃魅力，提高书面和口头表达能力。

本丛书的编选撰写和出版肯定存在诸多不足之处，敬希读者批评指正。

（载《历代名家尺牍精粹》，浙江古籍出版社2020年后陆续出版）

《明代洪、永年间出版与文学关系研究》序

对从事中国古代文学特别是明代文学研究的人来说，高虹飞博士的这本书，选题即足以让人眼睛为之一亮。如继而读之，会发现它的内容也非常扎实。它先是获评为北京大学优秀博士学位论文，后又入选国家社科基金的优秀博士学位论文出版资助项目，这表明它的价值已在一定程度上获得同行专家认可。作为她的指导教师，我为之深感欣慰。

本书的特点和价值，首先在于研究角度较新。它从考察明前期洪武、建文、永乐三朝的出版情况入手，探讨这约八十年间出版与文学的互动关系，属于跨出版史、文献学、文学史学科的交叉性、综合性研究，为明代文学研究开辟了一个重要视角。

文学作品的出版和传播，不仅制约着文学作品的接受活动，而且反过来影响作者的创作活动，对文学发展的重要作用不言而喻。以往的文学史研究，不是完全没有涉及这一点，但没有给予足够关注。近年来学术界已有意识地展开这方面的研究，但就某

位文学家或某种文献所进行的个案研究较多，而就某一时段所作的整体性研究偏少。已有的相关成果，要么侧重出版史、文献学而捎带涉及文学史，要么侧重文学史而稍稍考虑到出版史、文献学的因素，真正对某一时段出版与文学的互动关系展开全面系统研究的成果尚属罕觏。

更重要的是，由于将出版史与文学史研究结合起来，还算一个比较新的研究领域，对于如何展开这种跨学科研究，比如这种研究应该关注出版史的哪些方面，怎样才能还原出版史的真实面貌，出版与文学之间的互动关系主要发生在哪些方面等，学术界尚缺乏理论思考。本书强调：还原古代出版史的原貌，不仅要关注现存刻本信息，还必须搜寻已佚版刻信息，必须注意考察出版成本和出版过程，注意分析出版对作家创作心态和题材风格选择等方面的影响，注意地域出版情况对地域性文学流派及其文学主张的影响，注意考察出版如何参与文学史的塑造、影响作家作品的文学史地位，等等。总之，本书对如何从出版角度研究文学做了有益探索，构建了一个比较合理的研究模型，具有一定方法论意义。

其次，本书搜集的资料非常丰富，考辨相当精审。考察特定时期出版与文学的相互关系，前提是尽可能完整准确地掌握这一时期出版史的原貌，否则一切无从谈起。明前期距今已六百余年，当时钞刻的文献迭遭损毁，存世者寥寥。古人缺乏出版史意识，没有留下系统的出版记录。现在所能见到的各种书目，自然是考察出版史的重要依据。但这些书目多为编录书目时的知见书目，与历史上实际出版书籍的目录差距较大。仅凭这些书目，不可能重现历史上特定时期出版史的真实情况。另外，古代书籍刊刻的情况非常复杂，有的书籍的序跋称即将刊刻，实际上最后并未刊刻；有的是过了若干年才刊刻，序跋所署年份并非实际刊刻年份；有的书后来被翻刻，新的序跋或牌记所标示的时间，并非其初刻时间。如果不将这些情况尽可能辨析清楚，所绘制的特定历史时期的出版史图景，就会因较多的细节讹误，而总体失真。因此，要尽可能完整准确掌握特定历史时期出版的实际情形，远不是将各种书目的相关记录汇集在一起那么简单。其难点在于，除此之外，还要从各种史传、别集、总集、方志中，广泛搜集现存和已佚刻本信息，并对这些信息一一进行仔细辨析，弄清楚当时究竟产生过多少书籍，这些书有否出版、在何时出版。

毫不夸张地说，这有似大海捞针、披沙拣金。从事这项工作，无疑需要扎实的文献学功底和严谨细致的作风，高虹飞博士恰恰具有这样的素养。她从本科到博士，一直就读于北京大学中文系古文献专业，学习刻苦认真，在目录学、版本学及电子文献检索利用等方面得到了系统的训练。她从明清各种相关书目、《中国古籍善本书目》、台湾《中文古籍联合目录》等港澳台地区所编古籍目录、各种国外所藏汉籍目录、韦力《芷兰斋书跋》等重要藏书家的古籍题跋、姜寻《中国拍卖古籍文献目录》等古籍拍卖目录，及《明史》《明实录》，各种总集、别集、方志等文献中，钩稽出明前期的现存、已佚版刻信息，同时利用实习、访学等机会，到中国国家图书馆、北京大学图书馆、东京大学东洋文库、英国国家图书馆等地查验原书，并充分利用当代网络和电子数据库所提供的巨大便利，检索"全国古籍普查登记基本数据库""高校古文献资源库"以及各种海外藏中国古籍电子数据库等，通过核对原书或书影、刻工信息及相关记录等手段，对已有著录的书名、作者、卷数，及其成书时间、作序时间、刊刻时间，一一加以考辨，编制出"明代洪、永年间（1368—1424）书籍版刻信息初编"，作为本书"附录"，共收录这一时期基本可考订具体出版时间的书籍版刻信息287则，按出版时间编排，另外收录可能出版于这一时期的书籍信息15则，以及相关文献中记录的现存"明初刻本"版刻信息233则。这一目录不仅为本书的相关研究提供了重要基石，也为其他学科研究此时期的有关问题提供了坚实基础。作者摸索得来的搜辑、考辨现存、已佚版刻信息的方法，对于调查、研究自宋至清其他时期的出版情况，也具有参考意义。

最后，本书对明前期的出版情况及其与文学的互动关系进行深入思考，提出了一系列重要见解，在某些方面可以刷新人们对明前期出版史和文学史的既有认识。例如，目前学界关于明前期出版状况的判断，有繁荣、萧条两种截然不同的观点。本书不仅从宏观上统计了当时出版书籍的种类，考察其中有代表性作品的出版规模、篇幅，还就此时的出版成本、全国各地出版业水平差异，不同阶级、不同群体出版书籍的难易等问题，做了比较深入的专题探讨，指出明前期因为中央集权大大加强，官方可以掌握调动大量资源，因此朝廷、王府刻书规模较大，民间刻书则相应受到挤压；全国大部分地区刻书业相对萎缩，而福建等地的刻书业则在一定程度上保持兴盛。据此本书提出明前期出版的特征体现为多重不平衡或曰局部繁荣，这显然比简单地说繁荣或萧条更符合事实。

明初文人刘仔肩编辑出版《雅颂正音》，收录较多歌功颂德的作品，后世研究者大都只肯定该书具有一定史料价值，而轻视、贬抑其文学价值。王逢《梧溪集》中诗歌语言多平铺直叙，题材多为歌颂忠孝节义，后世评论者多嫌其诗味淡薄。但在出版史的视域下可以发现，《雅颂正音》出版后颇受欢迎。在当时个人文集刊刻相当困难的背景下，王逢在世时《梧溪集》前六卷即获得资助——出版，而且流传颇广。本书指出，这是因为两书比较契合当时人的心理，因为元末大动乱终于结束，新朝初立，整个社会确实涌动着一种喜悦、期待的情绪。以往学术界探讨明初文学风貌，多强调朱元璋父子对知识分子的残酷迫害，造成文人沮丧、悲凉的心态，这固然不错。但本书揭示的这些历来被忽略的历史现象，有助于我们回到历史场景，对当时的社会状况和人们的心态获得更完整准确的认识。

本书从出版的角度看文学，对文学史上很多现象做出了新的解释。如本书指出，高启、袁凯在明前期所获评价并不高，这固然与朱元璋对他们的迫害有关，但也与他们的作品当时很少出版有一定关系。两人的别集从明中叶起持续得到出版，更有名家为之作序称赞，他们在文学史上的地位遂日渐升高，作品出版在其文学史地位提升过程中发挥了重要作用。本书还指出，明前期学唐诗风盛行，与以林鸿、高棅为代表的闽中诗派的倡导有关。闽中诗派能够在明初诸多诗歌流派中脱颖而出，又与高棅的《唐诗品汇》《唐诗正声》不断出版密切相关，而这又与当时闽中出版业较发达有直接关系。

本书还深入分析了作者预计自己的作品能否出版对其创作心态的影响，提出作者有意识地为出版而创作，将在一定程度上导致其作品与其真实思想情感之间的"偏离"，我认为这是本书提出的特别具有启发意义因而也特别有价值的一种见解。作者指出，宋濂因知道自己的作品将出版，在社会上会广泛流传，并能传播至高丽、日本、安南等地，于是下笔格外谨慎，很少在诗中描摹自己真实的思想、情感与生活，有意识地隐藏自我。面对规模庞大、知识结构不确定的读者群，宋濂也有意无意地偏向运用比较浅近直白的语言和结构方式。与此相反，高启通过不出版自己作品的做法，有效地控制了读者群体的水平与规模，从而在诗歌题材选择、笔法运用上获得了更大的自由。熟悉的读者群体，也令高启得以在诗中尽情抒发自我。作者由此推论，唐代以前的"抄本时代"，文人作品除口耳相传外，只能通过传抄流传，只面向规模较小、比较确定的读者群体，则"抄本时代"的作者，其创作活动偏离本意的程度，是否普遍低于"刻本时代"的作者呢？作者的这一追问，为我们探讨古代作家的创作心态提供了一种有趣的思路。

　　总之，本书是一本角度新颖、材料丰富、新见纷呈的佳作，它构成作者学术之路的一个良好的起点。人一辈子能做的事情并不多，一个学者终其一生能把某一领域的某个或某几个比较重要的问题研究得比较透彻就不错了。我希望高虹飞博士乘胜追击，将"明代出版与文学的关系"这个课题继续做下去，取得更加全面、系统、深入的成果，在此基础上再做新的开拓，造就精彩的学术人生。是为序。

　　（载高虹飞《明代洪、永年间出版与文学关系研究》，中国社会科学出版社 2022 年 8 月版；又刊《中华读书报》2022 年 10 月 19 日，题为"开辟从出版研究明代文学的新视角"）

《桃李不言：李生龙古典文学与文化论集》序

　　直到动手写这篇小文，我仍然不能接受生龙兄已经去世这一事实。我想只有对最亲近的人的离去，才会有这种感觉。翻阅他的学生和女儿整理的文稿，生龙兄的音容笑貌，宛在目前。我与生龙兄相识相知的往事，也一一浮现于脑海。

　　我是湖南师范学院中文系 1977 级的本科生，毕业后留系任助教（名额暂属即将成立的湖南第二师范学院），1983 年报考了本系马积高先生的硕士研究生。母校中文系培养本科生和研究生，向有重视基础知识和基本技能的传统。当时研究生入学考试，除考专业知识外，还考一门"写作"。记得考题是引用了纪昀《阅微草堂笔记》中的一则，大意是一妇人与婆婆、独子涉河，船覆，妇人救婆婆，而子溺亡。对于她的做法，世人争论不休，或以为她选择正确，因为她尽了孝道，而孝道最重要；或以为她选择不当，因为子亡则绝后，而后嗣最重要。要求考生就此谈谈自己的看法。我信马由缰写了几千字。老师们集体阅卷结束后，彭丙成老师在路上碰到我，告知说："'写作'这一科目，你和李生龙两人考得最好。"这是我第一次听到生龙兄的姓名。隔日我即找到生龙兄的考卷，发现其持论公允、理平词和、条理清晰、语言简洁，其见识和写作能力远在我之上，我不禁深感惭愧，同时也对生龙兄十分佩服。后来才知道，生龙兄虽然和我一样出身农家，但自幼聪慧异常，多才多艺，琴棋书画样样都通，我更加自愧弗如。

当时研究生人数少，不同研究方向的学生往往在一起上课。生龙兄的导师宋祚胤先生讲《周易》，我们也都去听课，这样就与生龙兄等熟悉了。那个时代的人们，生活都非常简单，尤其是大学的学子，就只知道读书求知。这本《论集》卷首所收"湖南师范大学八六届毕业研究生留影"，前排居中的就是宋祚胤先生，他的右手边依次是中文系的马积高先生、樊篱先生，他的左手边依次是外语系的刘重德先生和当时的校长张楚廷先生。生龙兄是第三排右起第二人，我是第四排右起第四人。我将这幅照片看了一遍又一遍，看到老师和同学们熟悉亲切的面容，对当时单纯的校园氛围和朴素的师生情、同学情无比怀念。

宋先生和马先生这一辈学者，招的研究生都很少。我硕士毕业不久，就去杭州求学和工作，然后又到了北京。当年一起学习古代文学的研究生同学，后来也相继去外地或长沙其他高校学习和工作。曾经阵容相当强大的母校古代文学学科，在一定程度上出现了师资断档。只有生龙兄一直坚守在母校，成了学科的顶梁柱。他不断发表高质量的论著，不知疲倦地给本科生和研究生上课，大力引进年轻教师，协助马积高先生等编纂《历代辞赋总汇》《中国古代文学史》。直到前些年，随着新一代优秀青年学者崛起，该学科才缓过劲来，保持了在学术界的优势地位。生龙兄为湖南师大中国古代文学学科以至整个中文学科的发展发挥了承前启后的重要作用，这一点应永远为系友所铭记。

生龙兄主要倾力于老庄和儒家思想及其与文学的关系、道教文化等方面的研究，在这些方面卓有建树。他的《无为论》出版后即寄给我一本给我，该书首次对"无为"这一中国古代的重要思想观念进行了系统梳理和深入分析，我当时深为他的选题之独特、见地之高远所折服。后来他又寄给我皇皇三大册的《道家演义》，我更感到强烈震撼。如果说，以我辈庸劣之资，假以时日，肯下苦功，还有可能写出《无为论》这样的著作，那么像《道家演义》这样的作品，能够写出的就举世无几了。因为这不仅需要作者有深厚的学力，对道家和道教的思想与历史了如指掌，还需要有将抽象的思想和枯燥的历史转化为活生生的人物形象与情节的才力。我要特别强调的是，这还需要有一种矢志传承古代文化的坚韧不拔的毅力。从生龙兄诸多论著中可以看出，他对所研究的对象，一是热爱，二是相信它有意义。这种热爱与信心，就是他焚膏继晷、持之以恒、痴心不改的动力所在。正是因为出于热爱与信心，所以他的每一种论著都只是表达自己的深造自得之言，无意于装点修饰、取悦时好。这就是宋先生、马先生等前辈学者教导我们应该遵循的一种学风。如今环境大变，项目制和论文制支配学术。由于申报项目、发表论文特别重视所谓新角度、新思路，于是人们挖空心思，不断为变换角度而变换角度，作为学术之核心的经典文本、问题与意义倒显得无足重轻了。学者们劳神苦思写出了一篇又一篇论文，出版了一本又一本书，看起来整饬规范、像模像样，又有几种是出于热爱，自己相信它对社会、对人生或多或少或隐或显有一点或直接或间接的意义呢？时易事移，一代有一代之学术，对学术界的种种变化，我不敢确定它们是合理的还是不合理的，或者哪些改变是合理的，哪些改变是不合理的，只是抚读生龙兄的遗稿，回想起前辈师长的教诲，不免感慨。

凡是接触过生龙兄的人，印象最深的就是他总是笑容可掬，洋溢着真诚，有一种自然而强烈的感染力。前些年我回母校的次数较多，常有机会与生龙兄相聚。开始他还能喝酒抽烟，后来生病了，明显苍老，但真诚的笑容依然如旧。每次见面，唤一声"可斌兄"，就让我觉得无比亲切。他坐在你身边，你会觉得特别轻松温馨。我看到这本《论集》后面所附生龙兄的学生们的回忆，他们都写到了李老师的这种赤子之心，并表达了发自内心的爱戴。作为一名教师，不仅要传授给学生以知识，而且应该以自己的高尚人格感染学生，让真诚善良、好学深思的种子一代一代传下去，在这一点上，生龙兄也可无愧矣。

生龙兄的一生，爱国爱家，尊师亲友爱生，与人为善，勤勉尽职，但盛年而病，按现在的标准仅得中寿，他的学生们不禁叩问天道无常，不佑善人，甚至对生命的意义产生怀疑。又因为生龙兄精研三教，尤深于佛道，他们想知道，一向能为自己祛疑解惑的李老师，面对他自己的这种遭遇，作何感想。"斯人也，而有斯疾也"，孔子犹为兴叹，同学们的质疑完全可以理解。作为一个年过花甲的老者，作为生龙兄的老同学，我试代为解答，可乎？其或曰，三教皆以解析人生为宗旨，其意深长。当今科学日益昌明邃密，有星系、光年、量子诸说，持之以观，人生何其渺小短暂，基本没有意义。但既已生而为人，毕竟在这个世界上来过一遭，就有一定意义。因此可以说人生既无意义，又有意义，人就是一种追求意义、创造意义的动物。万物有生必有死，人也如此。人生实际上就是一个向死而生的过程。既然"修短随化，终期于尽"，那么活着时就应该倍加珍惜，尽可能活得快乐、充实。面对生老病死，也只能坦然受之。昔贤有言："存，尽吾志也；殁，顺吾命也。"岂有他哉？复能如何？九原如可作，不知生龙兄以为然否？

同学弟廖可斌2022年3月7日拜书于燕园

（载《桃李不言：李生龙古典文学与文化论集》，台湾花木兰文化出版社2022年9月版）

《历史的记忆：巴文化的多维考察》序

何易展教授新著《历史的记忆：巴文化的多维考察》即将付梓，征序于我。我对巴文化素无研究，本不当置喙，但何易展教授羽檄频下，盛情难却，且我为湖南常德人，说不定就是巴人后裔，因此对这一话题很感兴趣，故匆匆拜读书稿，聊书数语，以充鼓吹。

首先，我认为本书选题极有价值。"巴人、巴国、巴文化"的存在，是中国古代历史文化中的一个重要事实。殷墟出土的甲骨文中已有武丁时期妇好伐巴方的记载。东晋常璩《华阳国志·巴志》载："昔（周）武王既克殷，以其宗姬（封）于巴，爵之以子。"战国时秦惠文王后元九年（前316）灭巴国，筑巴郡城。秦始皇统一天下后，巴郡为天下三十六郡之一。汉魏六朝期间，巴郡一直存在。直到唐武德元年（618）改巴郡为渝州，作为邦国和行政区域的"巴国、巴郡"不再使用，"巴"的概念逐渐虚化，只是作为一种地域文化符号延续下来。早期"巴人、巴国、巴文化"的图景，遂慢慢隐入历史的尘烟，成为一颗闪烁在中国古代历史长河中的耀眼而遥远的星星。其实，在中国古代文化发展的早期，在中华大地上，特别是在四方比较偏远的地区，存在着大量像"巴人、巴国、巴文化"这样的文化支系，著名考古学家苏秉琦称之为"满天星斗"。后来"百川归海"，都融汇到中华文化的浩大洪流之中。以往，限于种种条件，人们知今而不知古。而今，人们掌握的文献越来越丰富，考古不断有新的发现，研究观念和方法也日趋进步，为还原中华文化发展早期的历史场景提供了可能。这种追根溯源的研究，有助于更全面地把握中华文化的丰富来源和脉络，更准确地辨析中华文化的复杂构成和基本特质，更深刻地认识中华民族多元一体形成的历史规律，同时也有助于不同区域的人们加强对地域文化的认同，更加爱乡爱国，同时挖掘地方文化资源，促进经济文化的发展。

其次，本书的研究方法合理。相对来讲，在中华文化早期发展过程中，"巴人、巴国、巴文化"是比较重要的一支。《华阳国志·巴志》载周秦之世，巴国疆域"东至鱼复，西至僰道，北接汉中，南极黔涪"，大体包括今天的湖南、湖北、陕南、四川、重庆、云南、贵州等部分地域，范围非常辽阔。同时，因为种种原因，"巴人、巴国、巴文化"又是中华文化早期发展的各支系中被遗忘程度比较严重的一支。现存文献中关于"巴人、巴国、巴文化"的记载，只是一些零星的片段。有关的考古遗址之间，暂难建立起明确清晰的链条。凭这些有限的信息，要拼接出早期巴文化的图景，非常困难。这也决定了，单独运用某个学科的理论和方法，很难实现复原早期巴文化图景的目标。因此，本书综合运用了文献学（包括文字学、音韵学、训诂学、目录学、版本学、校勘学）、考古学、历史学、人类学、民俗学等学科的理论和方法，尤其注重文献资料与考古发现之间、文献资料和考古发现与古代文化的当代活态遗存之间的关联。这种研究思路和方法无疑是合理的。19世纪中期到20世纪30年代，考古学家们在土耳其西北恰纳卡莱省的希沙利克发掘出特洛伊古城遗址，与公元前9世纪古希腊诗人荷马的史诗《伊利亚特》所描写的内容相对照，证实了公元前12世纪前后发生的特洛伊战争的真实性。1861年，英国考古学家亚历山大·康宁汉在今印度比哈尔邦省会巴特那东南90公里处发现一片佛教遗址，与玄奘《大唐西域记》卷九的有关记载对照，确认那就是佛教圣地那烂陀寺遗址。近年来四川广汉三星堆遗址发掘的青铜人面具，也可与《楚辞·大招》和《华阳国志·蜀志》关于"纵目人"的记载相印证。相信随着考古不断有新发现，人们对文献的解读也日趋细密，我们对早期巴文化的真实面目将会获得越来越清晰的认识。

第三，本书作者对巴文化研究的若干重要问题，提出了自己的见解，对促进巴文化研究的进一步深入具有重要意义。如作者认为，将"巴"看成当代意义上的一个"民族"，将巴文化仅看作历史上的"巴子国"的文化，都是以今人的概念套古代的历史，是不合理的。"巴"应该是一个较广泛的文化圈层和地域概念，古代所称的"巴人"，正如我们今天所称"四川人"的概念一样。

我认为这一说法应该是符合事实的，因为原始先民居处及相互交往的情形，散漫流动，可能远比我们所想象的复杂。作者的这一观点为巴文化研究提供了重要思路。

神奇的巴文化，就像孕育了它的穿越群山永恒流淌荡气回肠的长江，既无比幽深，又宛然眼前。这是一个充满诱惑力的学术研究领域，还存在大量未解之谜。希望何易展教授持之以恒，锲而不舍，在这一领域取得更为丰硕的成果。

（载何易展《历史的记忆：巴文化的多维考察》，将由人民出版社出版）

第四辑

辞赋是文化之眉——在《中华辞赋》改版座谈会上的发言

　　我在大学里教古代文学，自然要关注辞赋。我的老师马积高先生是著名辞赋研究专家，撰写了中国第一部完整的《赋史》，主编了《历代辞赋总汇》，约2800万字，因此我对辞赋更有了一份特殊的感情，衷心希望辞赋这种文体在新的时代发扬光大，《中华辞赋》改版后越办越好。

　　对刊物的发展，我谈两点建议：一是要明确定位，坚定信念。相对来讲，辞赋是一种小众文体，属于阳春白雪，不可能在社会上广受关注，成为热点。在中国古代，各种文体的地位是有高低之别的。古人编别集或总集，赋往往排在首位，然后才是诗、文。诗一般又按四言诗、五言诗、歌行体诗、格律诗的顺序排列。词、曲则一般不会收进文集，因为被视为小道，地位卑下。赋为什么要排在首位？因为这种文体起源早，比较古老；更重要的原因是它的写作难度高，需要有较多的知识储备，还需要有相当出色的文采。能写一般诗文的人，不一定能写赋。因此写赋的人不太多，喜欢读赋、能够欣赏赋的也不太多。

虽然赋总体上比较小众，但赋又是一种重要的文体，不可缺少。在古代，如果文坛没有赋，整个文坛就好像有身体而没了头。古人讲"润色鸿业，黻黼盛世"，主要指的就是赋。如果碰上一个所谓盛世，而没有人写出几篇像样的大赋，就会被认为是一个重大缺陷。在现代，整个文学是一个生态系统，有现代的诗歌、散文、小说、戏剧，有电影、电视剧、各种网上游戏等等，还有用文言写的旧体诗词文赋等，后者相对来说高端一些。在旧体的诗词文赋中，赋可能又是最高端的。高端的东西虽然受众有限，但它可以起到一种引领、提升的作用，以保持整个文坛的水准，向人们指出"向上一路"，知道还有比较高端的东西在。如果只看受众多少，那么我们就可能只剩下电视剧、网络游戏了，电视剧、网络游戏的水准也会下降。因此，就整个文学生态系统而言，高端和低端都不可缺少。我在浙江大学工作时，与杭州市的一些领导和部门有些接触。杭州是座历史文化名城，又是一座风景旅游城市，很多地方需要有对联、碑铭等等，也有一些专家，如王翼奇先生等，写得很好。我曾对杭州市的主要领导说，这些对联、碑铭等等，对像杭州这样一座城市来说，自然不是最重要的，最重要的当然还是经济、科技、自然环境等等，但这也是不可缺少的。它就好像一个人的眉毛，似乎没什么实际的功能，但一个人如果没有眉毛，或眉毛长得奇形怪状，对一个人的形象的破坏力还是很大的。相反，有一副好眉毛，就能增色不少。我想，对一个城市来说是如此，对整个文坛来说也是如此。辞赋就像眉毛，是不可缺少的。

辞赋讲究选字炼词，有的赋还讲究对仗押韵，它与旧体诗、词、骈文等一样，是基于汉语使用单音节文字、有四声之别等重要特点，而形成的一种文体。只要中华民族还存在，汉语还存在，赋就有存在的基础，就有它的必要性和合理性。因此，辞赋肯定具有巨大而长远的生命力，对此我们要有充分的信心。既有信心，也有清晰明确的定位，耐得住寂寞，我们就能脚踏实地把刊物办好。

第二点意见，是建议刊物选择作品众体皆备，并探索新体。赋既是一种文体，又是一种写作手法。关于辞赋的文体特征，关于赋体与赋法的相互关系，学术界有很多讨论，而且并没完全达成一致意见。我觉得，既然我们这本刊物名为“中华辞赋”，根据各种同类刊物的分工，我们还是要侧重于真正的赋，这才有自身的特色，才有不可替代性。什么才算是真正的赋？在我看来，判断的标准有题名、写法、体式三个方面。所谓题名，就是文章是否以“赋”命名。这自然是一个比较明确而简单的标准。但问题是现代人已将“赋”这个概念泛化，随便写一篇什么样的诗或文，甚至戏曲、小说，也可以称为什么“赋”。这些当然不算是真正的赋。所以，题名这个标准可靠性较低。以“赋”命题的不一定是赋，不以“赋”命题的倒可能是赋。

相对而言，是否用赋的手法来写，这条标准要可靠得多。所谓"赋"的手法，按刘勰《文心雕龙·铨赋》的说法，就是"赋者，铺也，铺采摛文，体物写志也"。现在一般把刘勰的这些话理解为，赋就是要用描写和铺叙的手法来写物和抒情，而且要有文采。按照这个标准，用其他的表现手法写的作品，如议论文，如严谨的叙事文，肯定都不能算是赋。

但问题是，很多作品都用描写和铺叙的手法，如果这些都算是赋，那赋的范围还是太广也太泛了。所以我认为，最重要的标准，可能还是体式，或者说结构，即用什么样的结构体式来描写和抒情。其实刘勰说得很清楚，他在前面那句话之后还指出，赋一般是"遂主客以首引，极声貌以穷文"；"序以建言，首引情本；乱以终篇，迭至文契"；"既履端于倡序，卒归于总乱"。也就是说，赋必须有相对固定的结构。与此相应，一般的描写和铺叙手法还不能算是赋法。真正属于"赋"的赋法，必须是"拟诸形容，则言物纤密；象其物宜，则理贵侧附"，"写物图貌，蔚似雕画"。通俗地说就是，属于"赋"体的赋的写作手法，往往是作定格式的描写和铺叙。如体物则像画画一样，仔细描绘，画得全面而细致；如抒情，则反复诉说，不厌繁复。那种常见的流走式的描写和铺叙，也可能表达得很充分，很有文采，但都不能算是赋法，这样写出来的作品也都不是真正的赋。当然，我们不能否认，无论是赋体，还是赋法，都存在一些难以截然划分的情况。因此，我们现在判断一篇作品究竟是否属于赋，既要坚持上述基本标准，坚持赋本位，避免泛化，同时也要掌握宽严的尺度，对有些非此非彼、亦此亦彼的情况，要灵活处理。

就赋内部而言，中国古代赋体文经历了一个丰富的发展过程，形成了赋文体的各种亚文体，有骚赋、大赋、抒情小赋（主要继承骚体赋而略有变化）、骈赋（与骈文交叉）、文赋（与古文交叉）、律赋（主要用于考试）、俗赋等。现代人一般把大赋和骈赋看成赋的代表文体，这也有一定道理。但每种赋体都有其特定的表现功能，不可替代。我们现在要发扬光大赋这种文体，可以大赋、骈赋为重点，但也不能轻视骚赋、抒情小赋、文赋、俗赋等。至于律赋，偶尔一试也未尝不可。俗赋历代都有，如汉代王褒《僮约》，敦煌文献中保存的《韩朋》《晏子》《燕子》《茶酒论》等，生动活泼，饶有趣味，其特殊的艺术效果，是用其他文体很难达到的。我们现在也不妨有意予以倡导一下。

赋的文体特点，决定了它确实比较适合颂美。这个世界上，有很多美好的事物，确实应该讴歌赞扬，所以赋有它的重要作用。但赋也不是只能颂美，也不应该只是颂美，那样就把赋的功能窄化了，也会破坏人们心目中对赋的印象，以为赋就是些歌功颂德的东西，这对赋的发展是不利的。屈原、宋玉的骚体赋感事伤时，感情深邃，就不用说了。汉大赋尽管"劝百而讽一"，也一定还有一丝讽意。赵壹等人的抒情小赋直刺世弊，感情激越，尤其富于批判精神。庾信、江淹等人的骈赋，虽然形式精美，但感情真挚，所以感人。唐代杜牧的《阿房宫赋》等，指出"后人哀之而不鉴之，亦使后人而复哀后人也"，有重要寄托，富有现实意义。过去研究赋史者一般认为汉赋成就最高，甚至认为"汉以后无赋"。我的老师马积高先生写《赋史》，他遵循马克思主义理论，坚持用历史发展的眼光看问题，认为赋体是不断发展的，不能视某种赋体为赋的标准，而排斥贬低其他赋体。他认为中国古代赋的发展高峰不是汉代，而是唐代。理由之一是唐代赋体出现了很多有意义的新变，如文赋的出现、俗赋的流行、多种赋体并兴等；理由之二就是唐代出现了很多像《阿房宫赋》这样的赋作，具有深刻思想内涵和重大现实意义，能给后人以深刻启迪。马积高先生认为，判断赋的优劣，固然要看形式是否合体，是否完善，但更重要的还是要看是否具有积极深刻的思想内容。我赞同这样的观点。我们挑选作品，既要关注形式，也要注重内容。除了赞颂真善美的作品外，对批评讽刺社会上各种假丑恶现象的作品，也要兼收并蓄，这样才能充分发挥赋这种文体的功能，为之开辟宽广的发展道路。

（发表于"中华辞赋"公众号 2020 年 10 月 12 日）

借用、借鉴，还是另起炉灶：关于建立中国古典学的一些思考

一

近年来，国内有一些学者倡议建设"中国古典学"学科，开展相关研究。有人想当然地认为，中国古典学就是研究中国古典。我们一直在研究中国古典，现在又强调弘扬中华优秀传统文化，建设"中国古典学"不是天经地义、理所当然的事情吗？其实问题没有这么简单。古典学的概念是西方人创立的，我们是从西方借入这一概念的。要构建中国古典学，首先就面临两个无法回避的问题，即我们所要构建的中国古典学，与西方古典学之间，究竟是一种怎样的关系？与中国传统的古代历史文化研究之间，又存在怎样的不同？

西方人之所以创立"古典学"这一概念，与西方文明的发展过程有关。以希腊、罗马文化为主体的西方早期文明，在公元4

世纪西罗马帝国灭亡、欧洲进入中世纪后，陷入沉寂。直到 14 世纪以后宗教改革和文艺复兴运动兴起，西方才重新挖掘和认识希腊、罗马文化。这一传统发展到 18、19 世纪后，逐渐形成了现代学术意义上的古典学研究。先是以研究希腊、罗马文化为主，后来逐步扩展到对欧洲中世纪文化的研究。也就是说，西方古典学的诞生和发展，主要是因为西方文明曾出现过断裂。它也因此具有一系列特点，如特别注重对早期语言、文字的辨识，特别注重对手稿、版本和伪造文献的鉴别，特别注重对早期文献的载体如纸草、铭文、钱币和其他考古材料的考察，特别注意将有限的文字文献与遗存的碑刻、雕塑、建筑等实体文物结合起来考察等等。在这些研究的基础上，西方古典学对古代希腊、罗马文化和中世纪文化中的历史、思想、制度、技术、艺术和社会生活的各个方面展开全面的研究。

在西方古典学的直接影响下，当西方学术界开始将眼光投向东方时，诞生了东方古典学。最初主要是研究东方古代文化与西方古代文化的关系，然后逐步发展到以研究东方古代文化本身为主，并且逐步演化出亚述学、埃及学、赫梯学、古代希伯来文明、伊朗学和印度学等诸多分支领域。由于这些文化在发展过程中也大多经历了断裂期，甚至已经灭绝，所以东方古典学的研究基本上也是按照西方古典学的模式展开的，如也是从辨识早期的甚至已经失传的语言、文字开始，特别注意将有限的文字文献与遗存的碑刻、雕塑、建筑等实体文物结合起来考察，相应地也特别注重将语言、文学、历史、宗教、艺术、建筑等学科打通研究等。东方古典学的诞生和发展，首先也是因为东方诸多文化曾经经历沉寂甚至灭亡，与近代之间有时间上的断裂；其次是因为东方古代文化对西方世界来说，是一种遥远陌生甚至神秘的文化形态，在空间上有距离。

总之，西方古典学、东方古典学的诞生和发展，具有特定的历史背景，是西方文明和部分东方文明特殊发展过程的产物，有其必然性和合理性。因此，西方古典学和东方古典学的存在没有问题，中国学者在中国研究西方古典学和东方古典学，也没有问题。但要构建中国古典学，是否必要、如何构建，就还是一个值得探讨的问题。

二

中国文化有其特殊的发展过程。中国古代文化虽然迭经劫难，但从来没有断绝。中国文化基本上就在华夏大地上繁衍滋长，没有漂离过这片土地。对中国古代文化的传承研究，从夏商周到秦汉，从魏晋到隋唐五代，从宋元到明清以迄近现代，从来没有中断。中国古代文化研究历来也特别注重文字、音韵、训诂，"由声音以通文字，由文字以通义理"，注重目录、版本的研究，注重金石文献，注重从各种角度对经典进行阐释。如果说我们要建立的是像西方古典学那样的中国古典学，理由何在？如果我们所说的中国古典学就是指中国历代对中国古代文化的研究，那么我们有什么必要另立这样一个名目？毫无疑问，如果中国古典学能够成立，它的研究范围、研究方法等，与以往的中国古代文化研究肯定有交叉重叠之处。但它们之间总应该有所不同。如果完全一样，就没有必要提出中国古典学这个概念。

总之，如果不对上述问题作出回答，不对中国古典学与西方古典学、东方古典学、中国古代文化研究的异同以及中国古典学成立的理由、研究范围、基本框架结构和研究方法等作出说明，只是随便利用这个概念，主办有关刊物，召开相关会议，甚至成立相关机构，就显得比较轻率。如果我们所说的中国古典学所讨论的问题、所运用的研究方法，与历来的中国传统文化研究没有任何区别，都可以放进原有的学科体系和研究格局中，那么另立这样一个名目，就没有什么实际意义。

既然关于建立中国古典学的这些前提问题都还没有解决，还存在如此多的疑问，那么中国古典学这个概念何以已经炒得这么热呢？我们不妨来分析一下其中的缘由。首先，西方古典学的传入，中国的西方古典学、东方古典学研究的兴起，无疑对中国古典学的问世起了催生作用。西方古典学研究历史悠久，是西方学术的重要组成部分。近代以来，中国打开国门，开始关注西方，但基本上持一种实用主义的态度，即急于找到西方文化中可以为中国所借鉴的东西。对西方文化本身的发展源流、结构系统等，并不重视，也来不及了解。中间经历了几十年的封闭和隔绝。20

世纪七八十年代中国开始改革开放，中国再一次打开国门。随着中国的迅速发展和整个世界全球化步伐的加快，中国人对西方世界的认识日益加深。我们越来越清楚地意识到，要真正了解西方文化的来龙去脉和真实性质，绝不能只关注工业革命以后的近现代，而必须了解它的源头，把握它的内在脉络，于是一批有识之士倡议引进西方古典学的研究成果，在中国开展西方古典学的研究。这是学术发展的必然趋势，得到了学术界的一致认同，古典学的概念开始为世人所关注。毫无疑问，西方古典学在中国的传播，是中国古典学诞生的诱因。学术界宣导西方古典学研究的声音，客观上也与呼吁建立中国古典学的声音形成了合力。

其次，部分研究中国古代历史文化的学者，受西方古典学的启发，觉得关于中国上古时期历史文化的研究，与之有相似之处，可以借用西方古典学的概念，并借鉴它的研究方法，建立中国古典学，以进一步推动对中国上古时期历史文化的研究。他们的声音，在呼吁建立中国古典学的声浪中，比较冷静理性，经过了一定的学理思考，是最沉着而清晰的最低音。它的存在，增强了倡导建立中国古典学的合法性。

第三，20世纪90年代以来，特别是进入新世纪以来，因为种种原因，国人对中国传统文化的态度发生巨大转变，由激烈批判否定，转为越来越强烈的肯定和赞美。从官方、学界到民间，兴起了所谓传统文化热。大家都意识到，古典是中国古代文化的源头，经典是中国古代文化的主要载体。要继承和弘扬中国古代文化，首先必须重视古典、重视经典，这成为一种共识。时下的氛围是，一讲到中国古代文化经典，人们都肃然起敬；一提到中国古典学，尽管对它的内涵是什么不甚了了，但谁也不能说不重要。这是中国古典学的概念一经提出，便获得各个方面热捧的大背景。

第四，中国特有的学术管理体制，也是中国古典学概念被迅速炒热的重要原因。现在中国的教育和学术管理机构，以及高校，特别是著名高校，主要由理工科出身的人掌握行政管理权力。他们对文科内部的情况不太了解，也不想了解。他们一般是出于比较宏观的考虑，或比较实用的目的，来对有关文科的事情作出判断。在他们心目中，文科就是教马列的，或者是研究甲骨文的。什么西方古典学、东方古典学、中国古典学，它们究竟研究什么，之间有何差别，他们根本不关心。照他们的理解，古典就是古代的经典。在现在这种大环境下，研究中国古代经典很重要，因此建立中国古典学就很有必要。听到有人提出这样的概念，他们觉得比较新鲜，就会产生兴趣。而有些专门从事中国古代历史文化研究的学者和教师，就会抓住这个机会，建议设立相关研究机构，设置相关研究课题，以获得一些学术资源。至于获得资源之后怎么办，有的人是用新获得的资源做自己原来已在做或想做的事情，有的人则根本不做什么，反正若干年后也没有人来追究，过几年又肯定有新的概念冒出来，人们早就忘记有过这么一回事了。

综上所述，目前关于建立中国古典学的众声喧哗，是在多重因素作用下，由多个声部合成的。一时炒得很热并不证明它就是合理的。许多曾经甚嚣尘上的学术概念，转眼间灰飞烟灭，消失得无影无踪，学术史上不乏这样的先例。因此我们不能被学术界的时髦风尚所裹挟，而必须保持冷静理性的态度，仔细辨析。中国的西方古典学和东方古典学研究者，所倡导的古典学指的是西方古典学或东方古典学，与中国古典学不是一回事。据我观察，他们对是否需要建立中国古典学一般不置可否，有些人则持怀疑甚至否定的态度。因此他们对西方古典学的倡导，并不能成为我们建立中国古典学的依据。少数研究中国上古时期历史文化的学者对中国古典学这个概念的理解，也与一般人的理解存在较大分歧。至于学术之外的原因，更不应该成为建立中国古典学的理由。

三

　　无论如何，提出中国古典学的概念已有时日，简单套用和不置一词似乎都不合适，随意发一些议论也于事无补。对于建立中国古典学究竟是否必要，我们要建立的是怎样的一种中国古典学，我们还有必要认真思考，作出符合学理的阐释。

　　我想，对待中国古典学与西方古典学的关系，在一定程度上也就是如何建立中国古典学，可能有三种策略可供选择：

　　一种是直接借用，即利用西方所发明的古典学这个概念，来做自己原来就一直在做的中国历史文化研究的事情，换汤不换药，更准确地说，是不换药而换汤。严格来讲，这是不太严肃的做法。但现在西方的东西显得比较时髦，比较受欢迎，沾了"洋气"的概念比较符合多数人的口味。用了这个概念，就能获取一些资源，产生一些影响，得到一些好处，何乐而不为？因此头脑比较灵活的人觉得不必太较真，主张用这个概念也未尝不可，这种态度也可以理解。按照这种思路，人们一般把所谓中国古典学与现有的中国古代历史文化研究划等号，将中国古典学研究的范围下延至1911 年。

那么，我们将来是否要用中国古典学这个概念，来代替中国古代历史文化研究这个概念？中国古代历史文化研究的概念只表明一个大的学术领域，中国古典学的概念则好像指一门学科，那么建立这样一门几乎无所不包的学科是否合适？有些学者的意见又稍有不同，他们望文生义地把西方古典学所谓的"古典"理解为"经典"（其实西方古典学的所谓"classics"只是古代文献的意思），因此认为中国古典学研究的范围不妨下延至1911 年，但主要应研究其中的经典。至于哪些文本算经典？到什么时候的文本算经典？则又有分歧。有的主张到唐代为止，因为历史学界流行宋代为中国近代之开端的说法。有的则主张凡是中国古代文化的经典，如清代的《红楼梦》等，都可以包括在内。

一种是另起炉灶，搭建新的中国古典学研究的体系，包括建立这个学科的理由，它的基本概念、研究范围、研究方向、研究方法等。它可以借鉴某些西方古典学、东方古典学的研究思路和研究方法，但必须尊重中国古代历史文化的发展过程和宏大体系本身的特点，必须与西方古典学以及历来的中国传统文化研究有所区别。这是我们现在面临的首要任务，但到目前为止，似乎还未见有获得公认的见解出现。这个任务似乎相当艰巨。是一个可能完成的任务，还是一个不可能完成的任务，还难以预料。

第三种是借鉴，也可以说是有限利用。中国古代文化的发展虽未断绝，但也有不少历史文化的信息被掩埋、被遗忘。比方说，秦朝统一全国后，烧毁古代文献，统一文字，先秦的很多文献和文字就被毁灭，被遗忘了。就整个中华文明的范围而言，除汉文化得到比较好的保护和传承外，其他民族的文化被掩埋和遗忘的情形相对更严重，这些都有待挖掘、抢救。因此，我们可以借鉴西方古典学的研究方法，以对出土文献和文物、稀见早期文献以及少数民族语言、文字、文献、文化的研究为主，旁及相关领域，整合对中国古代文化中被掩埋、被遗忘的部分的研究，建立一门中国古典学。用这个概念可以把上述研究领域统一起来，它既相对宽广，又有比较明确的边界限定。它不等同于，而是属于中国古代历史文化研究，是中国古代历史文化研究的一个分支。这是著名古文字与出土文献研究专家裘锡圭先生的意见（见戴燕《陟彼景山》中的《裘锡圭教授访谈录》）。裘锡圭先生提出的这一建议，既没有套用西方古典学的概念，简单地将之加在中国古代历史文化研究上面，也没有轻易排斥西方古典学这一学术体系；既吸收了西方古典学的基本学理，又考虑到中国古代历史文化发展的实际情况。我认为裘锡圭先生是经过认真思考的，他的这一意见值得重视。

　　中国古典学还是一个有待论证的概念，需要大家共同参与讨论，畅所欲言。兹不揣浅陋，将自己的一些困惑和感想表达出来，敬希指正。

　　（载《中国古典学》第一卷，中华书局2020年5月版）

"数字人文"研究的效能及其限度

近几年来，所谓"数字人文"研究成为整个人文学术研究的一个热点话题。这一现象的出现自有其必然性和合理性。在不长的时间里，人类社会就实际上已经全面进入信息时代或曰数字时代。信息技术或曰数字技术快速发展，在人类社会中的作用日显重要，从经济、军事、科技、教育等，到人们的日常生活的各个方面，信息技术或曰数字技术无处不在。人文学术研究作为人类社会生活的一个组成部分，也不能不受这一潮流的影响。从事人文学术研究者，已经无法排斥数字技术的运用，自身也不可能不在一定程度上使用数字技术。比方说，一个再保守的学者，也不可能不通过电子终端查询相关信息，不通过电脑打印、传递文件，而这就已是最基本的数字技术的运用。可以说，数字技术正在全面改造和重塑人文学术研究的形态。人文学术的研究环境、研究条件、阅读方式、研究手段、研究方法、研究思路、研究目标等都在发生深刻变化。这是所谓"数字人文"的概念横空出世的大背景。当然，这一概念迅速风行，还与当代世界特别是中国社会科技主义盛行、自然科学技术研究对社会科学和人文学术研究产生重要影响有关。有关科技和教育管理部门最近正在推进所谓"新文科"，建立人文社会科学实验室，其主要特点就是文理交叉，这些措施也对所谓"数字人文"研究起到了推波助澜的作用。

"数字人文"概念的含义，主要应该包括两个方面，一是关于数字技术给人文学术研究带来的上述变化的研究，二是利用数字技术对人文学术某些具体问题的研究。现在看来，数字技术对人文学术研究的作用，主要还是体现在储存资料、获取资料、处理资料方面。当然，这种功能的作用已足以令人震撼。资料是学术研究的基础。过去，研究者要获取资料，只能靠买书、到图书馆借书，甚至远赴外地访书，能获得的资料总是有限。现在，依赖数字技术，研究者身居斗室，即可以拥有海量的资料。一个学者个人的优盘和云存储空间里，可以存储多达百亿字以上的文献资料，超过一个甚至几个大型图书馆藏书的总量，这在过去是不可想象的。"坐拥书城"不再是一个文学化的形容词，而是千真万确的事实。研究者不仅能拥有如此海量的资料，而且利用起来也非常方便。过去人们要利用资料，获取与自己的研究相关的信息，只能一本一本、一页一页地翻阅，至多也只能利用目录、索引等线索查找。现在，通过数据库主题词检索，不仅海量资料中的相关信息会齐集眼前，而且通过结构化的检索手段，其他相关信息也会络绎呈现。再进一步，以往研究者要处理相关文献，比如标点、校勘、排列、统计等，只能手工操作，要耗费大量人力物力。现在电子标点、校勘技术日益精湛，数百万字的文献不过数小时即可基本完成标点、校勘。至于排列、统计等等，更是鼠标一点，瞬间即成。以往研究者特别佩服或引以自豪的巨大藏书量、超强记忆力，以及占据学术研究工作相当大部分比例的文献整理、资料汇编类工作，意义大大下降。从整个社会文化的角度看，数字技术除用于学术研究外，还可用于大规模信息的收集和存储，维护国家信息安全；用于文物、文献的数据化，以保护原生文物和文献，延长其寿命，同时保存文物文献信息，传之久远等等。

到目前为止，我们所看到的数字技术在人文学术研究的作用，基本上还只是作为一种研究的辅助手段，而不可能成为人文学术研究的主体和本体。获取资料、利用资料、处理资料的工作，以往的研究也都一直要做。现在只是利用数字技术的技术手段，将这些工作做得更全面、快捷而已。顺便说到，"数字人文"这个概念本身也还值得推敲。它简单上口，但也可能造成误解，似乎"数字人文"研究的是数字的人文问题，其实"数字"本身并不存在所谓人文问题。有些人又把它理解为"数字时代的人文研究"，那么现在已是数字时代，这个时代所有的人文研究都可以称为"数字人文"，它的独特性又何在呢？不同的理解相互缠绕，反映了人们对"数字人文"概念的内涵认识不清。既然数字技术只是人文研究的一种辅助手段，那么全称可能还是提"人文学数字化研究"或"数字化人文学研究"比较准确。

人文学研究的宗旨，是对人性、人生、人世（社会和历史）的各种问题进行思考，提出见解。这才是人文学研究的本体和主体。问题和思想，才是人文学研究的核心。资料不等于问题和思想。收集和辨析资料，有助于弄清某些事实。弄清事实与思考问题，有时很难截然分开，所以这种收集和辨析资料、弄清某些事实的工作，也可算是人文学术研究工作，但它们在整个人文学术研究中，还是属于基础性的工作。我们不能把这种收集资料和辨析事实的工作，当作人文学术研究的主体，更不能当成它的全部。

人文学研究的问题和思想从哪里来？只能从大量的阅读、深入的思考，再加上一定的社会实践和人生体验中来。只有通过大量的阅读、观察、体验、感悟和思考，我们才会发现人性、人生、人世（社会与历史）中存在哪些问题，哪些问题是更重要的、更有意义和价值的问题。如果没有问题，我们即使面对大量的资料数据库，也不知道如何利用。更进一步，如果没有问题和思想，人们甚至不知道如何制作各种资料数据库。现在人们制作各种资料数据库的思路，其实还是根据此前的人文学术研究所提出的问题和思路设计的。人们依据资料数据库可能发现某些问题，那么，这是不是一个问题，是个什么问题，有多大价值和意义，人们也还是只能通过此前的阅读、观察、体验、感悟和思考所形成的价值观和判断力来进行判断。比如现在从事"数字人文"研究者所艳称的资料数据库可以呈现古代文学家、思想家的活动轨迹和人际交往网络，也是以此前人文研究已经提出的一种见解为依据的，即古代文学家、思想家的活动轨迹和人际交往网络对他的思想和创作会产生重要影响。如果没有这个思路，我们如何能判断这是一个比较重要的问题，从而予以关注呢？

因为有些人把收集和辨析资料、弄清某些事实当作人文学术研究的本体和主体，加上现在整个社会颇受科技主义思想影响，用自然科学技术研究的思维方式看待人文学术问题，所以，现在常有人问人文学术研究"解决"了什么问题，或自称"解决"了什么问题。自"数字人文"这个概念风行以来，越来越多的人自称运用这种比较实证的方法可以解决或解决了人文学研究的什么问题。实际上，利用数字技术，可以比较好地解决人文学术研究中的一些具体问题，但基本上不可能解决人文学术研究的重大问题和根本问题。比方说，人生的问题，如生与死、爱与恨、美与丑、痛苦与快乐等等，每个人都必须从童年、少年、青年，再到壮年、老年、暮年，一一从头体验、思考。以为利用所谓"数字人文"之类近似自然科学技术的方法，就能像自然科学技术研究一样，把人文学研究的很多问题一劳永逸地彻底解决，这种观念和思维方式对人文学术研究相当不利。人文学术研究的主要功能，可能就是引领整个社会不断地阅读、观察、体验、感悟和思考，让人们获得某种启迪和安慰，并维护人类社会的正常运行，因此人文学术研究具有永恒的生命力。人文学术研究不应该因为借鉴和运用某些自然科学技术的概念和方法，陷入技术化、程序化、模式化的误区，而丧失其人文学的根本属性，即主体性、批判性、思考性，从而导致人文学研究的独立地位和意义的进一步弱化以至丧失。

　　总之，"数字人文"只是人文学术研究的一种辅助手段。它很有效，然而效能也有限。我们可以充分利用它，但不能过分依赖它。资料、数据不等于问题和思想，检索数据库也不代替阅读、观察、体验、感悟和思考。没有经过必要的阅读、观察、体验、感悟和思考，就不可能提出或发现有意义的问题，不可能形成有价值的思想，研究成果必然缺乏广度、高度、深度和温度。数字技术的运用，并不必然导致排斥阅读、思考等，但并非不可能造成这种负面影响。现在就有一些研究者，对数据库抱有过多幻想，希望走捷径，不经过必要的阅读和思考，不遵循学术本身的内在脉络，而是要小聪明，拍脑袋提出一个概念，或从其他领域借用一个概念，再通过数据库检索出一堆相关材料，拼凑起来，似乎观点新颖、材料丰富，却似是而非，不可能推进相关学术领域的研究，只是制造了一些泡沫。这种现象值得警惕。人文学研究者必须大量阅读文献，关注社会，感受历史，深入思考，同时系统掌握人文学研究的中外理论和方法，在此基础上，以数字化手段为辅，则将如虎添翼！

　　　　　　　　　　　（载《社会科学报》2021 年 2 月 8 日）

不忘初心：对目前语文教育与作文教学的一点感想

一

语文既是一个知识体系，也是一个价值体系。历来的语文教育，都力求平衡这两个方面，达到两者的完美统一，但真正要达到这一目标很不容易。在价值体系方面，传递什么样的价值观念给青少年，价值观念的传递如何与语文知识的传授融为一体，历来就不乏争论。如应该将一些做人的基本道理传递给学生，还是应该加进一些现实政治教育的内容；是以语文知识教育为主体，将价值观教育包含于其中，还是应以价值观为引领，以语文教育从属于价值观教育？这些都是我们必须面对并作出理性选择的问题。

在语文知识教育方面，古代讲究"书读百遍，其义自见"，"熟读唐诗三百首，不会吟诗也会吟"，强调反复细致阅读经典文章，让学生自然而然体会到语言之妙、领悟作文之法，效果似乎也不错。近代以来，像在其他各个领域一样，我国的语文教育也受到西方教育观念和方法的强大影响。人们都以西方的东西为先进，予以借鉴或模仿，进行了种种探索和创新，如从强调知识，转到特别强调能力；从特别注重讲授和交流，转到特别强调所谓活动等。但这种探索和改革效果究竟如何，很难证明。

其实人的语言能力究竟是如何获得的，又是如何增进的，直到现在仍然是个谜。20世纪以来，皮亚杰的发生心理学、乔姆斯基的转换生成语法理论等，都致力于揭示人的语言能力的来源、生成和增进机制，影响很大，但也只是提出了某些假说，并不能清晰描绘人的语文能力的获得和增进的机理、过程与规律。

近年来，认知科学、人工智能成为科学技术研究的热点。研究者试图通过检测、记录和分析人的神经活动、脑电波的变化，将人的认知、意识和语言的生成过程用物理的形式展现出来，揭示其中的规律，并用于人工智能的制造。这已经开启了认识和努力增进人的语言能力的另一条道路。以往的相关研究是人文化的，即把人当作一种特殊的存在看待，把人的认知和语言行为当作一种特殊的精神活动过程；这种研究则是物质化、技术化的，即把人当作一种普通的动物或物质，将人的认知和语言行为完全看成一种物质运动过程。随着科学技术的发展，人们开始进入认知科学和人工智能领域，试图揭示人自身的认知和语言活动的奥秘，这是自然而然、势不可挡的事情。一百多年前，倡导唯物主义哲学的马克思、恩格斯，就曾经指出，物质存在是精神活动的基础，精神并不是完全独立而高贵的存在，而也只是一种物质运动。并且预测将来总有一天，人们能够用物理的形式，将人的精神活动展现出来。现在这一预测已经或接近变成现实。

但是，一方面，现在人们通过种种实验所描述的神经活动和脑电波的变化，究竟是否符合人的认知和语言行为的本来面目，还存在疑问。距离用物理形式完整系统准确地描述人类认知和语言行为的真实情形，还有很长的路要走。另一方面，尽管基于认知科学等的人工智能技术正得到迅速发展，而且已有将大量知识信息压缩进芯片而植入动物大脑的实验，以至于很多人已经在期盼有朝一日每个人都能做这样一个手术，人就不再需要进行艰苦的学习了。但相对人的大脑本身，人工智能也好，大脑芯片也好，都是外在的东西。这些技术有助于解决很多现实需要，但无助于，甚至可能有害于人脑本身的发展和运用。如果我们觉得整个人类都依赖于外在的人工智能技术和大脑芯片，而完全放弃每个个体大脑的发展和运用，即所有人都变成实际上的无脑之人，至少现在看来还是不可想象的，那么，在人工智能和大脑芯片迅速发展的今天，我们就还得关注人的大脑本身的发展和运用，还得继续探索人的大脑的认知和语言行为的内在奥秘，并且要思考人的大脑本身的发展和运用，如何与人工智能和大脑芯片和谐相处和兼容，而不是遭到挤压和排斥。

总之，到目前为止，虽然人们通过科学技术手段，对人的认知和语言行为的认识有所加深，但还没有真正破解人的认知和语言行为的奥秘，对我们的语文教学所能带来的启发就相当有限。例如，相对于学习母语，二语习得更是一个人为的而非自然的过程。于是研究二语习得的学者，更热衷于将认知科学的某些原理运用到二语教学中，而实际效果如何，也很难判断。

二

自 20 世纪七八十年代以来，改革开放和创新成为中国社会发展的主旋律。经济要改革，政治要改革，教学也要改革；科技要创新，文化要创新，教育也要创新。改革、创新总体上是必要的、有积极意义的。但过度强调改革与创新，改革与创新变成了一种魔咒，整个社会都换上了一种改革、创新狂躁症，也不是一件好事。一是有些所谓改革和创新，实际上是假改革、创新之名，谋取私利，达到不可告人的目的。正如法国罗兰夫人所说的，"自由，自由，多少罪恶假汝之名以行"。二是许多盲目而匆忙的改革和创新，没有经过充分的论证，乱改乱试，徒然造成混乱和损失，实际上严重损害了事业的正常发展。

在整个世界上，生命是最高的物质存在形式，人的思维活动是最复杂的系统。凡是与之相关的学问，即所谓人文学科，如教育学、哲学、文学、艺术、神学等，都是最复杂的学问。正因为复杂，所以发展也就比较缓慢。自然界各种物质千变万化，人类所创造的物质产品瞬息万变，但人本身的变化极度缓慢。作为研究对象的人的变化极度缓慢，决定了研究人的学问如教育学、文学、艺术、神学等发展变化非常缓慢。又因为变化非常缓慢，相关知识的时效性大大加强，古代先贤的智慧仍对后人具有启发意义，所以，这些学科在同样也追求创新的同时，特别需要强调继承。

这就是说，不同的学科有不同的发展规律。我们不能简单以自然科学、技术科学、社会科学的眼光来看待人文科学。但是，近一百多年来，特别是近几十年来，经济、科技成为社会发展的主轴，经济学、自然科学和技术在社会上享有至高无上的地位。经济和自然科学技术的发展是日新月异的，因此经济学和自然科学与技术特别注重创新。对这些行业和学科来说，不创新就毫无意义，因此它们特别强调创新是完全合理的。问题是由于经济（经济学）和自然科学技术的强大主导作用，特别强调创新的经济和科技思维方式成为整个社会上占主导地位的思维方式。人们不仅用经济和科技的思维方式思考和看待经济和科技的问题，也用这种思维方式思考和看待教育学、哲学、文学、艺术、神学等的问题，蔑弃传统，轻视继承，片面强调创新，就造成了严重弊端，语文教学领域自然也未能幸免。

语文教学领域出现过度追求创新的乱象，除了上述社会大环境、思维方式等方面的原因外，还与语文教育内部的管理机制、考核机制、利益机制有关。教育管理部门掌握太多的资源和权力，根本不尊重学校和教师教学的自主权。有些机构和官员为了迎合上司的某种需要，为了出政绩，随意制定和改变教学的政策，改变教材，改变考核标准，往往利用行政权力一刀切，让管辖范围内的学校和教师不得不靡然向风。有关教育机构层层设立教改项目、评估项目，对中小学教师的评价考核，也不是主要看他教学效果如何，而是要求申报课题，要求发表所谓教改论文。就像评价考核医生，不是看他如何看病做手术，而是看他发表了多少论文。既然有关机构设置了种种教改项目，评价考核又有申报教改项目和发表教改论文的要求，教学研究人员和教师就不得不千方百计申请这些项目，绞尽脑汁想出种种花样，挖空心思进行种种实验，总结各种经验，形成五花八门的所谓教改研究成果。整个教育领域，特别是中小学教育领域，尤其是语文教育领域，便成了谁都可以插上一脚的试验田。

这样改来改去的效果究竟如何呢？只要我们不睁着眼睛说瞎话，就不得不承认，效果并不理想。在价值观教育方面，随着生活环境的改善，年轻人的生活习惯有所改进，如不随地吐痰、不乱丢垃圾、不乱穿马路、不高声喧哗等，比上几代人有明显的进步，这是令人欣慰的事情。但在讲诚实、守信用、说真话、遵纪守法、维护公共利益、勤劳节俭、待人友善等方面，表现还不尽如人意，而这些乃是积极健康的价值观中更重要的内容。年轻一代中存在的自私自利、心胸狭隘、意志脆弱等现象，尤其令人感到忧虑。公民教育是基础教育的重要组成部分，语文教育应该在其中发挥重要作用，我们不能说它已充分起到了这样的作用。

　　在语言知识和语言技能方面，我们的语文教学更招致了诸多诟病。现在的中小学语文教材，又是主题群，又是文类群，又是目标任务群，又是核心素养群，还有核心价值群，名目繁多，反而显得杂乱无章。至于教学过程和手段，有什么思考与问答、扩展阅读、讨论、活动等等，支离破碎，凌乱不堪。老师教起来束缚太多，无所措手足；学生学起来头绪繁杂，流于形式，始终不能用心灵去贴近文本、感受文本。

　　这种语文教学方式的结果，自然会在作文方面体现出来。我20世纪80、90年代曾参加过多次高考阅卷，前些年还主持过浙江高考语文阅卷。另外，我还参加了十几年的冰心作文大赛的评审工作。在大学里教书，也比较了解现在从中学过来的孩子们的语文水平的实际情形。给我印象最深的，是学生写作中普遍存在的八股腔、假大空腔，都只会说一些大话、空话、套话。大概是中学的一部分学生也讨厌这种腔调，有些老师也力图引领学生另辟蹊径，于是又出现了另一种套路，即花里胡哨腔。模仿意识流等现代文学的手法，写些莫知所云的话。要么假大空，要么花里胡哨，就是不愿意或不会好好说话。学生根本就不会真诚表达自己的感受，仔细描述一件事物，清楚叙述一个过程，或讲明白一个道理，而这些才是文章写作的康庄大道。至于那种假大空腔、花里胡哨腔，小学生能写出会被视为天才，初中生能写出还会被认为优秀，高中生继续这样写就已是一种俗套了。关键是一旦养成了这种习惯，他将终身感受不到语言之美，领悟不到文章写作的真谛。不仅缺乏欣赏文学艺术之美的能力，也写不好议论文、记叙文等实用文章。

三

综上所述，在我们还并不充分了解语文学习的基本规律的情况下，过于强调语文教育的改革、创新等，可能越改越乱，效果适得其反。我很担心，我们是不是像在很多其他领域所做的一样，在中小学语文教育方面过于强调创新，迷途忘返了。鉴于多年来语文教学改革成果并不理想的经验教训，我们可能应该认真反思，调整一下思路，返本开新，"不忘初心"，重新回到语文教育的起点上。

我们每个从事文学研究和教学者，不妨回顾一下自己的亲身经历。我们之所以走上这条职业之路，最初一般缘于对语文和文学产生兴趣。至于引发这种兴趣的机缘，则可能非常偶然。产生这种兴趣之后，是否能保持和发展这种兴趣，又会受很多外在和内在因素的制约。语文也与其他很多学科一样，兴趣是最好的老师、最大的动力。有了兴趣之后，主动的阅读、思考和写作练习，是提高语文水平最有效的途径。其他学科的知识有很强的连续性，因此在很大程度上依赖于教。语文能力有顿悟的特点，一旦有悟，则年纪很小就会表现出卓越的能力和潜力；如果不悟，则终生学习练习也不一定有多大效果。因此语文能力主要不是靠教出来的，而是靠读出来、悟出来的。

　　与其寄希望于令人眼花缭乱的种种理论概念和改革举措，我们还不如根据自身学习语文的真实感受，选好真正文意俱佳的范文，重点是引发学生学习语文的兴趣，然后让学生好好读点经典文章，学会用自己的眼睛观察，用自己的脑子思考，用自己的心说话，说出自己的真实感受和想法，尽量把意思说得明明白白，把条理捋得清清楚楚，力求语言干干净净。至于部分学生特殊语文能力的生成，包括文学才华的养成，因为其中存在太多的偶然性，难以人为干预，只能顺其自然。

　　（载《语文教学与考试研究》，语文出版社 2019 年 7 月版）

中国古代书院教育对当代大学中文学科建设的几点启示

　　拥有源远流长的书院教育传统，是中国古代教育的一大特色。相传商周之时即有太学，可存而不论。春秋时期孔子分科教育学生，汉代设立各经博士，传授学术，可以视为中国古代私立书院和公立书院的滥觞。从唐代开始，特别是宋代以后，公立书院和私立书院日渐增多，成为政府教育和民间教育的主要形式，对培养人才、传承文化发挥了重要作用。19世纪晚期，西方思想文化和科学技术大量传入中国，以学习西方先进科学技术为主要目标的新式学堂次第开办，传统书院逐渐式微，纷纷转型。20世纪初，科举考试停开，传统书院逐渐退出历史舞台。

　　近年以来，人们开始反思中国近代以来教育发展的历史过程和经验教训。鉴于20世纪后半叶片面强调分科教育造成的严重弊端，加上近年来传统文化热的推动，社会上兴起了开办书院的热潮，全国以书院命名的教育机构达数千所，形成当代教育的一道重要景观。实事求是地说，19世纪末至20世纪初新式学堂兴起、传统书院教育衰落是必然的。书院教育现在虽有一定程度的复兴，但只能作为当代教育体系的辅助部分，不可能成为当代教育的主要形式，这一点毋庸置疑。尽管如此，中国传统书院教育经过上千年的摸索，掌握和运用了教育活动的某些基本规律，其中的某些经验，还是可以为当代教育提供某些借鉴的。本文仅就中国古代书院教育对当代大学中文学科建设的启示意义，略抒浅见。

第一，中国古代书院教育侧重于人文教育，特别是语言文学教育，这一点可以对当代教育提供重要启示，那就是当代教育必须重视语言文学教育，特别是母语语言文学的教育。当代基础教育中必须特别重视语言文学教育，当代大学教育中中文学科的地位不能削弱，而应该进一步得到加强。

中国古代的书院教育，以学习古代人文经典为主。宋以后的书院教育与科举考试密切相关，书院学子花大量时间练习应试文体的写作。因此，中国古代的书院教育，以人文教育为主，尤其是以语言文学教育为主。这既与农耕文明时代科学技术不够发达有关，也与人们对教育的本质的认识有关。古代先贤们认识到，教育的本质，不仅是传授专业知识和技能，更重要的是培养学子的健全心智，使他们具有独立的观察、思考、判断、选择、表达、坚持的能力，成为一个具有独立人格的人，这才是教育的首要任务。只有通过比较充分的语言文学教育，教会学生阅读、思考、表达，学习理解历代经典，才能使学子具备这样的能力。无独有偶，西方早期的学校，一般诞生在教堂之侧，开始一般都叫文法学校，主要课程就是"三科七艺"，尤其以"三科"为主。"三科"指的是语法、逻辑、修辞，"七艺"指数学、音乐等。语法可让学子把一句话说得明白规范，逻辑帮助学子把一段话或一篇文章表达得符合逻辑、条理清楚，修辞让学子表达得更生动有力。一般人学好了这三门课，就具备了独立观察、思考、表达的能力，就能成为一个具有独立人格的人，就基本实现了教育的主要目的。中国古代的书院教育，与西方早期文法学校教育的旨趣有相通之处。

近代以来，随着科学技术的发展，人们需要掌握越来越多的自然科学知识和技能，教育的重心逐步向知识教育和技能教育转移。这在一定程度上是必然的，也是合理的。但由此也产生了一定的弊端，即偏重自然科学技术的知识和技能的教育，而忽略了人文教育，特别是语言文学教育。在当代中国，就表现为中文学科在大学以至整个社会上的地位明显下降。

中文学科的重要性不言而喻。作为一个中文人，我认为中文是一个神圣的学科！我们从吮吸母乳的时候开始，就学习母语。母乳滋养我们的躯体，母语滋养我们的心灵。从此母语与我们终生相伴，不可须臾相离。能够使用语言文字，是人类不同于动物的根本特征；使用不同的语言，则是各个民族的主要标志。不同民族之间的主要差别，不在于肤色、外貌、血统等，而在于文化，文化的主要载体就是语言。文学则是艺术化的语言，是语言的高级形态，它反映一个民族的生活状态和精神世界，塑造一个民族的思想和情感。因此，语言是一个民族的根，文学是一个民族的魂。根在魂在，则族在国在；根灭魂灭，则族灭国灭。犹太民族通过复活希伯来语，建立了自己的国家。汉语方块字、汉语文学在构建和维系中华民族大家庭的过程中，发挥了至关重要的作用。古今中外一切有识之士，都充分认识到本民族的语言文学的重要意义，都给予语言文学以崇高的地位。当代世界全球化浪潮势不可当，有人认为再强调民族特性，包括强调民族语言文学已不合时宜。在我看来，这种看法是相当幼稚的。当代世界实际上是全球化和民族认同两种潮流并行。全球化越发展，各个民族在融入整个人类大家庭的同时，就越会意识到加强本民族认同的重要性。我们从事中国语言文学的教学和研究，是在守护中华民族的根基和灵魂，这是一项无比神圣的事业，我们决不能妄自菲薄。

我们对中文学科的内在必要性和远大发展前景要保持高度信心，但我们又不能对中文学科目前面临的挑战甚至危机视而不见。在大学内部，种种量化统计、考核、排名对学术研究和人才培养造成巨大干扰，中文学科因为不能在科研项目、经费、论文等量化数据和可直观显示的成果、效益上给学校增光添彩，正在不知不觉被边缘化。中文学科在大学中曾经享有的优越地位正在或已经失去，只要看看现在与几十年前各所大学对校内各个学科排序的变化，就可窥见一斑。而就与人类本身的相关性、对人类命运的重要性、在人类文化学术体系中的基础性和文化学术的内在逻辑，以及大学学科发展的历史传统而言，语言文学永远应该排在大学各学科的首位。

在社会上，由于现代教育的普及，语言文学不再是部分文化贵族的特权。互联网的出现，更促进了文化的平等化。大学语言文学研究的权威性日益消解。科学技术的发展、物质的极大丰富、整个社会的全面市场化，使人们更关注实在的物质享受，而忽视精神生活，特别是比较高雅的语言文学生活。即使保留了一些对语言文学的兴趣，这种兴趣也被铺天盖地的市场化、商品化浪潮所裹挟。包括语言文学在内的文化也都变成了商品，文化商品的策划者、制造者、供应者成为社会文化生活的主导者。在文化市场的众声喧哗中，大学语言文学研究者的声音变得越来越微弱。在实用主义大行其道的环境下，语言文学学科为社会服务、为现实政治服务的功能，以及由此决定的它受到政府、社会重视的程度，不仅不如理工农医学科，也不如经济、法律、管理、教育、新闻传播等社会科学学科，即使在人文学科内部，它也不如哲学、历史、艺术、宗教等学科，这是我们不得不面对的近乎残酷的现实。我们有必要回顾中国古代书院教育的历史经验，反思这些年来实用主义教育造成的弊端，深入认识教育的本质，扭转中文教育受到忽视的局面。

第二，中国古代书院教育强调学子学以致用、密切关注社会现实、关注世道人心、以天下为己任，"风声、雨声、读书声，声声入耳；家事、国事、天下事，事事关心"，这一优良传统应该得到继承。反观当代大学的中文教育，它的社会地位之所以下降，除了整个社会对教育的认识出现偏差外，也与中文学科自身的一些缺陷有关。甚至可以说，中文学科最大的挑战或者危机，还在于中文学科本身。我们当然不能否认，当代中国语言文学研究取得了很大成绩，也不能否认有不少学者做出了优秀的成果。但在大学内部的学科挤压和整个社会的市场化浪潮卷吞之下，大学语言文学研究者总体上采取了一种退避三舍的态度。开始还有几分迫不得已，后来则是越来越自觉地将自己限定在一个所谓专业学术圈中，语言文学研究纯粹变成了少数专门从业人员谋生的一种职业。许多研究者就一些琐细的命题甚至伪命题做繁琐论证，陈陈相因，故弄玄虚，孤芳自赏。既与时代脱节，不关注当代社会大众语言文学生活的实际情形，不回应现实问题，不能对民众的语言文学生活起到引领指导作用，也没有抓住语言文学研究的真问题，缺乏创新精神，不能对语言文学研究的发展真正起到推动作用。语言文学本来就应该存在于大众的现实生活中，脱离大众现实生活的语言文学难免成为无源之水；语言文学研究必须保持与大众语言文学生活实际的紧密联系，脱离大众语言文学生活的语言文学研究必然走向穷途末路。

如何改变这种现状？如何避免中文学科的衰落，如何面向未来，实现中文学科建设和学术研究的创新呢？借鉴中国古代书院教育的优良传统，和世界上优秀大学语言文学学科的成功经验，我们应该注意处理好下面两种关系。

　　首先是处理好经典与时尚的关系。任何一个民族的语言文学都有它的经典，这些经典是经过千百年时间检验而形成的。晚明时期、五四运动前后，新生的语言文学形态都曾像铺天盖地的海浪，漫灌了整个文坛。人们对新的语言文学形态给予热烈欢呼，而对经典的地位产生怀疑。然而大浪退去之后，经典依然是经典。这些历史经验告诉我们，要使中文学科具有深厚的基础和强大的生命力，必须永远坚持经典的教学和研究，这是中文学科的立身之本。但另一方面，任何时代的语言文学研究又都必须面向现实，面向未来，密切关注大众语言文学生活的新情况，回应新问题，这样语言文学研究才能保持旺盛的生机与活力。当代社会生活最大的变化就是信息化，它对包括语言文学生活在内的整个人类社会生活的影响是全局性的、根本性的。哪些大学的语言文学学科能突破陈旧观念的束缚，及时关注信息时代的语言文学现象，并进行深入的研究，哪些大学的语言文学学科就将占得先机，就有可能在未来的语言文学研究中居于领先地位。这需要我们在学科规划布局、人才队伍建设、资源配置等方面做出较大调整。经典和时尚，是我们必须重点抓住的两头。其他那些既非研究经典又非研究时尚的学术领域，则可以适度压缩。

　　其次是处理好本土学术与外国学术的关系。中国已经是全球第二大经济体，在不久的将来很有可能成为第一大经济体，但我们的文化，包括我们的语言文学研究的学术水平，还与此不相称。我们应该基于中华民族语言文化的丰厚历史传统，和当代中国语言文学的丰富实践，敢于提出中国语言文学研究以至整个人类语言文学研究的新理论，包括新概念、新问题、新方法、新观点等。就像我们在全球治理、全球经贸、技术标准等领域一样，我们要从规则的学习者、接受者、模仿者，变为规则制定过程的参与者，在世界语言文学研究界发出中国的声音，这毫无疑问是中国语言文学研究的必由之路。但是，我们一定要保持清醒，绝不能以此为理由，忽视继续学习和借鉴外国先进的学术思想、学术方法，走向封闭保守、自以为是、夜郎自大。近些年来，学术界倡导对近代以来的中国学术史进行反思，走出生搬硬套外国学术思想和方法的误区，揭示中国文化的本来面目，这是合理的和必要的。但有些学者对近代以来我们学习和借鉴外国先进学术思想和方法的做法否定太过，这就走向偏激和极端了。我们无论如何不能否认，正是在学习包括马克思主义在内的外国先进学术思想和方法的基础上，中国近代学术体系才得以建立。要超越外国，前提是了解和学习外国。因此，面向未来的中文学科，必须加强对世界语言文学和比较语言文学的研究，打通中外，比较互鉴，这样才有可能真正看清中国语言文学的特点，并对人类语言文学的普遍性问题提出自己的见解，真正走向世界学术前沿。事实证明，近代以来，研究中国的思想、历史、语言文学等取得重大成就者，如王国维、鲁迅、胡适、陈寅恪、冯友兰、钱锺书、王力等，无一不是精通外国学术文化者。他们正是在学习借鉴西方学术思想和方法的基础上，在与外国学术文化的比较中，才成功揭示了中国古代文化的某些独特性质。

　　第三，中国古代书院教育没有人为地设置学科壁垒，注意培养通才，这一经验也值得当代中文学科建设借鉴。古代书院教育往往义理、考据、辞章并重，虽然每所书院各有特色，每位导师各有所长，每位学子兴趣各异，但一般都强调因材施教，允许学生相对自由地发展。我们现在的大学中文学科，与大学里的其他学科一样，有一套系统而牢固的学科分类体系，及与之相配套的教研室管理体制。这一体系并不是从来就有的，而是20世纪50年代从苏联学来的。当时这么做自有其必要性，它也发挥了一定的积极作用。但现在它已成为严重阻碍学术发展的制度瓶颈。将学术研究体系划分为若干学科门类，下面又划分为若干一级学科、二级学科、三级学科，又通过本科和研究生培养的专业设置、教研室设置、重点学科和重点研究基地评审、研究项目评审、论文发表、成果评奖等一系列环节，将这种学科分类体系大大强化和固化。20世纪90年代，国务院学位委员会曾调整学科目录，合并了若干学科，如中国语言文学一级学科内，中国文学批评史学科合并到了文艺学或古代文学等学科，汉语史学科合并到了汉语言文字学等学科，产生了一定的效果，但后来就基本停滞不前了。这种对学术研究进行科层制管理的办法，方便管理者操作控制，又掺入了学术权力、经济利益等因素，久而久之，大家已对这种体制习以为常，甚至以为天经地义。人们不知受其束缚之弊，反而为了增强自己的学术话语权和经济利益，有着强烈的增设学科的冲动。随着科学技术和社会文化的发展，有些学科逐步走向衰微，以至被淘汰，是完全合理的。有些新兴学科崛起，甚至变得越来越重要，也是完全必要的。但在现有科层制学科分类体制和体系之下，旧的学科淘汰难，新的学科设置易。虽然不断在调整，但总是增的多、减的少，总的学科数越来越多。为了改变学科分得太细的问题，有些学者建议设立了一些所谓交叉学科、综合学科，结果这些交叉学科和综合学科又变成了一方领地，造成了新的学科分割。这是用不对的办法来解决不对的问题，结果只能使学科划分太细的问题越来越严重。学科分类太细，人为地割断各个学科之间的联系，使不同学科之间界若鸿沟。出身于不同学科的教师，只能在自己所了解的一点知识范围内打转，不敢越雷池一步，自然缺乏创新能力。培养的学生又往往只能继承其中一个分支，屋下架屋，一蟹不如一蟹。文学是语言的艺术，不懂语言学，如何可能研究文学？文学是语言的高级形态，不懂文学，如何能研究好语言？不懂外国文学，如何能真正了解中国文学？不懂中国文学，有如何能作为一个中国学者对外国文学作出中国视角的解读？不了解现当代文学，如何能以现代意识对古代文学做出新的阐释？不懂古典文学，又如何对现当代文学的来龙去脉和种种新变做出准确的判断？不是说一个学者什么都要研究，都能研究。每个学者研究的领域和问题肯定是有限的、相对集中的，但他必须有尽可能广博的知识视野，才能对某个问题做出具有创新性的研究。

目前中国大学内部的这种学科分类体系和管理体制，已经非常不适应当代文化和科学技术发展融合交叉的发展趋势，不符合培养造就优秀创新型人才的需要。对它的弊端，人们已经形成很强烈的共识，但改革的步子却很慢，也很艰难。这里面有认识还不够到位的原因，更重要的还是管理体制和利益机制方面的原因。对于现实，我们中国人最不缺就是批评和抱怨，甚至也不缺改革的想法和建议，缺的是改革的勇气和决心。鲁迅先生说过，在中国，搬动一张椅子都是要流血的。这深刻揭示了改革的艰难性。即使在语言文学学科方面做一点小小的改革，也牵一发动全身，会遇到体制、习惯、利益等因素带来的重重障碍。我们必须有担当和勇气，为了中国教育和学术的前途，从小的地方做起，从具体的地方做起，争取有所突破。我们应该达成共识，向国家教育管理层面进言，尽快进一步修订简化学科分类体系，同时在基层层面改变已经过时的教研室管理体制，淡化学科概念，倡导以问题为中心的学术研究。鼓励不同学科之间的交叉融合，上下联动，打破学科壁垒，为学术创新提供良好环境。

（载眉山三苏祠博物馆主编《东坡教育思想与书院文化研究专辑》，世界知识出版社 2022 年 11 月版）

新时代、新要求、新举措：学习《关于推进新时代古籍工作的意见》体会

近日，中共中央办公厅、国务院办公厅印发《关于推进新时代古籍工作的意见》（以下简称《意见》），针对新时代我国经济和社会发展的新环境、古籍工作的新情况和新要求，提出了推进我国古籍工作的一系列新举措，充分体现了党和国家对古籍工作的高度重视，是指导新时代我国古籍工作的纲领性文件，必将成为我国古籍事业的新里程碑。

1981年9月17日，中共中央发出《关于整理我国古籍的指示》（中发〔1981〕37号，以下简称《指示》），吹响了我国改革开放时代古籍工作的号角。它给我国古籍工作带来的巨大变化，至今让人们记忆犹新、津津乐道。在这一文件的指引下，古籍工作的重要意义得到各级党委和政府及社会各界高度重视，党和国家领导古籍工作的体制机制得以恢复和加强，先后制定和实施了几个古籍工作五年规划，各类古籍保护、整理、研究、出版机构纷

纷成立，一大批古籍工作项目陆续付诸实施，众多优秀古籍整理成果（含古籍普及成果）相继问世，古籍工作队伍建设和后备人才培养工作也成绩斐然。

四十一年过去了，我国已全面迈入小康社会，经济和社会发展情况与改革开放初期不可同日而语，古籍工作的客观环境条件已发生重大变化。新时代中国特色社会主义建设事业的新目标和新任务，和广大人民群众日益增长的精神生活需求，也赋予了古籍工作新使命，提出了新要求。同时，经过四十多年的努力，我国古籍工作已取得巨大成就。在此基础上，如何进一步提升我国古籍工作的质量和水平，全面开创我国古籍工作的新局面，更好地为新时代中国特色社会主义建设事业服务，为广大人民群众服务，亟待思考和探索。《意见》接续《指示》的精神，在规划制定、队伍建设、经费保障等方面，做出了新的部署，同时，面对新时代古籍工作的新情况和新要求，提出了一系列新思路和新举措，具有鲜明的时代性和创新性，为推进新时代古籍工作指明了方向。

首先，《意见》明确提出了新时代古籍工作的指导思想，是"以习近平新时代中国特色社会主义思想为指导，深入贯彻党的十九大和十九届历次全会精神，坚持中国特色社会主义文化发展道路，把马克思主义基本原理同中国具体实际相结合、同中华优秀传统文化相结合，深入推进中华优秀传统文化创造性转化、创新性发展"。其中强调要"将马克思主义基本原理同中国具体实际相结合、同中华优秀传统文化相结合"，这一论断熔铸了近年来我党对中华优秀传统文化重要价值的新认识，是马克思主义中国化和探索中国特色社会主义道路的重大创新成果。古籍是中华优秀传统文化的主要载体，古籍工作就成为坚持中国特色社会主义道路、实现中华民族伟大复兴的一项基础性、根本性工作。中华优秀传统文化的重要地位以及古籍工作的重要意义，被推到了一个前所未有的高度。

其次，《意见》构建了新时代古籍工作领导体制框架。改革开放之初，按照《指示》精神，国家层面恢复成立了"国家古籍整理出版规划领导小组"，对古籍工作的发展起到了重要作用。但"国家古籍整理出版规划领导小组"原来主要挂靠国家新闻出版管理部门，而我国的古籍保护、整理、出版和研究工作，分属文化部门的图书馆和博物馆系统、新闻出版部门的出版系统、教育部门的高校和研究所整理研究系统这几大系统，此外还有一部分属于民族、宗教、中医药事务管理等系统，在一定程度上存在着条块分割、各自为政的现象，表现为若干古籍保护、整理、研究、出版项目重复上马，浪费资源，组织跨部门、跨行业的重大项目协调困难。虽然前几年随着国家出版局转属中央宣传部，原属国家新闻出版总局的全国古籍整理出版规划领导小组也已隶属中央宣传部领导，成为统筹全国古籍保护、整理、研究、出版的最高领导机构，但原来几大系统长期分隔的局面存在一定惯性。在古籍工作已迈入数字化时代的形势下，这种领导体制框架的不足之处更加凸显。虽然已成立全国古籍数字化工作领导小组，但各个系统、各个单位考虑保护本行业本部门的资源和利益，对参与统一的国家古籍信息平台建设意愿不够强烈，对古籍数字化工作造成不利影响。因此，古籍工作界一直呼吁要理顺古籍工作的领导体制，加强中央和国家层面对古籍工作的统一领导和顶层设计。

对此，《意见》明确指出，要坚持和加强党对古籍工作的全面领导，坚持统筹布局，加强顶层设计和规划部署，确保古籍工作协调衔接、一体推进。中央宣传部发挥在全国古籍工作中的牵头作用，全国古籍整理出版规划领导小组履行全国古籍工作统筹协调职责，负责制定实施国家古籍工作中长期规划，统筹抢救保护、整理研究、编辑出版以及古籍数字化、古籍普及推广、古籍人才培养等工作，推进古籍重大项目，组织古籍工作督查考评。其他相关部门分工负责、协同推进。这就明确了中央宣传部在全国古籍工作中的牵头作用，赋予了全国古籍整理出版规划领导小组履行全国古籍工作统筹协调的职责。这是我国古籍工作领导体制的一个重大变化。我国古籍工作的领导体制有望得到真正理顺，古籍工作的顶层设计和统筹协调有望得到加强，重复上马、各自为政的局面也有望得到改变。

第三，《意见》提出了新时代古籍工作发展机制的新思路。改革开放之初，古籍工作主要由政府推动，由中央各部门和各级地方政府提供支持。四十多年来，社会主义市场经济体制得以确立，公有制保持主体地位，民营经济和混合所有制经济等全面发展。在包括古籍工作在内的社会文化领域也是如此。目前公有制古籍保护、整理、研究、出版部门仍然占主导地位，但民营和混合所有制的古籍保护、整理、研究、出版机构在古籍工作的作用越来越大，市场机制在古籍工作中的作用越来越重要。特别是在古籍数字化方面，一些民营机构成就突出，在某些方面走在公有制机构的前面，具有巨大的创新活力和发展潜力。新时代的古籍工作，要适应社会主义市场经济发展的大趋势，公有制机构仍然要发挥主导作用，要继续坚持古籍工作的公益性根本属性，但政府和相关公有制机构不应该也不可能包打天下。应充分发挥市场机制的重要功能，充分调动私营和混合所有制机构参与古籍工作的积极性。为此，《意见》指出，要"汇聚古籍行业发展合力，统筹事业和产业两种形态、公益和市场两种资源、国有和民营两种力量、国内和国外两个市场，推动形成古籍行业发展新局面"，"对主要承担古籍工作的国有文化企业加大社会效益考核占比，对国有文化企事业单位主要承担古籍重点项目的业务部门可不考核经济效益"。遵循古籍工作发展的新思路，构建古籍工作发展的新机制，将为古籍工作带来巨大的驱动力。

第四，《意见》对提高古籍工作的质量和水平提出了新要求，具有很强的针对性。经过古籍工作者的辛勤努力，我国古籍整理工作成果丰硕，已经完全摆脱了几十年前急于解决"书荒"、填补空白的状态。总体上看，古籍类图书的量已经很大，但有些亟待整理的文献尚未得到整理，已有整理成果有的比较零散，有的不够精善，粗制滥造的东西也不少。新时代古籍整理工作的主要任务，已经从量的增加转变为质的提高和结构优化。为此《意见》特别强调提高古籍整理的质量，防止低水平重复。根据不同类型古籍的具体情况，分别采取不同的整理方式，"加强传世文献系统性整理出版，推进基础古籍深度整理出版，整体提升新时代古籍整理的水平"。从我国古籍产生的时代来看，大致可分为上古古籍（先秦）、中古古籍（秦汉魏晋南北朝隋唐五代）和近古古籍（宋元明清）；从古籍的价值、影响和地位来看，大致可分为经典古籍、重要古籍和一般古籍；从古籍的传承情况看，可分为传世古籍和特色古籍。迄今为止，我们对上古和中古的古籍、经典古籍和重要古籍、传世古籍的研究和整理相对比较充分，对近古古籍、一般古籍和特色古籍的研究和整理相对不足。新时期的古籍整理，应突出重点，补足短板，整体推进，提高质量，提升古籍整理的系统性，构建完善的中国古籍研究和整理体系。

在突出重点方面，对经典古籍可以进行汇校汇注，同时打造精校精笺的通行本、精选精译精注的普及本。经典古籍和重要古籍具有重要价值，影响广泛，应始终是古籍研究和整理的重点。每种经典古籍和部分重要古籍，可以有若干种通行本和普及本，以利于百花齐放，百家争鸣，并便于普及。

在补足短板方面，要高度重视对写本文献、民间文书、出土文献、科技文献、少数民族文献、国外汉籍等特色古籍的研究和整理，在立项等方面予以积极扶持。针对不同类型的特色文献，要明确定位，合理遴选，分别采取影印、校点排印、精校精笺等方式整理出版。要明确界定国外汉籍的概念和范围，将国外所藏汉籍与国内所藏古籍进行认真比对，精选其中确有价值、有必要整理的古籍，采取合理方式整理出版，避免贪大求多、重复浪费。

近古以来，特别是元明清时期，古籍数量大幅增长，许多经典古籍和重要古籍淹没其中，还不为社会民众所熟知。针对这一实际情况，对宋代以后特别是元明清时期的文献，在进行全面系统整理的同时，应将其中的经典古籍和重要古籍遴选出来，加以精校精笺，形成《元代别集丛刊》《明代别集丛刊》《清代别集丛刊》等丛书，构建具有时代特色、体现当代眼光的完整的中华优秀传统文化经典体系，激活经典，推向社会公众。

在加强古籍整理的系统性方面，应借鉴中国古代到现代古籍整理的成功经验，主要采取已被证明比较合理、行之有效的分时段、分文体整理模式，个别文体可采用通代模式，以重大项目为抓手，建设团队，组织实施。对已有的分时段、分文体古籍总集和通代文体总集，以及重要文献丛书，如"十三经""二十四史和《清史稿》"及《先秦汉魏晋南北朝诗》《全唐诗》《全唐文》《全唐五代词》《全宋诗》《全宋文》《全宋词》《全金元词》《全元诗》《全元文》《全明词》《全元戏曲》《敦煌变文集》《甲骨文字编》《历代辞赋总汇》等，利用现有条件和技术手段，予以必要补订，提升质量，打造能够体现新时代古籍研究整理水平的文献总集和丛书的"升级版"。推进已经立项的《全清词》《全明戏曲》《全清戏曲》《敦煌文献合集》等大型古籍整理项目。

对于尚未进行系统整理的明代诗、明代文、清代诗、清代文等，对其必要性和可行性进行充分论证，对公认有必要上马的重大项目尽快立项并推动实施。

第五，《意见》顺应信息化时代潮流，将古籍数字化工作放在特别突出的位置。现代人类社会已全面进入信息时代，人们的阅读习惯和学习方式已发生巨大变化。在年轻一代中，包括从事人文学科专业的大学生、研究生和青年学者，电子阅读占的比重越来越大，而且照此发展下去，这个比重只会变得更大。这是一个铁的现实，也是一个不可阻挡的发展趋势。信息技术的发展、人们阅读方式的改变，为中国古籍的保护、传承和普及提供了革命性的机遇，也提出了巨大挑战。加快中国古籍的数字化，已成为社会各界及古籍保护、整理和研究界的共同呼声。将现在保存在国内外的中国古籍，包括古籍本身和重要古籍整理成果，采用先进的数字化模式，全部予以数字化，建设"国家古籍信息平台"，有利于永续性传承中华民族的文化基因；有利于保护古籍本身，减少动手翻阅的次数，延长其寿命；有利于将有限的古籍文本化身千万，让全国以至全世界的人们共享；有利于社会各界人士更方便快捷地阅读和检索古籍，让深藏在图书馆博物馆的古籍活起来，为建设社会主义当代文化服务。

中国大陆开展古籍数字化工作已有三十多年，取得了不少成绩，体现为全国古籍普查登记基本数据库、中国经典古籍库以及爱如生典海数字平台等大型古籍数字化项目。很多古籍整理研究类的国家社科基金重大项目，几乎都包含将相关古籍数字化的子课题。但现在存在的问题是，已有的古籍数字化项目条块分割，比较零散，互有重复，都不齐全；数字化的技术标准不统一，彼此不能方便链接和充分共享，有些数字化项目技术水平较低，仅具有数据存储和简单检索功能，没有达到结构化、智慧化；官方层面管理力量有限，投入资源不够，统筹协调作用还有待加强；各种私营公司和整理研究者积极性很高，但能力有限，一般只能做某些门类、某个领域的古籍的数字化，难以做到全面系统；向整个社会普及推广不够。古籍本来是整个民族的公共财产，为社会广大民众提供普惠性的阅读检索古籍的资源条件，是政府应该履行的一项公共义务。但现在社会性公司制作的古籍数字化项目一般要收取使用费，部分国有企事业单位出于保护自身局部利益的考虑，在向社会推广古籍数字化产品上也缺乏积极性。

从中国古籍数字化几十年的经验来看，这是一项规模巨大、意义重大的系统工程，靠社会各界自发地参与，或完全寄希望于市场化的竞争，都不能保障这项工程达到理想目标，国家层面的统筹协调非常重要。中央和国家有关方面应该从传承中华文化、加强当代中华文化建设、实现中华民族伟大复兴的高度，充分重视这项工作。应该把中国古籍数字化当作国家经济社会发展和文化建设的一项重大基础工程来抓。应尽快制订国家古籍数字化工作专项规划，包括近五年规划、十年规划和远景规划，制定国家古籍信息平台技术标准，确定国家古籍信息总平台的总体架构，描绘出中国古籍数字化的远景蓝图。建立国家主导、各方面积极参与的工作模式。古籍数字化的全部工作都由国家机构统一来做，是不可能的。国家有关管理机构的主要职责，是定标准、定规划、设项目，并抓其中的重点项目。同时以立项、招标、督察、评奖等方式，充分调动社会各界的积极性。可以将整个工程的各个部分分工发包、招标。对社会各界已有的相关成果，可以采用承包、采购、公私并存等方式，发动申报，组织专家论证，看其是否符合国家古籍信息平台的要求，或是否有可能经过一定改进后纳入国家古籍信息平台，以加快国家古籍信息平台的建设进度。在"国家古籍信息平台"的基础上，将来还可以考虑建设规模更大、内容更丰富的"中华传统文化信息平台"，将中华优秀传统文化的其他载体，如考古遗址、文物、古建筑、历史文化景区、动植物标本、非物质文化遗产等门类的信息也纳入其中，从而构建宏大的中华优秀传统文化宝库。

根据古籍数字化工作的重要性和特殊规律，以及目前古籍数字化的实际情况，《意见》明确提出，要"建立健全国家古籍数字化工作指导协调机制，统筹实施国家古籍数字化工程。积极对接国家文化大数据体系，加强古籍数据流通和协同管理，实现古籍数字化资源汇聚共享"，"加强古籍题材音视频节目制作推介，提供优质融媒体服务"。相信在这一方针的指引下，我国古籍数字化工作将进入新的发展阶段。

第六，《意见》指出，新时代的古籍工作，要"加强古籍工作对外交流合作，充分利用海外文化平台开展古籍对外宣传推广活动，加大展示展销力度，推动古籍图书对外版权输出，做好中华优秀典籍翻译出版工作"，这也是新时代古籍工作的新特点和新任务。改革开放之初，我们主要是学习和消化吸收外国的先进科学技术和管理方式。《指示》中已提出："散失在国外的古籍资料，也要通过各种办法争取弄回来，或复制回来。"经过数十年的发展，我国的经济实力和综合国力实现巨大飞跃，国际地位显著提升，国际影响力显著增强。我国实行全方位对外开放，中外经济文化交流从以输入为主，逐步走向输入与输出的平衡。中国古代典籍，蕴含着中华民族的历史、思想和智慧，是我们进行中外文化交流的宝贵资源。新时代的古籍工作，必须加强古籍对外宣传推广活动，为国家发展战略服务，为塑造中国形象、提升中国的国际地位、扩大中华文化的国际影响力、促进中外文化交流和世界和平发展做出应有的贡献。

（载《光明日报》2022 年 4 月 25 日第 13 版，《新华文摘》2022 年 8 月 5 日第 15 期全文转载）

附录一：转益多师是汝师（湖南师范大学八十周年校庆采访）

文 / 马健

恢复高考那年，廖可斌顺利考取湖南师范学院，从而开始了他的大学生涯。廖可斌从家乡乘船到长沙，凌晨时分抵达湘江边上的码头，再从湘江大桥走到二里半时，天色还没亮。破晓时分，湖南师范学院的校门巍然现于眼前，这是他对大学的第一印象。老校门是对母校意义重大的建筑，如今八十华诞，黉门重建，校园安详，景色宜人，廖可斌对湖南师范大学历久弥新的精神面貌表示十分欣慰。

多年倥偬，母校青山绿水，古树峥嵘，风景如昨，西偎麓山，东濒湘江，故地重游依然带给廖可斌以回忆和怀念。学校高楼林立，拔地而起，现代化的大学兴起之际，却依旧能依山傍水，古色古香。廖可斌认为，当时湖南师范大学名师荟萃，到现在他们已经多是耆寿之年，但长江后浪推前浪，如今的湖南师范大学青年才俊层出不穷，学术活力旺盛，给学校带来了新的生命力。

厚德笃学　师恩难忘

廖可斌回忆起当年在母校求学的时候，是在教室、寝室和食堂之间三点一线的简单生活。每天晚饭之后，他就与同学们在岳麓山上、湘江河边散步，同学之间不喜谈升官发财与儿女情长，只专心谈学习。那时风气初开，同学们都全力以赴地追求学业，廖可斌每周都要在图书馆借阅很多书籍，因为借阅的书太多，拿回寝室得用抱着的姿势，所以他戏称其为"一抱书"。廖可斌回忆说，当时住在他下铺的吴建华同学也是特别爱看书的，两个人志同道合，相互促进，这对廖可斌的学习有极大的帮助。向学的风气和求知的环境给廖可斌创造了良好的机遇，他认为大学生的读书与自学是非常重要的，只听老师讲课，死记硬背，就不可能形成独立的思考能力。只为了考试成绩名列前茅，那其实不是真正意义上的学习。自学和读书是为了培养自己的思维能力和打造自己的知识底蕴，他的大学本科论文《论形象思维的逻辑性》就是跳出固有成见后依此而写的一篇独有见地的论文。廖可斌觉得，得益于母校严谨的学风和宽松的学习环境，自己的大学本科四年没有虚度，而是实实在在地积累了不少知识，奠定了扎实的基础，以后的工作和发展都以此为根基。

母校师生之间的情谊深厚同样使廖可斌动容，他提到自己那时生活条件欠佳，年纪也比较小，老师们给予了他特殊的关怀。下课之后，他常和同学们径直跑到老师家里，或三五成群，或七八一伙，老师们也热情招待，和蔼可亲，毫无立雪之威仪，有时还会留下他吃晚饭。廖可斌常有课上没搞懂的知识问题，需要和老师进行课后交流，拜访得最多的是从事古代文学研究的贝远辰老师。贝先生那时也不过四十多岁，对学生无限热心，在他的影响下很多学生后来都从事了古代文学研究，廖可斌正是其中一位。他也常常单独去拜访从事美学研究的杨安仑老师，从事现代汉语研究的吴启主老师，从事外国文学研究的戴启篁老师、易漱泉老师，从事文学理论研究的张长青老师，和从事古代文学研究的周寅宾老师等。他们无不中断工作或者家务，为自己的学生答疑，并对学生的学习和生活给予无微不至的关心。廖可斌回忆起当时自己得了阑尾炎，不得不去市第四医院做手术，因而搞得形容消瘦，易漱泉和戴启篁两位老师竟亲自带着补品去医院和宿舍看望他。多年后，廖可斌回到母校时，在路上偶遇恩师吴启主老先生，他想买一些礼物送给老师，却反而被老师抢先买了很多东西送给自己的孩子，这些令他既惭愧又感动。如今回想起来，廖可斌依然认为母校能带给他温暖、亲切、充实的感觉，师生之间的关系与亲人之间无二，那是对学生不计回报的好，甚至比父母与儿女之间的感情还要高尚，这是我们师大教师的本色品质。廖可斌说道："师恩难忘，此生恐怕难以报答，唯有常念心间。"

专复通广　精益求精

本科毕业之后，廖可斌才满二十岁，就留在中文系做助教。马积高先生当时担任湖南师范大学中文系主任，他十分注重基本功，要求青年老师不能到课堂乱说，必要言出有据，对自己讲的点滴知识负责，方能为人师表。因此廖可斌并没立刻上讲台，而是坐在台下听老先生们讲课，研究大学教材。留下来当古代文学老师，这对廖可斌的要求又上了新的台阶，从本科阶段凭兴趣阅读《诗经》《楚辞》，到专业性、系统性地挖掘知识精要，这对他来说是一次跨越。在母校做助教这段时间，他基本上都在台下打基础，上台讲课虽然只寥寥几次，但每一次都需要准备数周。中文系的系风很端正，因为它本身就属于师范体系，与培养教师有关，更不能有半点虚假误导学生，学校的教材是自己创制的体系，课程讲授的方式也推崇循序渐进。廖可斌深有感慨地谈到，现今在各地工作的湖南师范大学校友都很受尊重，各行各业的俊彦都蜚声在外，就是受到母校这种"精勤"精神的影响，养成了"注重基础、精益求精、勤谨踏实"的良好习惯。湖南学风的特点是肯下苦功，湖南师范大学秉承湖南学风，注重基础，扎实求稳，继承湖湘学脉之往，开辟现代治学之先，这是那一代学者们留给我们的不朽财富。八十年来湖南师范大学依旧学风纯正、教学严谨、人才辈出，莫不是于此受益。

　　助教生活结束后，廖可斌师从马积高先生开始了研究生学习的新阶段。他表示马积高先生对他而言是恩情最深的老师。马老先生学术功底深厚，治学刻苦，用一种宛如烛火燃烧的拼命精神在做学术，是一位有远见卓识和情怀抱负的学者，他的研究涉及诸多与民族命运相关的宏大命题。廖可斌在恩师指导之下，研究生三年中更加刻苦学习，夜以继日地发奋求知。经过了"教"与"学"的双重考验，如今他已十分明确自己的研究方法，就是在专业的基础上追求广博，不囿于单一的研究思路，努力开辟广阔的研究视野，融会博大的知识内涵。在这种思路的影响下，他完成了自己十万字的硕士毕业论文《金圣叹文学美学思想研究》，贯通古代文学和文艺美学，得到了马积高老先生的高度认可。毕业之际廖可斌随导师同到北京中华书局，马积高老先生举贤不避亲，向书局推荐出版廖可斌的硕士毕业论文，令他深感诧异。因为当时一个年轻学子要在中华书局出书几乎是不可想象的，这是老师对学生的关爱，同样也是对自己努力与付出的肯定。

　　研究生毕业之后廖可斌又在母校做了半年助教，这半年他终于可以驾轻就熟、深入浅出地为自己的学生授课了。此时的廖可斌意气风发，犹如临渊大鹏，待到风起时便可翱翔四海。

此去湖广 鹏展吴越

在博士研究生阶段，廖可斌到杭州大学（1998 年合并入新的浙江大学）求学，师从徐朔方先生。廖可斌表示，吴越学风与湖湘学风差异很大，湖湘学风偏重对宏大问题的探索，好言王霸大略、国计民生，心忧天下，敢为人先；而吴越学风却较为细腻，注重文献精读、文化自省，风华绮丽，广益多师。中国幅员辽阔，地大物博，于学风之处就可见一斑。北京学风典重华贵，上海学风灵动前卫，西安风格古朴厚重，成都风格绵柔别致，广州风格自由活泼。廖可斌鼓励现在的年轻学者应该多去体验多种学风，如有条件还应该出国留学。廖可斌自己先后在美国哈佛大学、意大利特伦托大学、法国国家社会科学高等研究院做访问学者，另曾到多个国家和地区讲学或参加学术会议。他认为这些经历对他非常有帮助。东学飘逸，西学理智，海纳百川，见多识广，会帮助人用多种角度解决学术问题，达到"转益多师是汝师"的境界，这也是他一以贯之的学术追求。

杭州大学博士三年，廖可斌在学术上达到了新的高度。导师徐朔方先生有鲜明的研究个性，提倡把文献和文学结合起来，编纂过四十家明代戏曲家年谱，整理过汤显祖、沈璟等作家的文集，但他本人也擅长对文学作品的分析和文学史的观照，把文献学和文艺学结合得十分完美。徐朔方先生是研究西方文学出身，自己本身也是一名诗人，文章写得很漂亮，是一名当之无愧的学贯中西的大家。廖可斌拥有厚实的文学功底，在导师精湛的指导之下更是锦上添花。他的博士论文题为"复古派与明代文学思潮研究"，是将复古派与明代文学史以部分和整体的形式结合起来，使复古派与明代文学类相推毂，各照隅隙。此前学术界对这个领域研究甚少，郭绍虞、朱东润、钱锺书先生等前辈学者曾经有所研究，但大家对这个领域了解仍是有限。其后湖南师大的马积高先生、复旦大学的章培恒先生、武汉大学的冯天瑜先生和浙江大学（原杭州大学）的徐朔方先生等对复古派也有所研究，廖可斌是较早在国内比较系统地研究明代文学复古派的学者之一，其鲜明特色就是把复古派放在整个明代文学史乃至整个中国文学史中来观察，又从整个中国文学史的大背景反观复古派，他称之为"在宏观中审视微观，在微观中透视宏观"。形成这种研究思路还要归因于在湖南师范大学的读书积累，廖可斌在本科阶段就熟读马克思、恩格斯的经典著作和黑格尔美学理论，在博士阶段进一步深化，终于在其博士论文中大放异彩。因此他提出，在大学阶段的读书既要有计划，又要顺其自然，特别是要按照兴趣读书，不要太急功近利，兴趣是最大的动力，好之者不如乐之者。

在此之后廖可斌的研究范围一直集中在古代文学，尤其侧重于明代诗文和文学思想，同时对古代小说戏曲、中国文学思想史、理学与文学的关系、中国文学典籍在海外的传播，乃至大学教育等方面也多有研究。廖可斌说，他不会把自己局限为一个专门搞什么的学者，研究范围虽然有限，但是知识视野要宽阔，就事论事往往会似是而非。他还认为，从宏观的角度来考虑，研究领域过于单一对学科发展不利，学术研究要追求学科的意义，满足自己的兴趣。2009年调到北京大学中文系工作以后，廖可斌又着重于文献学研究，他指出，文献学领域立足于文献，却不能局限于文献，离开文献的研究多属于臆想，专注于文献而不重视理论，就无法发现文献的问题，不能挖掘文献内涵，无法提升学术层次。有鉴于此，他建议打通文献和文学的壁垒，兼通文学与文献，这将是他未来研究的一个新方向。

在湖南师范大学八十华诞之际，廖可斌对母校寄予了诚挚的祝福，他希望师大可以建设"永远的师大"。在他看来，在当今社会中，最有生命力的群体就是高校群体，它们凝聚了这个社会的前进力量，可以孕育出无数未来的可能性。社会里很多东西都在沧海横流中改变，大学却可以永葆初心。岳麓山下、湘江河畔，钟灵毓秀，是一个研究学问的好地方。因此他希望师大在八十年的厚重积蕴中与时俱进，在继承与探索中一直向前发展，继承传统，开辟新路，延续湖湘学风。他特别强调，师大为国家、为民族培养了一批又一批优秀人才，这样的精神不能改变，我们应该坚持家国担当的情怀，牢记"心忧天下，敢为人先"的湖湘精神，把责任感和使命感铭刻于心，这样就可以建设"永远的师大"，纵是八十岁月乃至千秋万代都不会被历史湮没。廖可斌还对母校的同学们提出了两点希望：其一是希望大家珍惜时间，好好读书，积累知识，增长本领；其二是希望大家珍惜生活，没有人能永葆青春，要在大好年华里把精力用在正确的地方，做有情怀、有知识、有担当的好青年。

（载《〈湖南师范大学校友〉八十周年校庆特刊》，2018年9月）

附录二：文以明道，学贵贯通（北京大学中文系一百一十周年系庆采访）

受访人：廖可斌
主访人：张鹤天（北京大学中文系博士研究生）
采访时间：2020年9月9日

张鹤天：老师好！感谢您拨冗接受我们的采访。您从事古代文学研究与教学工作已有三十几年了，首先请允许我们从头谈起：您当初是怎样与中文系结缘，又为何选择攻读古代文学专业呢？

廖可斌：我是所谓七七级的大学生，1978年初进入湖南师范学院，也就是后来的湖南师范大学。我们年级的同学都是非常好学的，因为好不容易才获得上大学的机会。70年代上大学，大家觉得最正宗的系科，就是文史哲、数理化，现在很多专业那时都是没有的；文科里面又尤其认为中文系是最好的，所以就上了中文系。

　　我自己当时年纪比较小，心无旁骛，比较喜欢读书，几乎对大学阶段中文系的每一门课程都很感兴趣，其中最感兴趣的可能是文艺学、美学、古代文学、外国文学、现代文学和古汉语这些。我的大学毕业论文做的是美学方面，题为"论形象思维的逻辑性"，当时老师们评价比较好。毕业后留校做助教，老师们认为我比较适合搞古代文学研究，就留在了古代文学教研室。

　　当了一年多时间的助教后，于1983年春考研究生。当时高校师资特别缺乏，规定留校青年教师一般不准考外校的研究生。主观上我也非常敬佩我们那里的一位老师，马积高先生，再加上确实非常喜欢古代文学，就考了马先生的研究生，这样就进入了古代文学专业。马先生重点研究元明清文学，我也就跟着老师做元明清这一段，硕士论文写的是《金圣叹文学美学思想述评》。然后到杭州大学读博士，导师是徐朔方先生。他重点做明代文学和古代戏曲小说研究，所以我的博士论文写的也是明代文学，题为"复古派与明代文学思潮"，写了五十几万字。从本科到硕士、博士，专业方向自然就越来越集中了。

　　张鹤天：看来您在求学的不同阶段遇到了诸多良师，能否请您展开谈谈先生们对您有哪些影响？

　　廖可斌：大学阶段给我帮助的老师很多，我觉得大学阶段是人生中最美好的岁月。那时的很多老师对我们学生都非常好，不仅是一般的师生关系，更有一种亲情在。现在我回忆那时候的老师们，都真的很感动。我们经常吃完饭就到老师家里去了，大家不断地交流问题。学术上对我影响最大的是杨安崙教授，他是北大哲学系毕业的，教我们美学，指导了我的学士学位论文。杨先生的理论思维能力非常强，他总是教导我要提高抽象思维的能力，提升学术思考的层次。像我一直念叨的马克思讲的那句话，"从具体上升到抽象是低层次的研究，真正的研究应该是从抽象回到具体"，就是杨先生经常跟我讲的，我觉得非常重要。

硕士阶段就是跟马积高先生学习。马先生是一位非常优秀的学者，他是抗日战争时期民国国立师范学院的学生，受到钱基博、骆鸿凯、钟泰等很多著名学者的教导，知识结构非常完善，在文字、音韵、训诂、经学、史学、佛道、马克思主义理论等方面修养都很深厚。他后来写出了中国第一部比较完整的《赋史》，还编了《历代辞赋总汇》，有2800万字，撰写了《宋明理学与文学》《清代学术思想的变迁与文学》《荀学源流》等多部学术著作，主编了《中国古代文学史》，这套教材在全国影响很大。你可以看到，马先生在很多领域都取得了非常重要的成就。马先生在很多方面影响了我。马先生学术功底好，重理论，还有湖湘学者那种关注国家命运和社会兴衰的知识分子的使命感和责任感，他做的很多学问都是有自己的寄托的，这方面我受马先生影响很多。

读博士的导师是徐朔方先生。徐先生是浙江的学者，大学上的是英文系，早年特别喜爱写诗。他继承了吴越的学术传统，比较重视文献的整理和考证，以及文学艺术的欣赏分析。徐先生整理了《汤显祖全集》《沈璟集》，校注了《牡丹亭》《长生殿》，撰写了《晚明曲家年谱》《论汤显祖及其他》《论〈金瓶梅〉的成书及其它》《小说考信编》《明代文学史》等著作，这些都是非常有价值的工作，为古代文学研究特别是明代文学和古代戏曲小说研究做出了重要贡献。徐先生具有非常鲜明的学术个性，敢于创新，对明代文学和古代戏曲小说都有自成系统的见解。他的文章也写得极漂亮。如果说做学问分义理、考据、辞章三部分的话，在义理方面我可能主要是在湖南那边学习的，有些东西年轻时受到影响了，就终生难变。考据和辞章方面，则受徐先生的影响比较大，但自己资质和水平有限，学得不到家，非常惭愧。当然除此之外，还有很多老师给过我很大帮助，就不一一列举了。

张鹤天：您师从先生们耕耘于古代文学领域，取得了很多丰硕成果。当年是什么契机促使您选择进入北大中文系、中国古文献研究中心工作，从文学向文献领域有一个小小的"转型"呢？从您这些年的工作和教学实践来看，您觉得文学研究和文献研究之间有何异同？近年来，学科之间交叉融合的趋势也愈发显著，您觉得这种跨领域的经历对您的研究工作有何启发？

廖可斌：来到北大中文系也有多种因素吧。我是1994年评的教授，从1995年就开始做院系和学校机关部门的行政管理工作，一共做了14年，教学一直没中断，但学术上耽误了很多时间。2009年的时候，自己觉得实在不应当再继续做这些了。为了安心地做点教学和研究工作，就想换个环境。这时北大中文系古典文献专业和古文献研究中心正好想引进教师充实师资力量，北大在学术上当然是一个很高的平台，所以联系上以后就这么来了。

　　为什么到了古典文献专业呢？因为在我们看来，古典文献和古代文学其实没多大区别。可能你们现在觉得有区别，但我们并不认为差异很大。它们在根本上都是研究古典，本来是不该分家的，是所谓的学科体制才把它们人为区分开了。20 世纪八九十年代就有很多学者主张文献和文学要沟通，我们中文系现在想把古典这一块融为一体，我觉得是有必要的。古典文献、古代文学、古代汉语，都是相通的，所以这一点并不构成一个很大的障碍。

　　当然就具体的研究而言，文学和文献的侧重点还是不一样的。搞古典文献的人会侧重于对目录、版本、校勘等做专门的研究，重点关注文献本体及源流的考察；搞古代文学的人要立足于文献基础，探讨文献中包含的思想和艺术。最好能够打通两者：文献学者在清理文献的基础上，能发现其中历史的、文学的、思想的、艺术的问题；文学学者也要有文献意识，首先要搞清所研究文献的文本状况，不然分析和发挥往往靠不住，同时也不妨兼做一些文献整理的工作。其实我们现在很多学者都是这样做的，这两者之间可以有不同的侧重，但是最好贯通兼顾。

　　再多说一句，现在我们的学科分得这么细，客观上会带来很多人为障碍，对学术研究和人才培养的影响很大，我在很多地方都这么讲过。我们现在的这套科层制的学科分类体系和相配套的教研室管理体制，是 20 世纪 50 年代从前苏联学来的。当时这么做自有其必要性，也确实发挥了一定的积极作用。但现在它已成为严重阻碍学术发展的制度瓶颈。学科分类太细，人为地割断各个学科之间的联系，使不同学科之间界若鸿沟。出身于不同学科的教师，往往只能在自己所了解的一点知识范围内打转，不敢越雷池一步，自然缺乏创新能力。培养的学生又常常只能继承其中一个分支，知识面越来越窄，屋下架屋，一蟹不如一蟹。搞古代文学的人为什么不可以搞现当代呢？它其实是可以互相促进的，像王瑶先生最初是研究古代文学的，后来就主要做现代文学，都取得了突出成就。我的导师徐朔方先生原来是英文系毕业的，他后来做古代文学又有什么不好呢？有些古汉语专业的人从语言学的视角来研究古代诗歌的格律、选字、体裁等，又有何不可呢？我们现在应该突破学科壁垒，淡化学科概念，鼓励不同学科之间的交叉融合，这样才有利于学术研究的创新和创新人才的培养。

张鹤天：老师您主张学问贯通，研究兴趣十分广泛，在明代文学史、戏曲小说等领域多有建树，能否请您向大众简要介绍一下您研究的主要内容和兴趣点？

廖可斌：我因为过去在最好做研究的时候耽误了十几年时间，学术上荒废很多，确实是感到很惭愧，也辜负了当时老师们的期望。博士生阶段主要研究明代复古派。复古派是一个贯穿大半个明朝的重要文学流派，牵扯到整个明代文学乃至中国古代文学的发展历程。但是当时很多人其实没有好好读过复古派的书，长期认为复古派是保守的、落后的，这完全是想当然的误解。我仔细地读了下他们的书，发现复古派其实是一群非常积极参与现实的、富有斗争精神的知识分子，至于他们的文学观念和创作路径与目标，则因为特定的历史原因，在一定程度上走入了误区。另一方面，我一直对理论比较感兴趣，所以不是就事论事，而是把复古派放到中国古典审美理想的演变线索上观察，在大背景下会看得更清楚。这个研究工作应该说在当时有一定的影响，博士论文的一部分，题为"明代文学复古运动研究"，由上海古籍出版社出版，后由商务印书馆再版。到北大后，我终于有时间把《复古派与明代文学思潮》修改成《明代文学思潮史》，在人民文学出版社出版。这次修订做了比较大的改动，增删了部分章节，吸收了近年来一些学者的相关研究成果，还核对全书引文，抽换了一些引证文献的版本，将大量夹注改为脚注，等等。

到北大古文献中心后，主要做了两项文献整理工作。一是主编《稀见明代戏曲丛刊》，共收录《六十种曲》《盛明杂剧》《孤本元明杂剧》《古本戏曲丛刊》等大型曲籍以外的稀见明代戏曲79种（含杂剧42种、传奇37种），以及175种明代戏曲的佚曲。其中至少28种剧本（杂剧10种、传奇18种）是海内孤本，或某种版本的唯一存本，搜集极为不易。校点整理更是困难重重，戏曲刻本大多质量较差，版面漫漶，字迹模糊，曲白不分，异体字满眼皆是。为了省力，有些语句还用符号表示，并不全部钞出。曲词需核以曲律，有时曲词还要分正衬，比整理一般诗文作品更为复杂。若对这样的戏曲文献简单影印，效果会很差，肯定不便于读者利用。丛刊采用校点排印的出版方式，付出了辛勤劳动，整理审校的工作量很大。该书分 8 册，共 456 万字，已由东方出版中心于 2018 年出版。它有助于展现明代戏曲的全貌，为明代戏曲研究和明代历史文化研究提供重要文献资料。我也准备写一些相关的论文，已在《文学遗产》发表了一篇《晚明戏曲的"戏剧化"倾向》。另一个文献整理课题是安平秋先生主持的重大项目"海外藏中国古籍调查整理与研究"项目的子课题《英国国家图书馆藏中国古籍书目》。英国国家图书馆，也就是大英图书馆，是西方收藏中国古籍的重镇，收藏中文古籍 7000 余种，但已有目录交叉重复，内容都不全，错讹颇多，几乎每一条都需要考订。这些年我和三位年轻学者合作整理这个目录，马上就要出版。

当然我自己的研究重心还是放在文学方面。早年间做过一些个案研究，发表过一些戏曲小说研究方面的文章，比方说研究《红楼梦》、《琵琶记》、金圣叹的小说评点、龚自珍等。20 世纪 90 年代在浙江大学出版社出过一本论文集《诗稗鳞爪》。近年在三联书店出版了一本《压抑与躁动——明代文学论集》。受马积高先生的影响，我一直比较关注理学与文学的关系。如何看待理学，又与如何看待儒学、如何看待中国传统文化有关，自己在这些方面做过一些思考，写过一些文章，结集成《理学与文学论集》，由东方出版社出版。关于文学研究的理论与方法问题，自己也做了一点探索，出了一本《文学史的维度》。近些年来，我主要还是按照自己的兴趣，比较关注诗文、戏曲、小说文体的演变。文体演变的背后实际上是文学观念的演变，而文学观念演变的背后是社会生活和人们思想观念的演变。由文体看文学，再看社会，我觉得是一个比较有意思的话题。明清时期，传统的诗文实际上发生了不少变化，新生的戏曲小说等文体的重要性逐渐得到承认，这一转型主要发生在明代，这在整个中国古代文学的发展过程中都是非常重要的。比如我写了《〈征播奏捷传〉的成书方式和思想倾向》，这本小说的成书方式表明小说的写法正在发生变化，它的思想倾向反映出晚明思想的活跃，远超后人想象，这个比较有意思。再比如《汤显祖的文学史观和文体选择》《万历为文学盛世说》《关于明代文学与清代文学的关系——以诗学为中心的考察》等文章，倡导明代文学特有的价值。因为现在好像和80年代不一样，80年代比较重视先秦、唐代、明代和近代文学，现在似乎更重视汉代、宋代和清代文学，这个当然有各种各样的原因了。我是比较强调明代文学所具有的思考性、探索性和创新性，它反映着一个古老的帝国正在面临一种内部蜕变与外部刺激下体制失效的阵痛，从而产生出一股强烈的变革欲求，这会体现在社会生活的各个方面，而文学生动地反映了这个时代的种种脉动。当时在思想、学术、文学上都确实出现了一些新东西，对今天的我们仍然具有启发意义。学术也好，社会也好，还是要思想活跃才能有创新精神，我们应该汲取这个历史教训。我认为我们每个人做一点研究工作，既不能违背历史事实，穿凿附会，曲学阿世；

也不能安于做一点零敲碎打的研究，仅仅为了换取自己的生存资源，不考虑学术研究究竟有何意义、与社会有何关系，将学术研究变成一个小圈子内孤芳自赏的东西。还是应该秉持一种对学术价值的判断和追求。学术研究的目的和价值，就是要挖掘先贤著作中的合理成分，为现实生活提供思想资源，提供借鉴。

　　张鹤天：谈到学术价值观和文学研究方法的问题，几年前您曾提出要"回归生活史和心灵史"，古代戏曲研究重心"向后、向下、向外"转移，经过近年来的研究，您对这些问题又有何新思考？

　　廖可斌：最近我有一点感想，就是现在的文学研究越来越重视文献，我觉得重文献是必要的，但文学研究还是要关注文学本身。文献研究是文学研究的基础，但不能完全代替文学研究。我觉得我们现在越来越重视一些文学的文献研究、文学的思想研究，恰恰不重视文学的文学性研究。文学研究还是要重视生活史和心灵史，这是文学研究的主流，也是文学的职责和任务所在。与此相应，我们应该重视作品，研究和教学都要以作品为中心，特别是古代文学的著名作家和他们的优秀作品。我之前在中文系召开的游国恩先生一百二十年诞辰纪念会上致辞，就说到这个问题。古代文学能流传至今，就是因为作品有价值，作家、文献、思想的价值是依托于作品的。离开古代优秀的作家作品，我们的所谓研究成果还有什么价值？谁还会对它们感兴趣？在浙江大学和北京大学我一直上"古代文学名篇精读"这门课（在北大叫"大学国文"），因为我觉得文学作品的教学是非常重要的。我最近也整理了十几篇讲义，汇编成一本《走近经典——古代文学名篇十八讲》，即将出版。

张鹤天：老师您提到了"大学国文"课，我们知道您在中文系还开过"中国古代文化""明代文献与文学研究"等本研课程，经过三十余载教学生涯，您在指导学生方面有哪些心得体会可以和大家分享？

廖可斌：教学方面，其实我现在感到有点为难。因为我认为培养学生，合理的方式应该是让学生充分自由发展，教师适当引导。学生学习，主要靠自己的阅读和思考，不能让学生为课程所束缚。现在学生就是读书太少、思考太少，课程太多、考试太多、死记硬背太多，应试教育的后遗症比较明显。我认为大学生活最重要的主要有三个方面，第一是读了多少书，第二是思考了多少问题，第三是是否掌握了分析问题的方法；而不是选了多少门课程，拿了多少学分，绩点有多高，拿了多少证书，等等。当然北大本科教学改革已经有一些进展了，但是还没达到理想的状态，应该进一步往"教学的立交桥"方向发展。我觉得本科生应该进一步打通专业，自由选课。本科教育虽然有专业侧重点，但总体上是一种素质教育。

至于研究生教育，我们上学的时候，不主要靠课堂，偶尔和导师谈谈，大部分靠自己读书思考，那时候的研究生都是这样带过来的。但是这种培养模式可能适合招生比较少、生源比较优秀的情况，学生有自学能力，放养可以让学生自由发展，容易取得好的效果；它可能不适合应对招生规模大、生源资质参差不齐的局面，那会让普通学生感到无所适从。现在的本科生和研究生教学实际上是用培养普通学生的方式来培养所有的学生，这对资质相对一般的学生或许是比较保险的，因为它能保证学生学到一些基础知识，然后顺利毕业；但是不适合比较优秀的学生，他们会感到束手束脚。所以这是个矛盾，两种模式都不好。怎么把它们结合起来，是个很难的事情。像美国的博士生培养，他们的课程要求学生大量阅读文献（我们的课程就很难让学生有时间真正读书），这样学生的资质哪怕不怎么样，精读、泛读那么多文献之后，也差不到哪里去。研究生是专业教育，要引导学生多读书，把自由发展和严格要求结合起来。在大学中，读书主要靠学生自己，老师只能起一个提示和引领的作用。老师上课中会提到很多书，会指出哪本书好、哪本书不行，就好像人行道两边的树，给学生指明一个方向，但路还得学生自己走。老师不能代替学生走，也不应该紧紧带着走，学生亦步亦趋。

张鹤天：说到打通学科专业、广泛阅读，回归我们古典文献学专业自身来看，因为文献学是中国古代文史研究中一门基础性、工具性的学科，因此它天然地带有一种跨学科的特质，许多相邻专业学者往往既精于本业，又在文献研究方面多有创获。在这样的背景下，文献学似乎正面临一种边缘化的困境，您认为古典文献学该如何找到自身的学术定位，它的不可替代性和独特性要怎样体现呢？

　　廖可斌：其实不仅是古典文献学，好像很多古老的学科都面临这种边缘化的局面。现在整个社会里，应用技术比较热门，基础研究相对受忽视。说得简单一点，理科比文科受重视，理科里面应用型的工科比基础型的数理化受重视，文科里面社会科学比人文学科受重视。人文学科里，文史哲情况总体上差不多，但史学、哲学比较容易为现实服务，所以文学在人文学科里面相对来讲更加边缘化。而在整个文史哲研究里，文献研究一直是基础中的基础，除了像80年代比较重视古籍整理，偶尔热门过一段时间，其他时候基本都属于比较幕后性质的工作。当然这个可能也有一定的合理性，因为像在文学研究中，文学本身始终要居于主体位置，它不能退到边缘。但是文献作为文学研究的根基，如果文献工作不可靠，文学研究就不可能真正立得住、站得牢。另外，文献研究还为社会阅读和欣赏古代典籍提供比较优质的版本，为传统文化的普及提供必要条件，其工作本身就是必不可少的、不可替代的。语言是一个民族的根，文学是一个民族的魂。根在魂在，则族在国在；根灭魂灭，则族灭国灭。古籍承载着我们民族的根脉，虽然经过几十年的工作，比较重要的古籍整理现在似乎已经做得差不多了，因此文献研究的热潮似乎消退了一些，但是只要中华民族还存在一天，古籍整理和利用就会一直延续下去。文献专业的命运与古籍保护、整理、普及和研究息息相关，社会对此始终有稳定需求，总需要有人做这方面的工作，因此古典文献学的生命力是非常长久的，所以也不用过度悲观。

古籍整理与研究工作，我认为一方面要总结和评估过去几十年来的工作成就，一方面还要注意把握发展方向。第一，数字化和纸质出版并重，要把古籍数字化提高到与传统古籍整理和纸质出版同等重要的地位。因为你不能否认这个事实，就是你们这些年轻人会越来越倚重数字文献，这是时代和技术发展的必然趋势。第二，数字文献要向结构化、智能化的方向发展。现在我们做的基本都是全文搜索的那种数据库，接下来要做结构化的数据库，经过整理和标记的数字文献可以更方便地提供信息、辅助研究。第三，在继续做好古籍整理的同时，要特别重视古籍普及工作。古籍是要用的，如果不用，就没有价值。现在普及的东西已经做了不少，但是市面上的古籍出版物良莠不齐，文化市场众声喧哗，我们需要为社会提供高质量的、满足不同层次需求的古籍读本。再者，传统的古籍整理可能要分层次，比如说最重要的经典可能已经整理过了，现在可以着手去做相对次要的那些古籍；过去做得比较粗的，现在可以进行深加工，精校、精注、精说。我们文献专业的学生也要注意打通专业的隔阂，可以有专业意识，但不要过分强调。现在我们有些同学一进入文献专业后，就不上其他专业的课程了，以至于拿到一本古籍，只会从文献层面做点观察，根本没有研究能力，没有理论修养，这是肯定不行的。要多学习一些文学、语言、历史、哲学方面的东西，培养理论能力，一专多能，宽基础、强专业。

张鹤天：您提到这个理论修养的问题，确实是现在我们这一部分学艺不精的学生切身感受到的一个局限。古典文献学继承古人辨章学术、考镜源流的考据传统，运用文字、音韵、训诂、版本、目录、校勘这些传统手段进行古籍整理和研究工作，在现代理论研究上可能稍显薄弱，关于树立研究理论、探索学术研究新范式的焦虑似乎在学人之间蔓延，您认为应当如何应对这种困境和挑战？

廖可斌：对，除了我们传统的这个研究路子之外，可以借鉴一下西方古典学的思路。西方古典学采用综合性的精深研究的方法，它把文献与文物、语言、图像、哲学等各领域打通，选定一个有价值的研究对象之后，从各个相关领域跨语种、跨专业地收集资料，穷尽地、深入地研究，在最细小的地方挖掘其中潜藏的普遍性问题。我们现在迫于考核等压力，很多人对于研究对象是摸一摸就走了，很难发现其中具有普遍性的问题。另一方面，我认为做专书研究也很有必要，因为它可以为社会提供一个比较可靠的文本，对社会有用。这方面日本学者的做法值得我们借鉴，一个人做了一本书，把版本、语言等弄清楚，充分吸收已有相关研究成果，别人就几乎不需要再做了，做一个算一个，在学术史上成为一个可靠的里程碑。我们现在的情况是，不断地有人去碰同一部文献，但每个人做得都不够完善。另外，文献研究不应该仅仅局限于做文献本身的研究，要把文献放在社会、历史和文化的大背景下观察，这当然就牵扯到各种各样的理论了。比方说葛兆光教授，他原来也是从文献出发的，借鉴西方的关于中下层民间知识和信仰世界的研究理念与方法，开拓了中国思想史研究的新路径，这就是立足于文献，又有方法、有理论，因此就有创新，值得我们学习和借鉴。同学们眼光一定要放长远，还是要多读书，多掌握理论工具。眼力要高，必须通过批判性的阅读逐渐练就细腻的目光和敏锐的思辨能力。

张鹤天：最后，今年是中文系的一百一十周年系庆，能否请您谈一谈在中文系工作的感受，以及对中文系发展的展望？

廖可斌：北大中文系应该有一种责任感和使命感，它要代表中国母语语言文学教学和研究的水平，对整个国家的语言文学的发展起引导作用。我在参加中文系一百周年系庆的时候很有感触，觉得百年中文系老一辈学者开创了一种博大精深的学术传统，具有一种浑厚华滋的气象。谈到学术，北大中文系应当做博大精深的学术。现在我们学术界的水平参差不齐，有人搞一些边边角角的东西，有人做一些浅层次的分析。学术界是一个百花园，你不可能要求每一个人都达到同样的层次，但是北大的学者和学生应该要追求做博大精深的学术，视野要高远，学风要严谨，要思考与中国语言文学发展密切相连，也与现实社会息息相关的语言文学重大命题，要扎扎实实，拿出来的学术论著要精警可靠。不能仅仅做对本人有用的学问，还要推动学术进步。当然也不能沦于空洞，而要落到精深。有根基，有学理，有思想，有才华，有性情。

希望中文系现在和将来的学者与学生都能够继承和发扬这样的传统。

（载《四海文心——我与北大中文系》，北京大学出版社 2022 年 1 月版）